사회복지
공무원이라서
행복합니다

고군분투 사회복지 공무원 성장기

사회복지 공무원이라서 행복합니다

초판 1쇄 발행 _ 2017년 1월 15일
개정판 1쇄 발행 _ 2020년 10월 20일

지은이 _ 함창환

펴낸곳 _ 바이북스
펴낸이 _ 윤옥초
편집팀 _ 김태윤
책임디자인 _ 이민영
디자인팀 _ 이정은

ISBN _ 979-11-5877-195-9 03810

등록 _ 2005. 7. 12 | 제 313-2005-000148호

서울시 영등포구 선유로49길 23 아이에스비즈타워2차 1005호
편집 02)333-0812 | 마케팅 02)333-9918 | 팩스 02)333-9960
이메일 postmaster@bybooks.co.kr
홈페이지 www.bybooks.co.kr

책값은 뒤표지에 있습니다.

책으로 아름다운 세상을 만듭니다. — 바이북스

미래를 함께 꿈꿀 작가님의 참신한 아이디어나 원고를 기다립니다.
이메일로 접수한 원고는 검토 후 연락드리겠습니다.

고군분투 사회복지 공무원 성장기

사회복지 공무원이라서 행복합니다

함창환 지음

바이북스
ByBooks

내가 해왔던 일에
향기가 있으면 좋겠습니다

어느 날 출판사에서 전화가 왔습니다.

"책이 꾸준하게 판매가 되고 있어서 아무래도 개정판을 출판해야 할 것 같습니다."

2017년에 1쇄를 하고 그해 2쇄까지 발행을 했지만 까맣게 잊고 있었던 터라 전화를 받고 상당히 놀랐습니다.

"아직도 저의 책이 판매되고 있나요?"

"사회복지 분야에 관심 있는 분들의 주문이 꾸준해서 3쇄를 하려고 합니다."

"책 표지도 바꾸고 개정판을 내려고 하니 들어가는 말을 작성해주셨으면 합니다."

제안은 받았지만 선뜻 대답을 할 수 없어 망설였습니다.

처음 출판할 때는 공무원들이 아침 9시에 출근해서 오후 6시만 되면 퇴근 하는 것이 아니라는 것을 알리고 싶었습니다. 꿈꾸던 이상과 다른 공직 생활로 힘들어하는 공무원 후배들에게 용기를 주고 싶었습니다. 그리고 사회복지공무원을 준비하는 취업준비생들에게 공무원이 되면 무슨 일을 하는지 알려주고 싶었습니다. 그래서 겁 없이 덜컥 출판을 했습니다.

그러나 30년 가까이 공직에 근무하며 면사무소에서부터 군청, 도청, 중앙부처까지 겪다 보니 날을 새가며 묵묵히 일하는 훌륭한 분들을 많이 만날 수 있었습니다. 국민들의 행복과 평안을 위해 쉼 없이 고민하는 분들도 많이 보았습니다. 그래서 영웅담처럼 보일 수 있는 나의 글이 더 이상 출판되어야 하는지 고민이 되었습니다.

저 자신도 많이 변했습니다. 일에 대한 의욕과 열정도 예전 같지 않습니다. 공무원은 부정하지 않으면 된다는 생각으로 열심히 일했지만 그 결과에 따라 징계라는 말들이 오가기도 했습니다. 이런 상황을 겪은 내가 떳떳하게 인쇄를 더 해야 하는지도 고민이 되었습니다.

고민의 시간을 보내고 있을 때 저의 책을 읽고 저에게 연락을 주셨던 어느 선배님의 말씀이 생각났습니다.

"자네 책을 읽고 나서 한참 동안 여운이 남았네."

"책을 읽어보니 자네가 직접 글을 썼더군."

"글을 읽으며 인간의 향기를 느꼈네."

"공무원들이 모두 자네 같은 마음으로 일하면 좋겠네."

그 선배님은 사회복지를 공부하는 학생들은 이 책을 꼭 읽어봐야 한다며 상당수의 책을 구입해 지역에 있는 대학교 사회복지학과 재학생들에게 기부를 하셨다고 했습니다.

제가 출판한 책을 서점에서 구입할 수 있다는 사실만으로도 자랑스러워 하시던 부모님과 가족들도 생각이 났습니다.

책을 읽고 수많은 질문의 메일을 보내오던 독자들도 생각이 났습니다.

며칠의 고민 끝에 책을 필요로 하는 사람들이 있다면 판단의 몫은 독자들에게 맡기고 인쇄를 더 하기로 마음먹었습니다.

저는 특별하게 글 쓰는 공부를 하지도 않았고 재주도 없는 사람입니다.

그래서 글에 감동을 줄 만한 기교도 없습니다. 가능한 전문적인 용어와 사무적인 어투를 사용하지 않고 제 동료나 후배직원과 도란도란 이야기하는 마음으로 편하게 썼습니다.

내용은 꾸미지 않았고 제가 기억나는 모든 것들과 기억이 흐린 것은 같이 일했던 동료 분들께 확인하고 기록했습니다.

어느 분야에서 무슨 일을 하시던지 저의 글을 편하게 읽으시면 좋겠습니다. 이미 공직 생활을 시작해서 이상과 다른 현실을 맛보며 힘들어하는 후배가 있다면 작은 위안과 용기가 되었으면 좋겠습니다. 부족한 공무원에게 질타를 아끼지 않으셨던 분께는 조금이나마 공무원을 이해하는 계기가 되었으면 좋겠습니다.

그리고 책을 모두 읽고 책상을 덮을 때 독자의 얼굴에 따뜻한 미소가 지어지면 좋겠습니다.

사회복지 공무원으로 살아온
저의 삶을 감사합니다

저는 사회복지 공무원으로 섬 지역 면사무소에서 10년, 군청에서 3년, 그리고 도청에서 13년째 근무하고 있습니다. 평소에 글을 쓰려고 계획한 적도, 써본 적도 없는 평범한 공무원이었는데 우연한 기회로 책까지 발간하게 되었습니다.

책의 내용은 제가 사회복지 공무원으로 현장에서 경험했던 일들을 기록한 것입니다. 그동안 도서 지역의 특별한 환경 속에서 규정이나 관례에 얽매이지 않고 무엇이 주민을 위한 최선인지만 생각하며 일해왔습니다. 그 중에서도 일상적인 업무가 아닌, 법과 규정 안에서 새롭게 시도했던 일들과 제 생각들을 주제별로 나누어 정리했습니다.

그렇다고 그동안 처리해왔던 업무가 남들에게 소개할 정도로 최선이었고 완벽한 것이었다고는 생각하지 않습니다. 물론 스스로 만족하는 경우도 있지만, 의도와 다른 결과로 지금까지 마음 아파하는 내용도 포함하고 있습니다. 다만 어느 분야에서 근무하든지 저의 글을 읽고 참고로 삼거나, 반면교사(反面敎師)로 더 나은 행정을 개척하는 데 도움이 되었으면 하는 마음으로 글을 썼습니다.

남들처럼 매일 일기라도 썼으면 원고를 정리하기 편했을 것인데 기억을 더듬어 쓰다 보니 다소 정확하지 않은 것도 있습니다. 그러나 내용의 본질은 꾸미지 않았습니다. 기교도 부리지 않았습니다. 전문적인 용어와 사무적인 어투를 벗어나, 제 동료나 또는 후배 직원과 도란도란 이야기하는 마음으로 편안하게 썼습니다. 그리고 잊혀져가는 예전의 정책들도 기억하고 싶어 조금 담았습니다.

지금의 대한민국에서 공무원이라는 직업은 선망의 대상임을 부정하기가 어렵습니다. 올해 서울특별시 9급 공무원 공채 경쟁률이 288대 1이라는 사실이 그것을 반증하고 있습니다.

사정이 그렇다 보니, 공직을 '신의 직장'의 반열에 올려놓고 동경의 대상으로 바라보는 시각이 있는가 하면, 언론에 보도되는 아름답지 못한 기사와 '복지부동'이라는 단어로 공무원 모두를 일반화시키는 시각도 공존하고 있습니다.

이러한 사회적 현실 속에서, 제가 겪은 공직 생활의 경험을 글로 쓴다는 것은 적지 않은 용기를 필요로 했습니다. 스스로 26년간의 공직 생활이 더할 나위 없이 만족스러운 것이 아니며, 제가 고민하고 결정해서 추진했던 업무의 방향이 의도한 대로 매번 최선의 결과를 얻어낸 것이 아니기에 더욱 그렇습니다.

하지만 무슨 일을 하든지 주민을 위한 진정성을 가지고 근무해온 자신을 믿으며 책을 발간합니다. 이 글을 읽는 모든 사람들이 이 기회에 조금이라도 공무원을 이해하는 마음이 생기면 좋겠습니다. 특히 사회복지 공무원을 준비하는 사람이라면 무슨 일을 하는지 알게 되었으면 좋겠습니다. 이미 공직 생활을 시작해서 꿈꾸던 이상과 다른 현실을 맛보고 있는 중이라면, 졸필의 제 글이 작은 위안과 용기가 되었으면 좋겠습니다.

2016년 하늘빛이 좋은 가을날
전라남도 사회복지 사무관 함창환

내 고향
섬마을에
돌아오다

우리 동네에 '게으르면 골병 든다'는 속담이 있다. 한 포대에 20킬로그램인 쌀을 두 포대 메고 다니는 것도 사실 힘든데, 아끼려고 세 포대씩을 메고 계단과 비탈길을 오르내리는 일이 많았다. 세 포대의 무게인 60킬로그램은 그때의 내 몸무게와 같았으니, 배달을 마치고 나면 허리가 아프지 않을 수가 없었다. 두 번으로 나눠 해야 할 일을 한 번에 하려다 보니, 골병이 든 것이다. 지금도 가끔 허리가 아파서 고생을 하는데, 그때의 양곡 배달이 원인이 아닐까 생각한다.

쌀 배달하는
공무원

1991년 12월 2일, 신안군 임자면사무소에서 나는 공무원으로서 첫 발을 내디뎠다. '1004의 섬'으로 많이 알려진 전라남도 신안군은, 실제로는 무인도까지 포함해 827개의 섬으로 구성되어 있으며, 농업과 어업이 주산업이다. 섬과 육지를, 섬과 섬을 잇는 연륙연도 사업이 상당 부분 진행되어 군민들의 접근성이 양호한 압해읍으로 군청사가 옮겨졌지만, 당시만 해도 신안군의 거의 모든 뱃길이 닿는 목포시에 군청이 소재하고 있었다.

나의 초임지인 신안군 임자면은 내 고향이기도 하다. 임자면은 지도읍 점암리에서 철부도선으로 30분 거리에 있는 도서 지역으로, 어업을 주 소득원으로 한다. 그렇지만 나는 임자면의 부속 도서인 '재원도'에서 태어나 중학교부터 목포로 나가 유학을 했기 때문에, 고향이기는 했지만 상당히 생소한 곳이기도 했다.

당시 목포에 살고 있던 나는 부모님께서 사주신 새 양복과 구두로 단장을 하고 첫 출근을 위해 새벽길을 나섰다. 어둠이 가시지 않은 깜깜한 시각, 목포시외버스터미널에서 임자면 방면으로 가는 버스는 여섯 시 40분에 지도읍 점암리행이 첫차였다. 출발 10분쯤 전에 개찰을 시작해서 좌석의 반도 채우지 못한 채 버스는 출발했다. 버스는 난방이 가동되지 않아 몹시 추웠지만, 대부분의 사람들은 일상이라는 듯 잠을 청하고 있었다. 어쩌면 나는 첫 출근의 긴장감 때문에 더 춥게 느꼈는지도 모르겠다.

버스가 꼬불꼬불한 지방 도로를 따라 한 시간쯤 달리며 약간의 멀미를 느낄 즈음, 바다에 갇힌 섬들이 보이는 점암리 선착장에 도착했다. 초행이라 정보도 경험도 없으니, 눈치를 살펴 버스에서 내리는 사람들을 따라 매점을 겸하는 매표소에 들어가 승선표를 샀다. 그 매표소는 사람들이 추위를 피하고 아침 식사를 대신해 라면을 먹으며, 철부도선이 오기를 기다리는 간이 대합실 같은 곳이었다.

임자도 주민들과 차량을 가득 실은 철부도선이 점암리 선착장에 도착하자 마치 사람들이 한꺼번에 쏟아져 나오듯 우르르 내렸고, 이어서 차량이 한 대씩 서둘러 내렸다. 간이 대합실도, 배에서 사람들이 내리는 풍경도 내게 생경하기는 마찬가지였다. 하선 작업을 마치자 여객선 2층 선장실에서 "임자 가실 분들은 얼른 승선하세요"라는 다급하게 느껴지는 안내 방송이 나왔다.

매서운 겨울바람은 거친 파도를 일으키고, 그 파도는 선체에 부딪쳐 물보라가 날리고 있었다. 나는 세찬 바닷바람에 넘어지지 않으려 몸을 버티며 임자면을 향해 출발하는 철부도선에 올라탔다. 배의 갑판 중앙 쪽에는 화물을 실은 트럭을 한 줄로 세우고, 그 양쪽 옆으로는 승용차를 배치해 실었다. 바람과 파도에 배가 흔들리지 않도록 균형을 잡고 있는 듯했다. 사람들은 배의 양쪽에 지붕이 있는 통로로 들어가 추위를 피하며, 차디찬 나무 의자에 앉아 몸을 웅크리고 있었다. 나 역시 통로에 앉아 추위를 견뎌야 했는데, 철부도선에 승선한 승용차 안에서 히터를 켜고 앉아 있는 사람들이 몹시 부러울 만큼 바닷바람은 모질고 매서웠다.

운항 중 '수도'라는 섬을 경유하여 30분쯤 지나니 임자면 선착장에 도착했다. 선착장에서 멀리 면사무소 건물이 눈에 보여, 마을버스를 타지 않고 면사무소까지 걸어갔다. 겨울바람도 이겨낼 겸 잰걸음으로 걸으니 15분 만에 도착했다.

'직원들이 이미 출근해서 업무를 준비하고 있지는 않을까?'

'직원들을 만나면 인사를 어떻게 해야 하지?'

'내가 선택한 이 길이 평생직장이 될 수 있을까?'

'부모님의 기대에 어긋나지 않게 내가 잘할 수 있을까?'

머릿속에 떠다니는 여러 가지 생각과 걱정들로 혼란스러웠지만 나는 면사무소 문을 열고 들어섰다. 아직 출근할 시간이 되지 않았는지 사무실에 앉아 있는 직원은 보이지 않았고 직원 두 명이 사무실을 정리하고 있었다. 여직원은 부지런히 책상을 닦으며 책상 위에 놓인 재떨이를 비우고 있었고(그때만 해도 사무실에서 담배를 피우는 일이 흉이 아니었다), 남직원은 때 묻은 면장갑을 낀 채 사무실 가운데에 놓인 주물 난로 앞에 엎드려 갈탄을 넣어 불을 지피고 있었다.

나는 추위에 얼어 있던 터라 반가운 마음에 난로 옆으로 다가가며 인사를 했다.

"안녕하세요? 저는 오늘 날짜로 이곳으로 발령받은 직원입니다."

먼저 말을 건네듯 인사를 하고 나니 이제 갓 고등학교를 졸업한 것 같은 여직원이 일손을 멈추고 미소를 지어 보였고, 난로에 불을 붙이던 남직원은 힐끔 쳐다보더니 "예"라는 짧은 대답만 하고 묵묵히 갈탄을 넣으며 불을 붙이고 있었다. 난로 옆에 서서 불을 쬐고 있는데 잠시 후 다른 직원들이 오토바이와 자전거를 타고 한두 명씩 출근하기 시작했다. 나는 직원들이 들어올 때마다 "오늘부터 이곳에서 근무하게 된 사회복지 전문요원 함창환입니다"라고 인사를 했다. 양복을 입은 내가 어색할 만큼 대부분 편안한 점퍼 차림이었고 운동화에 청바지를 입은 직원들도 있었다. 그들은 모두 반갑게 나를 맞아주었다.

잠시 후 사회복지 업무를 담당하고 있는 직원이 출근하자 먼저 온 직원들이 "이 사람이 사회복지 전문요원으로 발령받은 직원이라고 합니다"라고 말을 해주었다. 약간 마른 편에 검은 피부를 가진 선임자는 반갑게 나를 맞아 주었고, 잠시 후 총무계장님과 부면장님 그리고 면장님께 차례로 인사를 시켜주었다. 열심히 일하라는 면장님의 말씀을 듣고 사무실로 오니 선임 직원이 사회복지 전문요원으로 왔으니 생활보호 업무와 가정복지 업무를 맡아야 한다며 자리를 정해주었다.

당시는 사회복지직의 배치 근거가 없었지만, 나는 별정 7급으로 초임 발령을 받았다. 공무원은 직급순으로 자리를 정하는 것이 상례라, 예전부터 근무하고 있었고 나이도 나보다 많은 8급과 9급 직원들이 자리를 옮기게 되었다. 몹시 죄송하고 송구한 마음이었지만 내색할 수는 없었다. 책상을 대충 치우고 나니 선임자가 나를 불렀다.

"함 주사."

"예."

처음으로 들어보는 주사라는 호칭이 생소해서 나의 신분이 변했음을 실감했다. 나는 메모지와 볼펜을 들고 선임자 곁으로 다가갔다. 선임자는 미리 적어 놓은 책상 위 메모를 훑어보며 말하기 시작했다.

"이제부터 자네가 해야 할 일을 알려 줌세."

"우선 생활보호 대상자 책정을 해야 하는데 그러려면 먼저 실태 조사를 하여야 하네. 복지 담당에게 가장 중요한 일이네. 마을의 어려운 사람들이 누락되지 않도록 하게."

"매년 연말에 생활보호 대상자 일제 조사를 하는데 금년 조사는 거의 마무리되어 가니 자네가 정리하고 생활보호 대상자 명부를 작성하게. 마을별 세대주 이름을 외우면 편할 것이네."

"양곡 창고에 있는 거택보호 대상자 양곡을 나눠주어야 하네. 찾으러 오면 양곡 지급 대장에 도장 찍고 양곡을 드려야 하는데, 양곡을 관리하는 직원이 별도로 있으니 없을 때만 자네가 지급하게."

"영세민들 의료보호 카드가 있는데 자격 변동 사항을 관리해야 하네. 12월에 카드를 회수해서 변동 사항 기재하고 군청에서 직인 찍어 다시 나눠줘야 하네. 그 사이에 병원 가신다고 하면 의료보호 확인서 발급해드리게."

"생활보호 대상자가 돌아가시면 장제비도 지급하고 가족이 없을 때는 자네가 상주도 되어야 하네."

"가끔 바닷가에 변사체가 발견되기도 하는데 그것을 처리하는 것도 자네 업무네. 변사자를 가매장하고 군청에 변사체 발생 보고를 해야 하네."

"우리 지역 염전이나 어선에 취업하러 왔다가 떠돌아다니는 부랑인도 많이 발생하는데 그 사람들을 조치하는 것도 자네 담당이네."

"생활보호 대상자 자녀들 학비도 분기별로 지급하는데 늦어서 곤란하지 않도록 납부 기일 이전에 지급하게."

"금년 하반기에 추진한 취로사업을 정산해야 하는데 이번 정산은 내가 해주겠지만 다음부터는 자네가 하게."

"지금 이웃 돕기 성금 모금하고 있는데 마을별로 목표액을 달성할 수 있게 독려하게."

"어르신들이 버스 승차권 받으러 오시면 나눠드리고 대장에 기록해야 하네."

"요즘 경로당 신축하고 있는 곳이 몇 곳 있는데, 자네가 준공 보고 하고 경로당 운영비를 지급해야 하네."

"명절이면 위문품이 나오는데 군청에 가서 수령해서 나눠드리면 되네. 명절 전날 위문품을 나눠줘야 하니 명절이 되어도 집에 일찍 가기는 어려울 것이네."

"모자 가정하고 소년소녀 가장 세대를 관리해야 하는데 자네가 젊으니 자주 찾아가서 생활 실태랑 살펴보고 아이들을 돌보며 아빠 노릇도 하소."

"후원자도 발굴하고 매 분기 후원금 입금 여부 확인해서 보고도 해야 하네."

"지금이 분기 마지막 달이니 말일 이전에 정기 보고서를 작성해 군청에 제출해야 하는데 서른 가지가 조금 더 되니 공문 잘 살펴보고 날짜 늦지 않게 보고하게."

"그리고 면사무소는 종합 행정이라 마을 담당을 정해줄 것이네. 담당 마을 이장님들과 관계를 잘 유지하고 담당 마을 행정 조사에 협조하게."

"우선 이 정도 말하고 생각나면 또 말해줌세."

공무원 경력이 있는 것도 아니고, 면내 현황도 전혀 모르던 터라 무슨 말을 하는지 이해도 못하고 머릿속이 하얗게 되어 자리에 앉았다. 우선 덜 컹거리는 철재 캐비닛을 열어 예전 문서를 꺼내 읽어보기 시작했지만 그 것도 오래할 수 없었다. 섬마을은 버스가 수시로 있는 것이 아니고 여객 선 시간과 맞추다 보니 면사무소에 일을 보러 오는 사람들이 한꺼번에 왔는데 버스 승차권 찾으러 오는 어르신부터 의료보호 카드, 장애인 수첩 그리고 생활보호 대상자 탈락되었다고 항의하러 오는 사람들까지 방문객은 거의 모두가 나를 찾는 민원인이었고 그럴 때면 나는 화장실 갈 틈이 없을 정도로 바빴다.

사무실 직원은 20여 명 되는데 컴퓨터는 주민등록 담당자가 관리하는 전산실의 한 대가 전부였다. 타자기 두 대로 모든 직원들이 공문서를 작성하다 보니 오래 차지하고 앉아 있을 수가 없었다. 타자를 치다가 실수로 오타가 나와 수정액으로 지우고 다시 하다 보면 시간이 오래 걸려, 틀리지 않도록 한 글자 한 글자 조심스럽게 타자를 쳐야 했다. 분기별 정기 보고서만 서른 가지가 더 되고, 타자라고는 공무원 시작하며 처음으로 쳐보는 것이라, 낮에는 펜으로 기안 문안만 잡아놓고 민원인을 대하다가, 직원들이 퇴근하고 난 이후에 독수리 타법으로 추위와 싸우며 업무를 처리했다. 근무 시간에는 갈탄을 피워 난로를 켰지만 퇴근 이후에는 난방을 하지 않았다. 건물이 오래되고 낡아, 밤이 되면 단열이 되지 않아 추위로 손이 시려 타자 치기도 힘들었다.

그렇게 업무를 배워가며 일하고 있을 때 다소 편한 것이 하나 있었는데, 그것이 바로 거택보호 대상자가 양곡을 수령하러 오면 지급하는 일이었다. 나에게 업무를 가르쳐주었던 선임 직원이 거택보호 대상자 양곡을 지급하는 일은 다른 직원이 알아서 할 테니 걱정하지 말라고 했고, 예전부터 그렇게 해오고 있었던 터라 나는 크게 신경 쓰지 않고 그분께 양곡 지급하는 일을 맡겨두었다. 양곡 지급은 내가 면사무

소에 처음 출근하던 날 갈탄을 피우던 직원이 했는데, 그 사람은 임자면이 고향일 뿐만 아니라 근무 경력이 많아 면내 실정을 소상하게 알고 있었고, 사무실의 궂은일에 늘 솔선수범하는 성실한 사람이었다.

당시 생활보호 대상자는 거택보호 대상자와 자활보호 대상자로 나뉘었으며, 자활보호 대상자에게는 의료보호 카드만 지급하였지만, 거택보호 대상자에게는 생계비로 지급되는 현금은 물론 매월 쌀과 보리쌀도 현물로 지급하였다. 쌀의 지원 기준은 1인당 1개월에 10킬로그램이었는데, 20킬로그램 포대로 포장되어 있어 두 달에 한 번씩 지급하면 되었지만 보리쌀은 1인당 월 2.5킬로그램인데 3킬로그램으로 포장되어 두 달에 한 번씩 지급할 때마다 부득이하게 봉지를 뜯어 적당량을 나눠 지급해야 했다. 그렇게 양곡을 지급하면서도 그 직원은 단 한 번의 민원도 발생하지 않게 했고 주민들 또한 만족하는 듯했다. 가끔은 사망자로 인해 양곡이 남았다며 면장님이 마을에 나갈 때 어려운 분들을 찾아뵙고 위문할 수 있는 기회까지 만들어주었다.

그래도 양곡 지급은 내 업무였기에 일을 하면서도 늘 사무실 유리창 밖으로 양곡 지급하는 모습을 바라보았고, 그 직원이 없을 때는 내가 직접 하기도 했다. 그런데 양곡을 지급하다보면 가지러 오는 사람들이 대부분 연세가 많은 노약자들이었고, 양곡을 버스에 싣는 것도 여간 힘들어하는 것이 아니었다. 그래서 사무실에 있는 손수레를 이용해 양곡을 버스 정류장까지 싣고 가서 직접 실어드렸는데, 별것도 아닌 그런 일만으로도 마을 이장님들은 물론 면장님까지 직원들 앞에서 나를 공개적으로 칭찬하셨다.

그러던 어느 날 오후, 마을 출장을 다녀오는 길에 오전에 양곡을 수령해가신 할머니 한 분이 길가에 앉아 계시는 모습을 발견하고 차를 세웠다.

사회복지 공무원이라서 행복합니다

할머니께서 아침에 수령해가신
쌀을 도로에 내려놓고
그 위에 앉아계셨기
때문이다. 아마도 오
전에 버스에서 내려
지금까지 그곳에 앉아
계신 듯했다. 나는 할머니
곁으로 다가가며 인사를 드렸다.

"할머니, 안녕하세요?"

할머니는 놀랍고 반가운 표정을 지으면서도 한편으로는 조금 쑥스러워
하시는 것 같았다.

"응 반갑네. 바쁜데 뭐 하러 차를 세우는가? 그냥 가지."

나는 쌀가마 위에 앉아 계시는 할머니의 손을 잡으며 여쭤보았다.

"할머니, 오전부터 지금까지 여기 앉아 계신 거예요?"

할머니는 버스가 올 도로 쪽을 바라보며 대답했다.

"응, 학교 간 손자 기다리네."

나는 다시 물었다.

"왜요?"

"내가 무거운 쌀 포대를 어떻게 가져가겠는가? 손자가 학교 끝나고 와
야 들고 가지."

순간 오늘은 날씨가 좋아 다행이지만 비라도 내리고 추우면 어떻게 할
뻔했을까 하는 생각이 들었다. 그래서 오늘은 제가 할머니 댁까지 가져다
드리겠다며 양곡을 싣고 할머니를 집으로 모셔다드렸다.

사무실로 돌아오면서 곰곰이 생각을 해보았다. 비교적 마을이 크면 여러 사람이 택시를 이용해 함께 가져가기도 하고, 면 소재지에 오가는 차량이 있으면 부탁을 하기도 하겠지만, 연고가 없거나 집이 외딴 곳에 있는 분들은 택시나 버스를 이용해도 집까지 가져가는 것이 큰 어려움이겠구나 하는 생각이 들었다. 그래서 사무실에 들어와 댁까지 배달을 해드려야 할 분들의 명단을 작성해보았다. 생각보다 상당히 많은 분들이 연고자 없이 홀로 사는 분들이었고, 그분들의 집은 대부분 마을의 가파른 길을 따라 맨 꼭대기 근처에 있었다. 명단 작성이 완료되자 마을 이장님들을 통해 그분들이 양곡을 수령하러 오시지 않도록 미리 연락을 드렸고, 나는 업무 시간 중에 틈을 내 개인 승용차를 이용해 두 달에 한 번씩 양곡을 배달하기 시작했다. 당시에는 자동차 연료비가 저렴해 경제적으로 많이 부담스럽지 않았고, 사무실에서 일하다 힘들고 지치면 바람 쐬는 기분으로 대상 가정을 방문했기 때문에 특별히 일이라는 생각이 들지 않았다.

시골에서 택시나 버스를 운영하는 사업자의 입장에서 보자면, 정부 양곡을 싣고 가는 사람들도 주요 고객 중 한 사람이고 수입원일 텐데, 혹시 나로 인해 피해를 받는 것은 아닐까 한편으로는 걱정이 되기도 했다. 하지만 전체 생활보호 대상자에게 양곡을 배달하는 것도 아니고, 누가 보더라도 형편이 어려운 세대만을 대상으로 했기 때문에, 주민들에게 공감대가 일어 별다른 문제없이 지속할 수 있었다.

양곡을 배달하는 데 사용하던 내 차량은 소형 승용차였지만, 뒷좌석을 접으면 적지 않은 양의 쌀을 실을 수 있었다. 그러나 도로의 대부분이 농로 수준의 비포장도로라서, 양곡을 조금만 많이 실어도 차 바닥이 도로와 부딪치고 긁히는 일이 잦았다. 그래서 적은 양의 쌀을 싣고 자주 왕복할 수밖에 없었다. 그런데 시간이 지나면서 양곡을 수령하는 분들은 양곡 지급 시기가 되면 집을 비우지 않고 기다리게 되어, 업무가 많으면 퇴근 시간 이후에라도 제날짜에 가져다드려야만 했다. 돌아갈 수 없는 강을 건너와버린 것이다.

자연스럽게 일의 효율성에 대한 고민이 일었고, 면사무소에서 운행하는 행정차를 이용하면 어떨까 싶었다. 당시의 면사무소 행정차는 6인승 화물차로, 양곡을 싣고 비포장도로를 다니는 데 적합할 것 같았다. 하지만 행정차는 면장님의 상징과 같은 유일한 관용 차량이라서, 면장님 아닌 다른 직원들이 이용한다는 것은 감히 상상조차 못할 일이었다. 행정차는 일종의 '상징'으로 어느 마을에 행정차가 주차되어 있으면 '면장님이 오셨구나' 하고 생각을 하던 시절이었다. 직원들이 행정차를 이용할 수 있는 경우라고는 상급 기관인 군청에서 직원들이 출장 나오는 경우, 담당자로 수행하며 동승하는 것이 전부였으니 그럴 만도 했다.

그러나 나는 며칠을 고민하던 끝에 용기를 내어 면장님을 찾아갔다.

"면장님, 제가 행정차를 좀 이용하고 싶습니다."

조금 당돌하게 느끼셨을 수도 있겠지만, 나는 단도직입적으로 말씀을 드렸다.

"무슨 일로?"

면장님은 약간은 의아해하시며 무슨 일로 그러는지 궁금해하는 표정을 지으셨다.

"우리 면 생활보호 대상자 모두가 어려운 형편에 택시와 버스를 이용하여 정부 양곡을 수령하고 있습니다. 그래서 경제적 부담이 클 뿐만 아니라 옮기는 데도 몹시 힘들어하십니다. 제가 저의 차로 정부 양곡을 배달하고 있는데 차가 작아 많은 양을 실을 수가 없어 시간이 너무 많이 소요됩니다. 그래서 행정차를 이용해 모든 생활보호 대상자 가정에 직접 배달하려고 합니다. 대신 양곡이 오면 면장님께서 차량을 이용하지 않는 시간과, 토요일 일요일을 이용해 사흘 안으로 끝내겠습니다."

나는 숨도 쉬지 않고 말씀드렸다. 그런 나를 면장님은 걱정 어린 눈빛으로 아무 말 없이 한참을 바라보시더니, "그 많은 양곡을 자네가 배달을 한다고? 한번 하면 앞으로도 계속해야 하는데 할 수 있겠어?" 하고 물으셨다. 나는 면장님이 행정차 이용 신청을 불쾌하게 생각하시지는 않은 것 같아 자신 있게 대답을 했다.

"예, 한번 해보겠습니다."

그러나 면장님의 표정에서 걱정은 가시지 않았다.

"행정차를 내주는 일은 어렵지 않네. 자네 생각은 참 좋지만, 복지 업무라는 것이 한번 시작하면 멈출 수 없는 특성이 있네. 자네는 하겠다고 했으니 어떻게든 자네 말에 책임을 지고 하겠지만, 담당이 바뀌면 그 직원도 할 수 있을지 걱정이 되어서 그러네."

면장님은 행정의 연속성을 위해 내 뒤에 근무해야 할 후임까지도 염려하고 있었다. 그러나 한참을 고민하던 면장님께서 정부 양곡이 도착하면 3일 이내에 끝내는 조건으로 허락을 해주셨고, 그때부터 행정차로 정부 양곡을 배달하기 시작했다.

내가 근무하던 면은 거택보호 대상자가 약 200명 정도 되었는데, 두 달에 한 번씩 화물차가 쌀 200여 포와 보리쌀을 싣고 왔다. 화물차가 도착하면 모든 직원들이 함께 양곡을 하역하여 창고에 쌓았다. 그렇게 면사무소 직원들은 행정뿐 아니라 노동도 해야 하는 상황들을 겪으면서, 내가 첫 출근하던 날 직원들이 운동화에 청바지를 입고 출근한 이유를 이해하게 되었다. 간혹 간소복을 입지 않고 출근하는 직원들도 사무실에 작업화와 산불 진화복 등을 넣어두고 수시로 갈아입으며 대응하고 있었다.

정부 양곡이 도착하면 일단 두 사람은 화물차로 올라가 쌀을 내리고, 다른 두 사람은 창고에서 양곡을 차곡차곡 쌓는 일을 한다. 그 외 직원들은 20킬로그램짜리 쌀을 두 포씩 메고 창고로 나르는 작업을 하는데, 쌀 포대가 무너지지 않도록 쌓는 일은 상당한 기술을 필요로 하는 일이라 전담하는 직원이 따로 있었고 그 사람은 양곡을 나누어 주던 직원이었다. 하역작업이 끝나면 면사무소 앞 슈퍼에서 두부와 김치 그리고 막걸리를 주문해 간식을 먹으며 허기를 달래고, 짧은 시간이나마 직원들과 정다운 시간을 보내는 것은 섬에서 근무하는 면사무소 직원들만의 특권이기도 하다.

양곡을 내리는 것은 화물 차량이 여객선을 놓치지 않고 바로 나갈 수 있도록 보내줘야 해서 직원들이 총동원되었지만, 그것을 다시 싣고 마을로 나가는 일은 온전히 나 혼자만의 몫이었다. 간혹 직원들이 도와줄 때도 있었지만, 마을별로 출장하다 보니 혼자서 양곡을 실었고 행정차 운전 담당 직원과 함께 출장을 나갔다.

행정차를 운전하는 직원 입장에서 보자면, 철없고 새파란 직원이 행정차로 양곡을 배달하겠다고 해서, 하지 않아도 될 일이 하나 늘어난 것이었다. 차량이 접근하기 곤란한 곳에 배달해야 할 집이 있을 때에는 같이 나누어 메고 다니기도 했고, 양곡을 가져갈 때 차에서 쌀을 들어 내 어깨에 올려주는 일을 해야 했기 때문에 늘 미안한 마음이었다. 더군다나 배달을 하다 보면 퇴근 시간을 넘기는 것이 예사여서 더욱 죄송한 마음이 들었다. 그래서 양곡을 배달하는 날은 힘을 내자며 둘이서 식육 식당에 마주 앉아, 돼지고기볶음을 잔뜩 먹고 시작했다. 내 형편으로 가능한 최선이었지만, 소박하기 그지없는 답례였다.

행정 차량을 이용한다고 양곡 배달이 쉬운 것만은 아니었다. 좁은 마을 안길을 무리해서 진입하다 남의 집 돌담을 건드려 둘이서 쌓아주고 간 적도 있고, 사흘이라는 짧은 기간 내에 일을 마치려다 보니 밤늦도록 자꾸 무리를 하게 되는 경우가 많았다.

우리 동네에 '게으르면 골병 든다'는 속담이 있다. 한 포대에 20킬로그램인 쌀을 두 포대 메고 다니는 것도 사실 힘든데, 시간을 아끼려고 세 포대씩을 메고 계단과 비탈길을 오르내리는 일이 많았다. 세 포대의 무게인 60킬로그램은 그때의 내 몸무게와 같았으니, 배달을 마치고 나면 허리가 아프지 않을 수가 없었다. 두 번으로 나눠 해야 할 일을 한 번에 하려다 보니, 골병이 든 것이다. 지금도 가끔 허리가 아파서 고생을 하는데, 그때의 양곡 배달이 원인이 아닐까 생각한다.

그렇게 한참 동안을 배달하다 보니 3일 만에 각 가정까지 전달하는 것이 현실적으로 어려운 일이라는 것을 인정해야 했다. 배달 대상 가정에 대한 재선별 작업을 거쳐, 양곡을 가져갈 건강한 사람이 없는 집으로 한정해 배달 대상을 국한했다. 나머지 가정은 마을 이장 댁에 가져다 놓고, 시간 날 때 찾아가도록 했다.

정부 양곡을 가정까지 배달하는 것을 당연한 내 업무로 생각하고 시작했는데 반응은 의외로 좋았다. 정부 양곡을 받는 분들은 물론이고, 마을 이장님들이나 지역 유지들까지도 관심을 표하며 바뀐 행정에 대해 칭찬했다. 당신들의 시간과 경비가 절감되고 수고를 덜게 되는 것보다, 공무원이 가정까지 방문해준다는 것에 고마워하는 것 같았다.

무엇보다도 면사무소를 방문하면 공개된 장소에서 상담을 하다 보니, 차마 말하지 못했던 개인의 고충을 자기 집에서는 편안하게 말했다. 상담까지 할 시간은 많이 부족했지만 나는 그분들 앞에서 바쁜 모습을 보이지 않으려고 노력했고, 가능한 그들의 이야기를 많이 들으려했다. 두 달마다 양곡을 전달해 드리기 위해 집에 갈 때나, 길에서 우연히 만나게 될 때도, 전에 하셨던 말씀을 기억해내 상담하며 관심을 보였다.

정기적으로 방문을 하다 보니 배달에 대한 고마움을 표시하는 사람들이 많았다. 그들은 도서 지역의 특성상 김과 양념류, 말린 생선, 고구마나 양파 같은 것들을 까만 비닐봉지에 담아 주었다. 그러면 나는 다음 양곡을 전해주러 방문할 때 과일과 음료 등을 사들고 가서 답례를 했다. 나중에는 창고와 안방 열쇠를 숨겨 놓는 곳을 나에게 알려주며 쌀을 방이나 창고에 넣어달라고 부탁하는 분들도 생겼다. 그렇게 지원되던 정부 양곡은 1990년대 후반부터 현물 대신 현금으로 지급되었고, 나중에는 희망자에 한해서만 양곡이 택배로 배달되면서 나의 배달은 종료되었다. 그래서 다행스럽게도, 내 후임 담당자에게 쓸데없이 오지랖 넓은 선임으로 남지 않아도 되었다.

지금 생각해보면, 정부 양곡 배달은 노약자들을 대신해 가정까지 전달해주는 배달 업무였던 것만이 아니었다. 사무실에서는 파악할 수 없는 가정 실태를 상세히 알게 되었고, 허심탄회한 상담 기법을 터득하게 된 계기가 되기도 했다. 면사무소에 찾아와 소리를 지르고 거친 행동을 하던 민원인도, 집에서 만나면 언제 그랬냐는 듯 친절하고 온순한 사람이 되었다. 그리고 자신들의 속사정을 숨김없이 얘기해주어 생활보호 대상자에서 탈락하지 않도록 방법을 찾아내는 데 많은 도움이 되었다.

정부 양곡을 배달했던 일은 내가 공무원으로 근무한 26년 동안 가장 보람된 기억 중 하나다. 버스 정류장에 쌀 포대를 깔고 앉아 계시던 할머니께 무릎을 굽혀 눈높이를 맞추면서, 복지가 베푸는 것이 아니라 그들에게 진정 필요한 것을 제공하는 것이라는 것을 어렴풋하게 깨닫기 시작한 것이다.

생활보호 대상자 가정에 양곡을 배달했던 나의 모습을 통해, 공무원을 고압적인 철밥통이 아닌 주민의 봉사자로 인식하는 계기가 되었으면 좋겠다. 지금도 허리 통증으로 고생을 할 때면 그때 어르신들이 느꼈어야 할 고통을 내가 나누고 있다고 생각한다. 그러면 지금의 통증과 불편도 참을 만하다.

호박을 팔아라!

근로 능력이 있는 영세민의 생계 안정을 위해 정부에서 추진하던 '취로사업'이라는 게 있었다. 취로사업은 마땅한 일거리가 없는 농한기 철을 이용하여, 매년 1~2회 농로 보수, 도로 풀베기, 해안가 쓰레기 줍기 등의 단순 작업 위주로 진행해 노임을 지급하는 형태였다. 그런 형태의 사업은 시골에서 진행하는 것이었고, 도시에서는 광고물 제거 작업이나 도로에 붙어 있는 껌 떼기, 도로 꽃 가꾸기 등 지역적 특성에 맞는 사업을 추진했다.

기록에 따르면, 취로사업은 1968년에 시작되어 1990년대 중반까지 이어지다가 중단되었다. 후로 우리나라에 IMF 경제 위기가 찾아왔던 1998년, 취로사업과 성격이 비슷한 '공공근로사업'이 시행되기도 했다. 두 사업의 공통점은, 사업의 성과를 중요시하기보다는 경제적으로 어려움을 겪는 사람들의 생활 안정에 기여할 수 있도록 일자리와 소득을 제공하는 것에 더 큰 목적을 두었다는 점이다.

공무원으로 재직하며 업무를 맡게 되면 처음부터 창의적인 방법이나 특별한 일을 해내기는 어렵다. 대부분이 전임자의 업무를 참고 삼아 답습하며 역량을 쌓아, 점진적으로 발전시켜 나간다. 나 또한 취로사업비를 배정받고 난 후에야, 취로사업이 무엇인지, 어떻게 추진해야 하는지, 필요한 서류는 어떤 것들인지, 지침을 읽고 기존의 공문을 찾아보았다. 현명한 행정을 위해서는 전임자의 자문이 필요하다는 판단까지 그리 오래 걸리지 않았다.

"박 주사님, 이번에 취로사업비가 나와서 마을 이장님들이 요청하신 도로 보수와 해수욕장 쓰레기 줍기를 하려고 합니다. 취로사업 추진하면서 참고해야 할 일이 있으면 가르침 좀 주세요."

전임자에게 질문을 자주 하는 것은 폐를 끼치는 일이라고 생각했기에, 가능한 묻지 않고 공부해서 처리하려고 했으나 경험 이상의 스승이 있던가. 나는 매번 어려운 일이 발생하면 전임자를 찾아가 자문을 받았고, 그는 언제나 친절하게 안내해주었다.

"취로사업은 감사 나오면 가장 우선적으로 확인하는 업무네. 그만큼 민감한 사업이니 신경 쓰고 서류를 잘 챙겨야 하네. 취로증은 대상자들에게 나눠주면 잃어버리기도 하고 훼손도 되니 자네가 챙겨서 가지고 다니게. 그리고 면장님께서 취로 현장에 방문하시면 일하는 사람들에게 간식을 제공할 때도 있으니 경비도 좀 마련해두게."

전임자의 조언은 행정적인 부분에 대해서는 이해할 수 있었지만, '경비를 좀 마련하라'는 말이 정확히 어떤 것을 의미하는지 이해하기 어려웠다. 두 번 묻기도 어려운 대답을 들은 터라, 담당 계장에게 다시 여쭤보았다.

"계장님, 이번에 취로사업을 하는데 일하는 사람들의 간식 경비를 마련하라고 하는데 어떻게 할까요?"

그렇게 묻는 내 마음속으로는 경비 마련 방법보다, 그럴 필요 없다고 말해주기를 바라고 있었다.

"그동안 참여자에게 지급할 노임으로 간식 경비를 마련하곤 했었네. 일하러 나오지 않은 사람을 근무한 것으로 꾸며서 발생하는 노임으로 간식을 제공했었는데 그럴 필요 있겠는가? 자네가 한번 개선해보소."

다른 사업들은 재료비나 업무 추진비가 배정되지만, 근로사업 중 재료

사회복지 공무원이라서 행복합니다

비가 없는 사업은 취로사업이 유일했다. 아무리 관례라고는 하지만 그것은 올바른 행정이 아니라는 생각에 고민하다가 면장님을 다시 찾아뵈었다.

"면장님. 취로사업 추진하려면 일정 경비가 있어야 된다고 하는데, 간식을 제공하지 않고 모두 노임으로 지급하면 안 되겠습니까?"

내가 너무 튀는 것은 아닐까 염려하며 조심스럽게 꺼낸 의견인데, 면장님께서는 나를 보며 빙그레 웃으시더니 즉석에서 허락하셨다(당시 면장님은 늘 직원들의 의견을 존중하고 신뢰했으며, 매사를 신속하고 객관적으로 결정했다. 그래서 나는 면장님을 존경했다. 면사무소 직원으로 출발한 내가 도청 직원이 될 때까지 많은 힘과 용기를 주셨던 분이다).

갑자기 간식이 끊기자 예상했던 대로 취로사업 참여자들의 입에서 볼멘소리가 나왔다.

"어이, 함 주사. 어째 면장님이 왔다 가셨는데 막걸리 한 잔도 없단가?"

"간식을 주지 않으니 배고파서 일 못 하겠네."

그러나 곧 간식에 대한 요구는 사라졌다. 한정된 사업비에서 간식으로 지출하면 여러분들의 일감이 줄어드니, 간식을 없애는 대신 일을 더 하셔서 돈을 더 받아 가시는 게 어떻겠냐고 그분들에게 의견을 여쭈었기 때문이다.

취로사업을 추진하다 보니 개선이 필요한 사항이 눈에 띄었다. 하나는 취로사업 참여자들의 복무 태도에 관한 것이었고, 또 하나는 사업의 효율성이었다. 취로사업이라는 게 국민들이 낸 세금으로 진행되는 행정이 아니던가. 성실한 납세자들을 위해서라도 변화가 필요하다고 생각했다.

취로사업의 진행 과정은 이렇다. 각 마을 이장님에게 희망자 모집 공문을 발송하면 이장님이 마을 방송으로 이 사실을 알리고 희망자를 접수한다. 이장님이 참여 희망자 명단을 작성해서 면사무소에 제출하면 면사무소에서는 참여 대상자를 확정해서 안내한다. 그리고 면사무소에서 참여자 개인별 계좌 번호를 확인하고, 취로사업 참여 여부를 확인하는 '취로증'을 만들어 다시 이장님께 보낸다. 이장님이 참여 대상자에게 전달하면 서류적인 단계는 완료된다.

작업일이 확정되면 참여자들에게 작업 시간과 장소를 통보하고, 취로증을 지참하고 나올 수 있도록 개별적으로 연락을 취하는 동시에 수차례의 마을 방송도 한다. 작업 현장에 책임자를 정해두어야 한다. 그렇지 않으면 작업자들을 통제하기가 어렵고 개별 행동도 잦았다. 참여자 중 통솔력이 있고 협조적인 한 사람을 선택해서 반장으로 임명했다. 그렇게 하면 작업자들의 독려하며 사업을 추진하는 데 큰 도움이 되었다.

작업 내용을 사전에 공지하고 각자 준비해 와야 할 도구들을 미리 안내했지만 맨손으로 나오는 사람이 많았다. 도로 정비를 위해 흙을 담을 때에도 형식적으로 조금만 담고, 앉아서 놀고 있는 경우가 많았다. 감독 공무원인 내가 곁으로 가면, 허리가 아프다느니 관절이 안 좋다느니 하며 서로 눈을 찡긋거리며 낮게 미소 지었다. 꾀를 부리는 게 너무 눈에 보여서, 서둘러 하자고 재촉이라도 하면 "나랏일 참여해서 땀을 흘리면 3대가 빌어먹는 것이여"라고 말하며 근무 태도는 전혀 바꾸지 않았다.

이런 형태의 일을 추진하다 보니, 아무리 대상자의 생계에 도움을 주기 위해 하는 사업이라고는 해도 사업비가 아깝다는 생각이 들었다.

사업의 효율성도 그랬다. 도로가에 자란 풀은 베도 금방 다시 자라고, 해변의 쓰레기를 주워도 바람이 불고 나면 다시 밀려온 해양 쓰레기로 뒤덮이고, 비포장도로를 흙이나 자갈로 메꿔도 오래지 않아 원상태로 되돌아가니 사업의 효과는 미미했다.

좀 더 생산적인 사업이 뭐 없을까 고민하기 시작했다. 효율적인 취로사업 아이템을 고민하며 걷다가 건강원 앞을 지나게 되었다. 호박 고는 냄새가 달콤했고, 건강원 앞에는 많은 양의 호박이 쌓여 있었다. 당시에는 건강식품으로 호박즙이 인기 있던 시절이었던 것이다.

　이거다 싶었다. 호박 농사를 지어 판매를 하면 어떨까 싶었다. 나는 농사 경험이 없어 짐작할 뿐이었지만, 밭두렁에 그냥 심어만 놓아도 혼자 알아서 잘 크는 것이 호박 아닌가. 농사를 지어도 그리 어렵지는 않을 것이라고 생각 되었다. 주변 직원들에게 물었더니 '호박 키우는 것이 무슨 일이겠냐'고 아주 쉽게 말을 해서 결심했다. 다음 단계는 빠르지 않은가. 다시 면장님을 찾아뵈었다.

　"면장님, 허락해주시면 금년에는 취로사업으로 수익 사업을 해보고 싶습니다."

　나는 면장님께 조심스러운 마음으로 말씀을 드렸다.

　"취로사업을 수익 사업으로? 무슨 계획이라도 있는가?"

　"관내에 휴경지가 많으니 신청을 받아 그곳에 호박을 심어서 판매해보려고 합니다. 그럼 취로사업비는 노임으로 지급하니 본연의 목적을 달성하게 되는 것이고, 휴경지에 농사를 지으니 땅을 놀리지 않아 좋고, 수익금은 어려운 사람들을 위해서 사용할 수 있으니 일석삼조가 아니겠습니까?"

　나는 마치 오랜 경험이나 있는 것처럼 자신감에 차서 말을 이어갔다.

　"취로사업으로 수익 사업을 해도 되는가?"

　계획은 좋지만 취로사업이 법적으로 문제가 되지 않는지 검토해보기를 바란다는 의사를 표현하신 것이다.

　"기획 단계에서 미리 군청에 문의해봤는데 가능하답니다. 사업 계획서를 제출할 때 호박 농사로 작성을 하면 될 것 같습니다."

나는 설레고 기쁜 마음으로 대답을 했다.

"그럼 그렇게 해보게."

면장님은 새롭게 시작하는 사업에 흥미를 느끼는 표정으로 대답을 해주었다. 이렇게 해서 취로사업은 호박 농사를 짓는 것으로 결정되었다. 내가 그려낸 기획이 시행된다는 사실은 기쁜 일이었다. 하지만 처음 해보는 작업인 데다 지켜보고 있는 동료들과 상사를 실망시키지 않아야 한다는 부담도 적지 않았다.

우선 호박 농사를 하려면 호박씨를 구해야 했다. 마을 이장들 집에 연락을 해서 구입하려고 했지만 많은 양을 보관하고 있는 사람들이 없었다. 5일마다 열리는 지도읍 장에 나가 호박을 구입했다. 어떻게 생긴 호박이 상품성이 있는 것인지도 몰랐기 때문에, 일단 크고 빛깔이 좋은 호박을 구입했다. 구입한 호박을 갈라서 씨앗만 봉지에 담고, 호박은 파는 분께 되돌려드렸다. 이렇게 농사를 시작할 만큼의 호박 종자를 확보했다.

종자 확보의 다음 단계는 토지였다. 각 마을로 공문을 발송해 취로사업 개요를 설명하고, 토지를 무상으로 임대해줄 사람이 필요하다 광고했다. 의외로 많은 사람들이 무상 제공의 의사를 밝혔다. 노동력을 상실해가는 노인들의 입장에서는, 밭을 묵히면 되살리기가 어려우니 무상으로라도 빌려주려고 하는 것 같았다. 일단 마을별 지적도를 놓고 차량이 접근하기 쉽고 가능한 너른 땅을 골라 3개 권역으로 나누었다. 취로사업 현장과 마을의 거리가 멀 경우 노약자분들이 참여하기 어려울 것 같다는 생각에서였다.

본격적으로 작업에 돌입했다. 구덩이를 파서 호박씨를 놓고 흙을 덮어 물을 주었다. 그리고 보온을 위해 비닐 필름을 덮어 주면 파종 작업이 끝난다. 첫 번째 권역에서는 취로사업 참여자들이 별다른 이견 없이 그대로 작업했다. 두 번째 권역에서 같은 작업을 하려니 퇴비를 많이 넣어줘야 농사가 잘 된다는 의견이 나왔다. 농사 경험이 많은 작업자이니 의견을 존중했다. 마침 자기 집에 축사에서 발생한 퇴비가 많으니 제공하겠다는 사람도 나왔다. 그 사람은 집 앞에 있는 퇴비를 치워서 좋은 일이고, 호박 농사에도 큰 도움이 된다 하니 일거양득이었다. 그렇게 3개 권역에 파종 작업을 마치고, 시간이 날 때마다 싹이 올라오는지 궁금해서 현장을 둘러보았다. 퇴비를 넣은 곳의 농사가 잘될 것인지, 아니면 큰 차이점이 없을지도 관심사에 속했다.

무탈하게 싹이 돋고 며칠이 흐르니 좀 이르게 돋아난 싹은 비닐 필름 안의 뜨거운 열기에 노랗게 시들고 있었다. 겁이 덜컥 났다. 실패한 것인가? 그렇다면 다시 심어야 하나? 물어볼 곳 없는 나는 깜짝 놀라 정신없이 비닐을 벗겨냈

다. 급하게 취로사업 참여자 몇 분을 불러다 비닐을 모두 벗겨내고, 싹이 말라 죽은 구덩이에는 다시 호박씨를 심었다. 다시 새싹이 돋아나 자라기 시작하자, 면사무소의 산불 진화 장비를 이용해서 아침마다 물을 뿌려주며 지극정성을 쏟아부었다.

처음에는 퇴비 투입 여부와 무관하게 모두 잘 자랐다. 지극정성은 호박에게만 유익한 것이 아니라서, 잡초가 호박보다 더 많이 자라났다. 이것들이 호박순을 덮어 햇볕을 빼앗는 것을 알고, 취로사업 참여자를 간간히 동

원해서 풀 뽑기 작업을 진행했다. 호박순도 서로 엉키지 않게 펴주며 관심과 사랑으로 호박을 키웠다.

　호박꽃이 피고 호박이 하나둘 영글어가는 것을 보면 기분이 날아갈 것 같았다. '이런 맛에 농사를 짓나 보다' 생각을 하며, 자식 돌보듯 호박을 관리했다. 가끔 면장님께서도 조용히 밭에 오셔서 호박이 자라는 것을 보고 가시고는 했다. 호박꽃이 지고 호박이 열리기 시작하니, 자라는 속도에 차이가 생기기 시작했다. 그냥 씨앗만 심었던 호박은 성장 속도가 느리고, 퇴비를 넣은 호박은 확실히 잘 자랐다.

　호박이 수박만 한 크기로 영글기 시작했을 때, 호박을 둘러보던 나는 깜짝 놀랐다. 호박 아랫부분에 흙과 돌이 파고들어 상처가 나고 있었던 것이다. 호박이 자라면 짚으로 똬리를 만들어 받쳐줘야 상처 없이 깨끗하게 자라는데, 그런 조언을 해주는 사람이 없었던 것이다.

　취로사업에 참여했던 사람들은 많든 적든 농사 경험이 있는 사람들이다. 어느 한 사람이라도 언질을 해줄 수도 있었을 텐데, 말해준 사람이 없었다. 나는 그것이 무관심이라고 느껴져서 서운한 생각도 들었다. 다음 날 부랴부랴 취로사업 참여 가능자를 모두 나오게 해서, 짚으로 똬리를 만들어 받쳐주었다. 그렇게 시간이 지나 결실의 시기가 다가오자 온 들판에 호박이 가득한 것처럼 농사가 잘되었다.

농사를 짓는 마을 분들도 한 번씩 둘러보고 가며 호박 참 잘 키웠다고 말씀하시고는 했다. 들판에 널린 호박을 바라보며 부자 된 기분에 젖었던 마음은, 아마 아무도 어느 정도인지 짐작하지 못할 것이다.

그러나 난관이 기다리고 있었다. 호박은 잘 키웠는데 그 판로가 문제였다. 전화번호부 책을 펴 놓고 건강원 목록을 작성해서, 시간이 날 때마다 전화를 걸었다. 호박을 살 것인지, 산다면 얼마나 살 것인지, 가격은 어떻게 책정하고 있는지 물었다. 그러나 판로 개척은 생각처럼 쉽지 않았다. 호박을 대량으로 구입하려 하지도 않았지만, 구입 대상도 상품성이 좋은 호박으로 국한하려 했다. 내가 호박씨를 구하며 호박을 구입할 때는 한 통에 3,000원씩 주었는데, 정작 팔려고 하니 상품은 1,000원, 그렇지 못한 것은 500원을 주겠다고 하는 것이다.

판로 개척은 요원했지만 호박을 들판에 그대로 두면 야생동물들이 갉아먹어 상품 가치가 떨어질까 싶어 수확을 서둘렀다. 취로사업 참여자는 물론 직원들까지 동원해 호박을 땄고, 행정차를 이용해 면사무소 복지회관으로 옮겼다. 몇 대 분량을 실어 날랐는지도 모를 만큼 상당한 양의 수확이었다. 그렇게 쌓여 있는 호박을 바라보며, 나는 수익 사업에 성공했다는 뿌듯함에 젖어 있었다.

그러던 어느 날 금쪽같은 내 호박을 둘러보려고 회의실 문을 여니 후끈한 열기가 느껴졌다. 깜짝 놀라 농사 경험이 있는 직원에게 여쭤보니, 호박이 발효가 시작되어 이대로 두면 곧 다 썩게 될 것이라고 말해주었다. 또 다른 고민이 시작되었다. 급하게 판매하면 헐값밖에 받지 못해 이익금이 적을 것이고, 그렇다고 좋은 가격 받을 수 있는 곳을 더 섭외하자니 썩어서 버리게 될 처지였다. 내 얼굴에 얼마나 고민이 깊었던지, 면장님께서는 사겠다고 하는 사람에게 전량을 매도하면 어떻겠냐고 말씀하실 지경이었다.

고민에 고민을 거듭하다 묘수 같은 한 가지를 생각해냈다. 호박을 그대로 두면 보존 기간이 짧지만, 공정을 거쳐 호박즙 형태로 만들면 보관 기간이 길어진다. 게다가 판매 대금도 정상적인 가격을 받을 수 있겠다는 생각이 들었다.

그래서 또 면장님과 상의를 했다(우리 면장님은 얼마나 귀찮으셨을까).

"면장님, 호박을 이대로 판매하면 모두 팔아도 300만 원 받기도 어려울 것 같습니다. 호박으로 판매하는 것보다 호박즙을 내서 판매하면 어떻겠습니까?"

나는 호박즙의 시장성과 장기 보관 가능 등의 장점을 함께 설명했다.

"호박즙? 비용도 없는데 어떻게 하려고?"

면장님도 취로사업에는 자재비나 일반 운영비가 없다는 사실을 알고 계셨기 때문에 걱정하듯 물었다.

"우리 면내에 호박즙을 내는 건강원이 세 곳 있습니다. 이분들과 상의해서 호박즙을 생산해서 판매하고, 나중에 대금을 지불하는 것으로 추진했으면 합니다."

"그럴듯하구먼. 그럼 내가 건강원 사장님들에게 부탁을 할 테니 면장실로 초대하게."

면장님은 나의 대책을 흔쾌히 받아주셨고, 호박즙을 제작할 수 있도록 도와줄 것이니 열심히 해보라고 격려까지 해주셨다.

면장님의 동의로 인해 호박즙 판매로 사업 방향이 재설정되었다. 나는 건강원 업주들에게 회의를 위해 면사무소에 와주시도록 공문을 발송했다. 회의 당일 면장님께서 업주들에게 점심 식사를 대접했고, 면장실로 모셔다 차를 마시며 그동안의 상황과 앞으로 계획에 대해 내가 설명했다. 호박즙 제조 비용은 최소한의 실비로 청구해주시면 감사하겠다. 호박즙 제조 작업을 위해 필요한 인력은 취로사업 참여자를 지원해드리겠다는 약속도 했다. 그분들은 나의 말을 듣고, 면민들을 위해 좋은 일 하는 것인데 이 정도는 협조해야 되지 않겠냐며 선뜻 동의를 해주었다.

호박즙 생산 작업이 진행되는 동안, 나는 호박즙을 판매하기 위한 여러 가지 준비를 했다. 인터넷에서 호박의 효능을 검색해 홍보물을 만들었고, 목포에 있는 포장재 판매 회사에 가서 호박이 그려진 포장 상자를 구입했다. 외상이었다. 포장상자에 부착할 스티커도 제작했다. 스티커에는 '이 호박즙은 신안군 섬마을에서 생산된 무공해 호박으로 만들었습니다. 호박즙의 판매 수익금은 불우 이웃을 위해 사용하겠습니다'라고 썼다.

호박즙의 품질에도 신경을 많이 써서, 다른 곳에서 생산된 제품보다 질이 떨어지지 않도록 호박을 더 많이 넣어서 진하게 만들었다. 이렇게 제작한 호박즙은 총 800상자가 되었다. 가격은 시중 판매 시세인 한 상자에 2만 원으로 책정했다.

일단 시간은 벌었지만 막막한 판로는 여전히 문제였다. 면사무소 동료들이나 관내에 판매하는 것은 어려웠다. 다들 호박 정도는 자투리땅에 몇 포기씩은 심었고, 그렇지 않은 경우에도 주변에서 쉽게 얻을 수 있었다. 동료들이 그러하니 관내 주민들을 상대로 한 판매는 불가능에 가까웠다.

생각다 못해 취로사업 업무를 담당하는 군청 사회복지과에 호박즙 판매 협조 요청 공문을 발송했다. 고맙게도 군청 사회복지과에서 각 실과에 홍보한 결과 약 50여 상자의 주문이 들어왔다.

하지만 남은 물량에 대한 판매 방법은 여전히 큰 고민이었다. 그러다 우연히 서울에서 신안군 재경향우회 체육대회가 개최된다는 사실을 알게 되었다. 나는 그분들에게 호박즙을 판매하면 고향에서 생산된 호박즙이라는 것 때문에 잘 팔릴 수도 있겠다는 생각이 들어 또 면장님을 찾아 갔다. 처음 하는 일이라 자신은 없었지만 다른 방법이 없으니 면장님께 부탁을 드리는 수밖에 없었다.

"면장님, 호박즙을 판매할 방법이 없으니 제가 다음 주 서울에서 개최되는 재경향우회에 가지고 가서 팔아보겠습니다."

면장님은 내심 걱정을 하시는 눈치였다. 그도 그럴 것이 그곳에는 군수님과 각 읍·면장들이 참석을 하는데, 우리 면에서만 호박즙을 판매하는 것이 부담되기도 했을 것이다.

"이렇게 많은 양을 어떻게 팔려고?"

나는 면장님 마음이 흔들리지 않도록 단호하고 강한 어조로 말씀드렸다.

"일단 행정차로 싣고 가서 향우들에게 팔아보겠습니다."

"고생될 텐데?"

나도 빨리 사업을 마무리해서 벗어나고 싶은 생각이었다.

"그래도 팔아봐야지 어쩌겠습니까? 이번에 서울에 가서도 판매하지 못하면 나머지는 우리 군 관내 저소득층에게 현물로 지급해주고 마무리 할까 합니다."

면장님에게도 별다른 방법이 없으셨고, 나쁘지 않은 처리 방법이라고 생각을 하셨는지 동의해주셨다.

"그럼 그렇게 하세."

호박이 연상되는 노란색 바탕의 현수막에 '고향에서 생산된 무공해 호박즙을 판매합니다'라고 써서 준비했다. 향우회 행사 전날, 행정차에 호박 즙 750여 상자를 차곡차곡 싣고 지리도 모르는 서울 샛강 유원지를 향해 출발했다. 내비게이션이 없던 시절, 지도책 한 권을 들고 서울로 출발했다.

그런데 출발한 지 얼마 지나지 않아 행정차를 운전하던 직원분이 핸들 이 흔들려서 운전을 못하겠다고 했다. 행정차가 6인승 승합차이고 호박즙 을 뒤쪽에 싣다 보니 무게중심이 뒤로 쏠린 것 같았다. 그래서 하는 수 없 이 휴게소에 들러 내가 운전석에 앉았다. 지리를 잘 몰라 중부고속도로를 지나 남양주까지 올라갔다가, 물어물어 샛강에 도착했을 때 시각은 이미 밤 열 시를 지나 있었다.

차에 호박즙 상자가 가득 실려 있었기 때문에, 차 혼자 세워놓고 들어 가 잘 수 없었다. 일 벌인 게 죄라고, 나는 차에서 자고 동료는 가까운 여관 에서 자기로 했다. 차 안에 앉아서 잠을 이룰 수 없었다. 내일 호박즙 판매 성공 여부도 그랬지만, 내일이 행사라는데 행사장에는 아무런 준비도 되 어 있지 않은 것도 신경 쓰였다. 내가 지금 위치를 잘못 찾아 엉뚱한 곳에 서 대기하고 있는 것은 아닌지 걱정 되었다.

전전반측 잠 못 이루고 새벽 을 맞았는데, 동이 틀 무 렵 차량 몇 대가 오더 니 순식간에 천막과 현수막 등을 설치하 고 돌아갔다. 그야말 로 후다닥이었다. 나는 차 안에 앉아 그 모습을 지켜보며, 서 울에서는 눈 뜨고 코 베인다더니 촌놈이 구경 제대로 했다며 웃었다.

아침은 김밥 한 줄이었다. 행사가 시작되자 나는 차를 운동장 가장자리에 세우고 준비해간 현수막을 설치했다. 본부석을 찾아가 임자면사무소에서 호박즙을 판매하러 왔노라며 인사를 드렸다. 재경향우회 부녀회장께는 호박즙 판매를 안내하는 홍보 방송도 부탁드렸다. 많은 향우들이 너나없이 구입을 해주었다. 이름만 들어도 뭉클한 고향 호박인데다, 행정기관에서 직접 제작했다 하니 신뢰하는 것 같았다.

그러나 그것이 마냥 수월하지는 않았다. 호박즙을 구매한 사람들은 한두 상자를 주문하면 자동차 번호를 알려주며 열쇠를 내게 주었다. 가져다 자동차 트렁크에 실어달라는 것이었다. 전혀 예상하지 못한 일이었다. 손수레라도 있다면 수월했을 텐데, 호박즙 상자를 안고 축구장 두 개를 건너 주차장까지 뛰어다녔다. 그렇게 뛰어다니다 보니 점심이 지나자 발바닥에 물집이 생겼다. 아프고 힘들었지만 다른 방법이 없었다. 내가 시작한 일이고, 나 말고는 할 사람도 없었다.

향우회 행사는 오후 네 시까지로 예정되어 있었다. 오후 두 시쯤 상황을 살펴보니 300상자 정도가 아직 남아 있었다. 마음이 급했다. 이미 판매 추이는 급격히 둔화되어 있었다. 재경향우회 부녀회장님을 다시 찾아갔다. 현금 안 가지고 와서 못 사는 분들 계시면 외상으로라도 드릴 테니, 팔아달라고 부탁을 했다. 읍소에 가까웠다. 부녀회장님은 적극적이었다. '고향에서 좋은 일 하려고 이곳까지 왔는데, 다시 싣고 내려 보내서야 되겠느냐'며 구입을 독려해주었다. 부녀회장님의 애향심 자극은 제대로 먹혀들어서, 나머지 전량을 판매할 수 있었다.

홀가분해진 마음으로, 뒷정리를 하고 있는데 면장님께서 오셨다. 행사 참석을 위해 출장 오셨다가 종일 뛰어다니는 내가 안쓰러워 눈을 뗄 수 없으셨다고 말씀하셨다. 그러면서 내게 내미신 손에는 하얀 봉투가 들려 있었다. "어디 가서 목욕이라도 하게." 10만 원이었다. 공무원이 되어 처음으로 받아본 금일봉이었다.

짐을 챙겨 어둑어둑해진 서울을 떠나 내려오다 광주에 있는 여관에 숙소를 정했다. 어차피 배는 끊겨 있어서 내일 아침 배를 타야 했다. 면장님이 주신 돈으로 늦었지만 맛있는 저녁 식사도 하고 다음 날 아침 목욕도 했다. 밤에는 '두 다리 쭉 펴고 잔다'는 말이 이런 거구나 실감하며 숙면을 취했다.

이튿날 면사무소에 출근한 내 어깨에는 힘이 잔뜩 들어가 있었다. 마치 개선장군인 것처럼 기세등등했다. 촌놈 서울 가서 완판하고 내려 온 것을 영웅담처럼 이야기했다. 많은 직원들이 고생 많았다며 격려를 아끼지 않았다.

취로사업비로 책정받은 예산은 500만 원이 채 되지 않았었다. 호박즙 판매 대금으로 여기저기 달아둔 외상값을 모두 갚고 나도 1,300만 원 이상의 수익금이 발생했다. 수익금의 사용처에 대해 면장님과 상의한 끝에, 관내 어르신들을 모시고 경로잔치를 하기로 했다. 보도 자료를 만들어 군청에 보내, 우리 면에서 수익발생형 취로사업의 결과로 경로잔치를 치른다며 초대했다. 군수님까지 오셔서 치하해주시는 등 성황리에 마무리할 수 있었다. 경로잔치의 사회까지 맡아서 진행한 나는 어느새 많이 성숙된 공무원이 되고 있었다.

이토록 사연 많은 호박 농사가 끝이 났다. 경로잔치를 하고 남은 수익금은 면사무소 세입 세출 외 현금 통장에 입금했다. 이후 나는 군청을 거쳐 도청으로 발령받아 근무를 하게 되었다. 너무나 바쁘고 여유 없는 도청 생활은 면사무소에서의 아름다웠던 기억들을 까맣게 묻고 있었다.

몇 년이 지난 어느 날, 임자면사무소에서 전화가 왔다. 호박 농사 취로 사업으로 만든 수익금을 아직까지 사용하지 않고 있는데, 그 돈으로 면사무소 2층 회의실과 1층 사무실 그리고 민원실에 에어컨을 설치하고자 한다고 했다. 나는 깜짝 놀라서 물었다.

"아니, 그 돈이 아직도 있어요?"

"자네가 얼마나 힘들게 번 돈인지 우리가 다 아는데, 자네와 상의하지 않고 사용할 수 있겠는가? 좋은 곳에 사용하려는 것이니 동의해주시면 고맙겠네."

생각지도 못한 전화를 받고 나는 기분이 좋아 기쁜 마음으로 대답을 했다.

"이렇게 잊지 않고 전화해주신 것만으로도 감사합니다. 어느 곳에 사용하시든 그것이 좋은 일이라는 것을 압니다. 저는 무조건 동의합니다."

다시 몇 년이 지나, 내가 근무했던 임자면사무소에 출장 갈 기회가 있었다. 내 눈길이 처음 가 멈춘 곳은, 내가 일하던 자리가 아니라 에어컨이었다. 누구에게도 말하지 못했지만, 호박 농사 짓는다고 좌충우돌 뛰어다녔던 일들이 떠올라 혼자 살며시 웃었다.

내가 열심히 뛰어다녔던 것만 생각나는 게 아니다. 그때의 나를 돌아보면, 천방지축인 신입 직원이 기존의 관례를 무시하고 시종일관 좌충우돌의 연속이었다. 그때 그런 나를 제지하는 면장님을 만났거나, 시기하는 동료들이 있었다면 어땠을까? 나는 그저 평범한 시골의 주사로 남았을지도 모르겠다. 변화를 두려워하지 않고, 격려해주고 지켜봐준 상급자와 동료들이 아니었다면 나의 꿈은 이렇게까지 자라지 못했을 것이다.

나를 격려해주시던 면장님의 위치가 된 지금, 그때의 나와 같은 신입 직원이 들어와 일을 만들고 다닌다면, 지금의 나는 그를 어떻게 대할까? 당시의 면장님처럼 인자한 미소로 지켜봐줄 수 있을까? 고생스럽기는 했지만 그때가 간절히 그립다.

화장지를 팔아 봉사한다고?

사회복지 전문요원으로 근무하면 아무래도 공공 부조(국가 또는 지방자치
단체가 빈곤층 주민에게 최저한도의 생활을 보장해 주려고 일정한 보호 기준에 따라 현금
이나 현물을 지원하는 제도)에 관한 업무가 우선 되고는 한다. 이를 추진함에
있어 업무의 성격에 따라 지역사회 자원을 발굴하고 이용하는 것도 중요
한 일이다.

그러나 사회복지 전문요원 초기에는, 업무에 쫓겨 당면한 업무 위주의
한정된 자원만 발굴해 활용하기가 쉽다. 그래서 사회복지학을 공부하고 또
사회복지 업무를 전담하는 공무원으로서, 중재와 중개를 마음처럼 하지 못
하고 있는 것은 늘 마음의 부담이다.

생활보호 대상자(지금은 '수급자'라고 한다)의 자격 관리를 위해 가정 방문
을 해야 했다. 매년 1회 이상 전수조사를 실시하며 생활 실태 파악과 상담
을 통해 보호를 해야 하기 때문이다. 일반적으로는 전수조사를 위한 가정
방문을 할 때 생활 실태 파악을 하지만, 나는 양곡배달을 하며 가정의 세
밀한 생활 실태를 많이 알게 되었다.

속속들이 파악했다고 할 수는 없지만, 알고 나니 지나치기에는 부담스
러운 형편이 많이 보였다. 난방 방법이 없어서 추운 한겨울을 전기장판 한
장에 의존해서 나는 사람. 수돗물이 나오지 않는 집. 반찬이라고는 된장
도 변변치 않은 집. 집안이 쓰레기로 가득찬 집. 특히나 세탁을 하지 않거

나 요강을 방에 두고 생활하는 집은, 악취 때문에 방문을 열기도 힘들었다. 집안에 곰팡이가 피거나 개똥 천지인 집들은, 위생적인 문제도 시급한 개선 대상이었다.

이렇게 딱한 집에는 개인적으로 집에 있는 이불을 가져다 드리고, 반찬을 가져다 드렸다. 하지만 박봉의 초임 공무원의 형편으로 혼자 감당하기는 힘들었다. 딱한 사정을 얘기해서 뜻 있는 직원 몇 명이 모였다. 우리끼리 성금을 모아 전기장판과 라면 등을 가져다 드렸다. 간단했지만 그것이 임자면 자원봉사단의 시발점이었다.

시간이 지나면서 보다 체계적이고 계획적인 봉사 활동이 필요하다고 생각했다. 체계적인 봉사를 위해서는 무엇보다 인력 확보가 절실했다. 그렇다고 주민을 대상으로 봉사자를 모집하자니 자원으로 활용할 만한 여건이 부족했다. 내게 자원봉사를 직접 추진한 경험이 없다는 것도 결점이었다. 어려운 사람들이 눈에 어른거려 포기해버릴 수도 없는 일이었다. 면사무소 동료 중 자원봉사에 관심을 보이고, 성금 모금에 앞장서던 젊은 직원들 위주로 소박한 자원봉사회를 만들었다.

주 5일 근무제 시행 전이라, 일과가 끝나는 매주 토요일 오후를 정기 봉사 활동일로 정했다. 봉사 대상 세대 선정과 봉사 내용은 사정을 잘 아는 내가 정했다. 나머지 회원들은 밑반찬 몇 가지씩 준비해서 작업에 참여했다. 간단한 집수리와 세탁, 집 청소, 목욕 시켜드리는 일이 주된 봉사 활동 내용이었다. 작업을 마치면 마지막으로 따뜻한 식사 한 상을 차려 드리는 것이 우리에게는 일종의 의식이었다.

언젠가 홀로 사는 할머니 댁에 방문하게 되었다. 빈손으로 갈 수는 없어서 마땅한 게 뭐 있을까 고민하다 돼지고기를 사들고 갔다. 반갑게 맞아주시는 할머니와 인사를 나눈 후 돼지고기를 냉장고에 넣었더니, 할머니께서는 돼지고기를 꺼내 부엌으로 가셨다. 혹시나 우리 점심을 위해서 조리하시려나 싶어 들여다봤더니, 세상에나! 할머니는 돼지고기를 큼직하게 썰어 날것으로 드시는 게 아닌가. 치아도 많지 않으신 분이 어찌나 허겁지겁 드시던지, 체해서 무슨 일이 나는 건 아닌지 걱정될 정도였다.

"할머니는 생고기를 좋아하세요?"

할머니는 입안 한가득 고기를 채워 넣은 채 말씀하셨다.

"아니네. 돼지고기가 먹고 싶었어. 며칠 전부터 많이 무척이나 먹고 싶었네. 고기를 먹고 나니 눈이 다 밝아지는 것 같네. 자네들이 효잘세. 자식보다 낫구면."

생계비를 수령하고 계시니 고기를 사 드시는 일은 그리 어려운 일이 아닐 것이라고 생각했다.

"그렇게 드시고 싶으면 사서 드시지 그랬어요."

할머니는 고기를 꿀꺽 삼킨 후 한숨 돌리고 차분히 말씀하셨다.

"정부에서 배급 타 먹는 내가 어떻게 사람들 앞에서 염치없이 돼지고기를 사다 먹겠는가."

가슴 한구석이 찌르르 하며 저려왔다. 받는 사람의 마음은 이런 것이란 말인가. 생활보호 대상자라고 이마에 써 붙이고 다니는 것도 아닌데, 생계비를 받아 살아가는 사람의 입장에서 뻔뻔하게 고기를 사다 먹을 수는 없었다는 것이다. 주는 사람의 입장에서 한 번도 생각해 보지 못한 받는 사람의 고충이었다.

그때부터였다. 우리 자원봉사단의 봉사 활동 마무리는 돼지고기 볶음에 새로 지은 따뜻한 밥이 의식으로 자리매김했다.

봉사 활동이 거듭될수록 운영 비용의 필요성이 커져 갔다. 우선은 집을 수리하는 작업을 할 때 필요한 여러 가지 도구들이 시급했다. 수시변통으로 회원들 집에 있는 연장을 챙겨 가기는 했지만, 그것들은 중복되기 일쑤였고 종류도 다양하지 못했다. 봉사 활동을 위해 방문하는 가정마다 비누나 치약 등의 생활필수품을 드렸다. 그것도 적지 않은 돈을 필요로 했다. 밑반찬을 준비해 냉장고에 넣어드리기 위해서는 반찬통도 필요했다. 무엇보다도 집을 수리할 때 필요한 시멘트나 장판 같은 재료비는 지출 단위가 컸다. 십시일반이나 후원만으로는 극복하기 어려운 문제였다. 수익을 만들어내야만 했다.

일일 찻집을 통해 수익 창출을 시도했다. 그 일은 준비 과정에서부터 찻집을 운영하는 일까지, 직원들의 시간을 너무 많이 필요로 했다. 그렇다고 수익이 기대만큼 많은 것도 아니었다. 지속적이고 안정적인 수입원이 필요했다.

또 다른 수익사업을 찾기 위해 모색하던 중 솔깃한 얘기를 들었다. 마을 단위의 조직에서 운영 자금이 필요할 때, 마을 부녀회를 통해 화장지를 판매해서 비용을 충당했다는 것이다. 미처 생각하지 못한 좋은 아이디어였다. 화장지는 구입 단가가 낮아 판매 이윤이 확보되는 데다, 쓰지 않는 집이 없는 그야말로 생활필수품이 아니던가.

곧바로 화장지 구입을 위한 자료 조사에 들어갔다. 저렴한 구입 단가를 위해 도매상보다는 제조 공장이 적격이라고 생각했다. 다행스럽게도 비교적 가까운 거리에 있는 목포대불공단에 장애인들이 생산하는 화장지 공장이 있었다. 전화로 취지를 설명하고 구입 단가와 화장지 대금을 추후 결제해도 되는지 문의했더니 흔쾌한 협조를 약속 받았다. 차량 선적료가 무료인 행정차를 이용하면 운송비까지 절약할 수 있겠다는 생각이 들었다. 면장님께 보고하고 행정 차량이 군청 출장을 나갈 일이 발생할 때, 화장지 공장에 들러 화장지를 싣고 오기로 했다.

이제 성공 여부를 떠나 수익사업의 방향은 설정되었다. 그에 따른 사전 정지 작업에 착수했다. 무엇보다 각 마을별로 화장지를 관리하고 판매한 후 정산할 사람이 필요했다. 회원의 수도 더 필요했다. 임자면부녀회장단을 찾아가 사업 협조와 회원 가입을 요청했다. 취지가 취지인지라 설득으로 인한 어려움 없이 적극적인 협조를 얻어냈다.

조직의 규모가 커지면 필요한 작업들이 있다. 조직명과 조직 체계, 그리고 명문화된 회칙은 필수다. 회의를 거쳐 회칙을 만들고 회비에 관한 규정도 두었다. 재정을 이원화해 회원들이 납부하는 회비는 모임의 자체 운영 비용으로 사용하도록 했다. 수익사업에서 발생할 수익금은 별도로 관리해 봉사활동에 따르는 제반 비용으로 용처를 한정했다. 봉사 활동은 강제하지 않고 참여가 가능한 회원만 자율적으로 참여하기로 했고, 불가피하게 참여하지 못하는 회원은 밑반찬 제공이나 화장지 판매 등의 활동으로 참여하기로 했다.

화장지 가격 책정에 대해서도 많은 고민을 했다. 구입자나 판매자가 서로 부담스럽지 않고, 상도의에 벗어나지 않기 위해서 농협마트에서 판매하는 수준으로 결정했다. 이렇게 '임자면 자원봉사자회'의 조직과 운영에 관한 뼈대가 만들어졌다.

이제 화장지 공장에 가서 화장지를 싣고 오면 된다. 화장지는 비교적 가벼운 것이니 고정할 줄만 있으면 될 것 같아, 화장지를 묶을 수 있는 굵은 고무줄을 싣고 갔다. 공장에 들어가니 작업자들의 수가 많아 상차하는데 오래 걸리지 않았다. 준비해 간 굵은 고무줄로 화장지를 덮어 묶는데, 일이

사회복지 공무원이라서 행복합니다

뜻대로 술술 풀리면 인생이 무슨 재미가 있겠는가.

고무줄의 압력에 의해 화장지를 담은 비닐봉지가 늘어나며 찢어질 것 같았다. 경험이 있었다면 널빤지를 가져가 화장지가 찌그러지지 않게 감싸서 묶었겠지만, 나도 처음 해보는 일이었다. 세게 묶자니 화장지의 품질에 손상이 가고, 화장지의 품질을 지켜주자니 헐거워 불안했다. 딜레마다. 나는 판매해야 할 목적의 것이라 화장지의 품질을 선택했다. 운송 중 흔들림이나 쏠림을 최소화하기 위해 서행하는 수밖에 없었다.

조마조마한 마음에 백미러를 수시로 살피며 조심스럽게 운전을 했다. 막배를 타고 들어갈 수 있을 것 같았다. 하지만 시골길이 그렇게 점잖은 길이 아니다. 꼬불꼬불한 도로를 달리다 보니 화장지들이 한 쪽으로 쏠리기 시작했다. 길가에 차를 세우고 내려서 살펴보니, 고무줄이 화장지 사이의 틈으로 파고들어 느슨해지고 있었다. 피사의 사탑 같았다. 그렇다고 고무줄을 풀어 다시 맬 수도 없는 노릇이었다. 고무줄을 푸는 순간 이미 기울어 있는 화장지들이 와르르 쏟아질 것은 빤한 일이었다.

배 시간은 다 되어 가고, 거리도 얼마 남지 않은 상황이었다. 조금만 더 가면 된다는 생각에 고무줄을 살짝 당겨 묶고 그대로 출발했다. 막배를 놓치면 이 위태위태한 상태의 화장지를 싣고 어디 갈 수도 없다. 또 차에서 하룻밤을 자야 하는 것이다. 배 시간 때문에 시계 쳐다보랴 백미러로 기울어진 화장지 쳐다보랴 등에서 식은땀이 줄줄 흘렀다. 이제 고개 하나만 넘으면 되는데, 고개 하나만 넘으면 바로 선착장인데, 기어코 화장지들이 도로로 투신해버렸다. 그때 느낀 화장지들에 대한 배신감이라니…….

이제 오늘 임자도로 들어가는 것은 포기해야 했다. 차를 세워 놓고, 사방으로 흩어진 화장지들을 주워 싣고 다시 묶었다. 이미 포기했지만 혹시나 배가 기적처럼 나를 기다려주지 않을까 하는 마음에 선착장에 가봤지만, 이미 배는 꽁무니도 조그맣게 보일 정도로 멀리 가고 있었다. 전화로 사무실에 상황을 보고하고 검은 밤바다를 보며 또 차에서 밤을 보냈다. 행정차는 면장님께서 사용하는 차라서, 화장지를 적재한 채로 둘 수 없었다. 첫배로 임자도에 도착하자마자 각 마을 부녀회장님 댁을 찾아가 화장지를 맡겼다.

부녀회장님들이나 마을 주민들의 협조는 우리의 바람보다 적극적이었다. 다른 건 다 마트에서 사더라도 화장지만큼은 부녀회에서 구입하는 주민들이 많았다. 기대만큼의 수익이 발생하니 봉사 활동도 적극적으로 할 수 있었다.

전기장판 하나로 겨울을 나는 어르신들을 위해, 단열재를 사서 장판 밑에 깔아드렸다. 홀로 사는 어르신들의 댁을 방문할 때는 유통기한이 긴 콩음료와 라면 등을 전해 드렸다. 우유처럼 유통기한이 짧고 변하기 쉬운 음식은 피해야 한다. 어르신들은 유통기한을 확인하지도 않을뿐더러, 우유를 드시면 설사하는 경우도 있다. 혹시라도 우리의 봉사 활동으로 어르신들이 불편해지는 일이 없도록 사소한 것에도 신경을 썼다.

소화가 잘 되지 않는다거나 머리가 아프다고 하는 어르신께는, 보건 지소의 지원을 받아 소화제와 진통제를 가져다 드리는 심부름도 했다. 이불 세탁을 할 수 있는 대형 대야도 구입했고, 고무장갑과 세제 등을 차에 싣고 다니며 열심히 봉사 활동을 했다. 회원 간에도 정기적인 모임과 회의를 통해 돈독한 관계를 유지하다 보니, 자연스럽게 조직이 커졌고 회원은 어느덧 30여 명으로 늘어났다. 회원 외에도 교회 여전도회 등과 협력 관계가 형성되어 자원 확보에 어려움이 없었고, 활발한 활동이 진행되었다.

그 무렵 신안군청에서도 자원봉사자회가 구성되어 활동을 시작했다. 자

사회복지 공무원이라서 행복합니다

원봉사 활동 유공자에게는 군수 표창을 하고, 단체 연수를 실시하기로 하는 등의 포상을 걸고 자원봉사자회 활성화가 시도되었다. 우리 면은 이미 조직되어 있었고, 왕성한 활동이 진행되고 있었기 때문에 타 읍면보다 훨씬 앞설 수 있었다.

자원봉사자 회의나 활동을 위해서 군청 담당자가 수시로 자문을 구해 왔다. 나는 시골의 현실적인 환경에 맞는 자문을 해주며 함께 자원봉사자회 조직이 발전할 수 있도록 노력했다. 조직사회에서 어떤 일에 있어 선도적인 위치에서 조언을 할 수 있다는 건 참으로 뿌듯한 일이다. 그렇게 애정과 책임감을 갖고 노력하던 자원봉사 활동은, 신안군청으로 발령을 받아 면사무소를 떠나며 후임자에게 인계했다.

주변에서 '내가 다시는 봉사 활동을 가나 봐라' 하며 격앙된 감정을 쏟아내는 사람을 가끔 만난다. 이유인즉, 자기는 기쁜 마음으로 돈과 시간을 써가며 봉사 활동을 갔는데, 봉사 대상자가 심드렁해했다는 것이다. 봉사자가 기대한 만큼의 고마움을 표시를 하지 않은 거다.

대가(代價)를 바라면 봉사가 아니다. 예를 들어보자. 이미 많은 사람들이 라면을 들고 와서 사진 찍고 갔는데, 거기에 또 라면을 들고 가면 고마워하는 사람이 얼마나 있을까. 기름보일러로 난방을 하는 시설에 '사랑의 연탄 배달'을 한다며 얼굴에 연탄재 묻히고 사진 찍는다면 진심으로 고맙겠는가. 눈높이를 맞추지 못한 것이다.

다른 예를 들어보자. 횡단보도를 건너다 신호가 바뀌어 오가지 못하고 찻길 한가운데에 서 있는 시각장애인을 발견했다. 당신은 그 사람이 위험하다고 생각되어 단숨에 뛰어가서, 시각장애인의 손을 잡고 건너편 인도까지 빨리 건네주었다고 치자. 분명 당신은 갸륵하고 아름다운 마음으로 그렇게 행동했을 것이다. 그것을 당신의 입장에서는 '선(善)'이라 할 수 있을 것이다.

그렇다면 도움을 받은 시각장애인의 처지에서도 '선(善)'이었을까? 아닐 수도 있다. 시각장애인의 입장에서는 누군지도 모를 사람에게, 어딘지도 모를 곳으로, 감당하기 힘든 속도로 끌려가는, 공포였을 수도 있다. 당신의 '선(善)'이 역효과를 낼 수도 있는 것이다.

봉사는 철저히 받을 사람의 눈높이에 맞춰져야 한다. 꼭 그 사람에게 필요한 것을, 대가를 바라지 말고 제공해야 한다. 그러려면 섣부르게 봉사한다며 덤비기 전에, 상대방의 입장에서 상대방의 처지를 잘 알아야만 한다. 복지 행정의 지향점이 거기에 있다고 본다. 하지만 늘 적은 예산과 부족한 인력에 발목이 잡힌다. 아쉽다.

다시 들어가서 살면
안 되겠는가?

고해성사 같기도 하고, 반성문일 수도 있는 이야기도 하나 해야겠다. 이 어려운 이야기를 시작하자면 내가 근무했던 임자면의 현황부터 소개를 해야 한다. 임자면은 진리, 수도, 전장, 괘길, 도찬, 삼막, 신명, 대기, 대흥, 구산, 교동, 회산, 장동, 광산, 하우, 재원, 부남, 필길, 삼두, 저동, 부동, 육암, 조삼, 화산 등 24개의 행정리로 이루어진다. 이 중 부남리는 부남도와 그 주변의 아주 작은 섬 8개로 구성되어 '부남군도'라 부른다.

임자면의 24개 행정리 중 수도, 재원도, 부남도는, 본도인 임자도에서 따로 떨어진 섬들이다. 이 중 재원도와 부남도에는 저수 시설이 없고, 물이 귀해 논농사를 짓지 못한다. 주민들은 밭농사만 짓는데, 내다 팔 만한 수확은 없다. 그저 자기 농사지어 자기가 먹는 자급자족 수준의 소규모다. 어업에 종사하는 사람도 있고, 드문드문 생기는 어업에 필요한 허드렛일을 하며 살아가고 있었다. 그러니 경제활동이라고 할 만한 것이 없고, 공공 부조에 의존해 살아가는 노약자들이 인구의 대부분이다.

그중 경제적으로나 문화적으로 가장 열악한 지역이 부남군도였다. 부남군도는 1970년대까지 학생 수가 네댓 명에 불과 했지만 학교는 있었다. 하지만 1990년대 후반까지도 전기가 공급되지 않았고, 한국통신에서 설치해준 무선전화가 육지와의 유일한 소통 통로였다. 거주민들이 생활에 필요한 물건을 사거나 병원에 가야할 일이라도 생기면, 정부 보조금으로 운영되는 여객선 선장에게 전화를 한다. 물론 배는 이튿날이 되어야 항로를 추가해서 부남군도에 입항했고, 그나마도 날씨가 좋을 때만 가능했다.

부남군도에도 생활보호 대상자가 있어서, 상담을 위해 행정선(行政船. 행정 업무 추진을 위한 선박)을 타고 몇 차례 방문했다. 임자도의 주 항(港)인 진리항에서 부남도까지는 1시간 40분 정도가 소요되었다. 모여 사는 느낌을 주는 부남군도의 섬들은, 큰 소리로 부르면 옆 섬에 사는 사람에게 들릴 것처럼 가깝게 올망졸망 모여 있었다.

행정선은 철판으로 만들어진 약 7~8톤쯤 되는 배로 비교적 작은 편이었다. 속도는 10노트 정도로 지금의 어선들보다 훨씬 느렸다. 크기도 작아 날씨가 좋은 날에도 파도에 많이 흔들려 나는 멀미를 심하게 했다. 행정선을 타고 가다 멀미를 하면 처음에는 뱃머리에 서서 바람을 쏘이며 배 멀미를 이겨보려 했다. 그러나 오래지 않아 멀미를 참지 못하고 선실에 누워야 했고, 심할 때는 토하기도 했다. 그렇게 힘들어할 때마다 양곡을 퍼주던 직원은 재미있다는 듯 웃곤 했다. 나는 섬에서 태어났지만 배 멀미는 물론 자동차 멀미를 심하게 하는 편인데, 선박직인 그 직원은 아무리 거센 파도가 쳐도 멀미를 하는 일이 없었다.

부남도로 출장을 나가면 끼니를 해결할 곳이 없었다. 행정선의 선원들과 함께 도시락을 준비해서 바닷가에 앉아 먹었다. 소풍 나온 기분이었다. 도시락 준비가 어려운 날엔 행정선 위에서 라면을 끓여 먹기도 했다. 사람이 많지 않은 섬이라 접안 시설이 전무했다. 암초나 모래바닥이 드러나는 썰물에는 접안에 많은 어려움을 겪었다. 겨우겨우 직원들만 내려주고 행정선은 다시 깊은 바다로 나가 닻을 내리고 우리를 기다렸다.

부남군도의 풍경은 내게 낯설었다. 낮고 작은 섬이라서 고도라고 할 만한 것이 없었다. 게다가 바다에서 불어온 바람이 직접 닿는 섬이라서, 나무는 바람의 방향을 따라 모두 한쪽으로 기울어 있었다. 지리산 장터목의 고사목 같다는 느낌을 주었다. 산이라고 하기에도 뭣하고 언덕이라 하기에도 애매했지만 바람이 비교적 직접 닿지 않는 곳에만 나무가 서 있었다. 그리고 대부분 풀밭이었다.

부남도 바닷가의 자갈은 더 생경한 모습이었다. 보통 바닷가의 자갈은 회색이나 검은색이 많은데, 부남도 몽돌밭은 흙이 닳아 만들어진 것처럼 황토색이었다. 신기하게도 모양 또한 모두가 비슷했다. 크기는 계란만하고, 동그랗게 굴린 다음 살짝 눌러놓은 모양처럼 동글납작하게 생겼다. 그 위를 걸을 때마다 자갈자갈거리는 자갈 소리가 좋았다.

특이한 모기도 있었다. 현지 주민들이 '부남도모기'라 부르는 모기인데 그 크기가 파리보다 컸다. 날갯짓 소리도 커서 내게 덤벼들고 있다는 사실을 금세 알 수 있을 정도였다. 보통의 경우 볕에 서 있으면 모기가 물지 않는데, 부남도모기는 낮에도 시커멓게 달려들었다. 물리기라도 하면 벌에 쏘인 것처럼 부어오르고 몹시 가려웠다.

소풍 기분도 잠깐이었다. 상담을 하다 보니 그분들을 힘들게 하는 것이 문명으로부터의 소외만은 아니었다. 그깟 전깃불 안 켜도 되고, 냉장고 없어도 문제없이 살고, 텔레비전도 안 봐도 된다는 것이다. 그러나 진짜 문제는 따로 있었는데 그것은 외로움이었다. 그분들도 몇 사람을 위해 병원이 생기고, 전기가 들어오고, 여객선이 매일 다닐 수는 없다는 것을 알고 있었다. 그리고 다들 이사 나가버리고 무너져가는 이웃집들을 바라보며 느끼는 외로움을 줄일 방법이 없다는 것도 알고 있었다.

나는 이분들에게는 생계비 지급뿐만 아니라, 여건이 된다면 상담을 통해 외로움을 달래드리고 싶었다. 그러나 효과적인 상담도, 실질적인 도움도 주지 못하고 섬을 떠나오는 내가 부끄럽고 미안했다.

그러던 어느 날 군청에서 시책 사업을 하고 싶은데 무슨 아이디어가 없느냐는 전화가 왔다. 여러 가지 의견을 나누던 중에 부남도 사람들이 생각났다. '이러저러한 환경으로 인해 문명의 혜택을 받지 못하고 어렵고 외롭게 살아가는 사람들이 있다. 이분들을 본도로 이주시켜 정착시키면 좋겠다. 그들에게도 우리가 당연하게 누리는 문명과 행복을 느낄 권리가 있다.'는 요지의 말을 했다. 이것은 '낙도민 이주 사업'이라는 시책 사업으로 결정 되었다.

여러 가지 조건과 단서가 달린 사업이었다. 이주 장소는 면내로 한정되었다. 인구 유출을 막기 위한 조건으로 이해했다. 500만 원의 주택 구입비를 지원하되, 기존에 살던 낙도에 소재한 가옥은 철거해야 했다. 이주 조건으로 좋은 것은 아니라는 생각이 들었다. 하지만 내가 제안했던 사업이고, 이주 대상도 우리 면이 가장 많아 세부 계획을 수립했다.

우선은 이분들을 설득하는 것이 문제였다. 500만 원이면 본도 마을의 빈집은 충분히 구입할 수 있는 금액이었다. 하지만 농지를 구입할 자금은 따로 책정되지 않았으니, 이들의 생계도 함께 고민해야 했다. 주택 구입은 이주민이 희망하는 마을을 존중하기로 했다. 빈집을 물색해주거나 주택을 신축할 경우 토지 매입을 도와주기로 했다. 생활이 어렵다고 인정되면 생활보호심의위원회 의결을 거쳐 생활보호 대상자로 책정할 수 있었고, 그렇게 되면 생계비 지급이 가능했다. 생계문제는 그렇게 보조하는 것으로 내부 결재를 받았다.

이주 사업 계획이 알려지면 보상금을 노리고 위장 전입을 하거나 실제

　　　　　　　　　　　　　　　　　　　사회복지 공무원이라서 행복합니다

거주 중이라고 주장하는 사람이 발생하는 것을 경계해서, 보안에 철저히 주의했다. 실제 거주자 파악을 위해 이주 사업 계획을 말하지 않고, 주민들과의 전화 연락을 통해 현황을 파악했다. 갈도와 부남도 2개 섬에 세 세대 다섯 명이 고정적으로 살고 있음을 확인했다.

현황 파악이 끝났으니 행동에 들어가야 했다. 이주 동의서를 징구해야 했고, 다시 재입도 하지 않겠다는 각서도 받아야 했다. 끔찍한 멀미의 고통 때문에 달갑지 않았지만 행정선을 또 탈 수밖에 없었다.

주민들을 만나 사업의 취지를 설명했다. 두 세대는 비교적 긍정적으로 고민을 했지만, 연세가 많은 어머니와 함께 살고 있는 아들은 완강하게 반대했다. 그 집에서는 사업 취지를 끝까지 설명하지도 못하고 쫓겨나듯 돌아왔다.

다시 찾아가고 또 찾아갔다. 바람이 심한 날이었다. 멀미를 막아보려고 귀 밑에 붙이는 멀미약을 붙이고 들어갔다. 약효를 톡톡히 보았다. 바람이 심한데도 어지럽지 않았다. 좋은 컨디션으로 들어가 다시 주민들과의 접촉을 시도했다.

이주지의 주택 구입비 지급과 생활보호 대상자 지정을 약속했다. 그리고 감성에 기대 설득했다. '이 섬에 사시면서 몇 달 동안 나 말고 다른 사람이랑 얘기해본 적이 몇 번이나 되시냐고, 여기서 이렇게 사시다가는 맹장염만 걸려도 돌아가실 수 있다고, 대처에 나가 살고 있는 자식들이 돌아가셔도 돌아가신 줄이나 알겠냐'라고……. 그러나 쉽게 결정하지 않았다. 그러던 중 두 세대가 이주하기로 결정을 하자 상황이 급변했다.

완강하게 이주를 반대하던 모자 가정에서 "우리가 섬에 살면서 서로 왕래는 못하고 살았어도, 굴뚝에 연기나면 밥 하는가 보다 생각했고, 빨래가 널어져 있으면 비가 내리지 않기를 바랐으며, 멀리서나마 동무 삼아 사는 맛이 있었는데 두 집에 나가버리면 나도 여기서 못 살지 않겠는가. 어서 동의서 주소. 나도 도장 찍을라네" 하셨다.

나는 뛸 듯이 기뻤다. 그런데 너무 기뻤던 것일까. 할머니의 얼굴이 여러 개로 보였다. 할머니 얼굴뿐이 아니라 모든 세상이 여러 겹으로 보였고, 동행 출장을 나갔던 양곡 배달 함께하던 동료의 얼굴도 여러 명이었다. 나는 동료에게 뭐가 좀 이상하다고 말하려고 했는데 그가 먼저 놀라며 내게 말을 했다.

"어이 함 주사. 자네 눈이 좀 이상해. 어째 그러시는가?"

그렇잖아도 눈이 이상한데, 동료가 내 눈을 보고 이상하다고 말을 하니 뭔가 단단히 잘못되고 있다는 것을 직감할 수 있었다.

"그러게요. 눈이 초점이 잡히지 않고 세상이 여러 개로 보여요."

나중에 알았다. 귀 밑에 붙인 멀미 방지 테이프의 부작용으로 동공이 확장되어 있었던 것이다.

어쨌든 이주동의서와 재입도 포기각서를 받았다. 이제 집을 마련해주는 것이 문제였다. 이주 대상자가 희망하는 마을에 빈집이 있는지 알아봤다. 실사를 나가 건물이 괜찮으면 집주인을 수소문해 연락처를 파악했다. 매매 가격은 이장을 통해 집주인과 흥정하도록 했다. 그렇게 해서 세 집 모두 집을 구해 이사를 하게 되었다. 전기가 없는 곳에서 살다 보니 이사라고 해봐야 가지고 나올 물건이 별로 없었다. 옷장이나 농도 없고 냉장고 텔레비전 등 가전제품이 없으니 모두 가벼운 짐뿐이었다. 그래도 면사무소에서 직원들을 동원해 행정차로 이삿짐을 날라주었다. 그리고 생활보호 대상자로 책정해서 생계비를 지원했고 수시로 방문하며 불편함은 없는지 살폈다.

이주비를 지원할 때 주택을 철거하는 조건이 부가되어 있었다. 하지만 철거를 위해 섬까지 중장비를 들여보낼 예산은 없었다. 집주인도 따로 철거 비용을 지원받지 못했으니 굳이 스스로 철거할 이유도 없었다. 결국 철거도 나의 몫이 되었다. 집을 철거하지 않고 방치할 경우, 다른 사람들이 섬에 들어가 생활할 가능성이 있었다. 범죄자들의 은신처가 되어 또 다른 범죄가 생길 우려도 있어 그냥 둘 수도 없었다. 면장님과의 상의를 거쳐 직원들을 동원해 집을 철거하기로 했다. 큰 쇠망치와, 밧줄, 곡괭이, 톱, 낫, 정 등 모든 장비를 챙겨 섬에 남아 있는 주택 철거 작업을 시작했다.

집이 아무리 오래되고 허술해도 손으로 집을 철거하는 일은 결코 쉽지 않았다. 이주민 한 분은 철거 작업에 따라와서 자신의 피와 땀으로 지은 집인데 철거된다며 눈물을 흘리기도 했다. 마음이 짠했다.

집을 철거할 때 먼저 지붕을 걷어내어 집의 무게를 줄여야 했다. 지붕으로 쓰인 슬레이트를 걷어 내면서 그것이 1급 발암 물질이라는 사실은 알지 못했다. 요즘은 방호복에 방독면까지 착용해야 슬레이트 제거 작업을 할 수 있지만, 마스크 하나도 없이 먼지를 마시며 철거 작업을 했다.

지붕 철거가 끝나면 벽을 털어내야 했다. 큰 망치로 벽을 두드려 부수는데 시멘트 벽돌로 지어진 벽이라면 차라리 수월했을 것 같았다. 전통식으로 지은 벽은 짚으로 대나무를 엮어 흙을 붙여 만들어졌다. 흙벽이 얼마나 튼튼하겠나 싶지만, 망치로 때려도 무너지지 않고 반동으로 흙먼지만 뿜어냈다. 먼지가 얼마나 많이 나왔던지 철거 작업을 마치고 나면, 며칠이 지나도록 세수를 할 때마다 코에서 노란 흙먼지가 묻어 나왔다.

철거 작업에 참여한 직원이 많으니 식사는 행정선에서 끓여준 라면과 준비해간 간식으로 해결했다. 열심히 일하다가 배에 올라가 허기진 배를 채우는 라면의 맛은 그 어떤 광고로도 표현할 수가 없을 것이다.

그렇게 일주일에 한 번, 하루에 한 집씩 2주에 걸쳐 철거를 했다. 세 집 중에 가장 큰 집을 마지막에 철거했다. 그 집은 초가집 위에 슬레이트를 얹은 집이라 지붕에 흙이 많아 슬레이트 제거 작업은 의미가 없다고들 했다.

바로 벽을 허물기로 했다. 나는 늘 맨 먼저 들어가 가장 힘차게 망치를 휘둘렀다. 집을 잘 지어서인지 벽을 다 허물어 내고 기둥만 앙상하게 남았어도 집은 무너질 기미가 보이지 않았다. 특히 집 가운데 방과 부엌을 지지하며 버티고 있는 중앙 기둥이 문제였다. 하지만 그 기둥은 건물의 가운데에 있어 잘못하면 지붕이 통째로 내려앉을 수 있었다. 안전사고의 위험이 높았다. 누구도 선뜻 들어가 작업할 엄두를 내지 못했다.

내가 도끼를 가지고 들어가 기둥을 몇 번 내려치고 나니 지붕이 흔들리기 시작했다. 다른 직원들은 위험하다며 빨리 나오라고 소리쳤다. 나는 기둥에 밧줄을 묶고 서둘러 밖으로 나왔다. 직원들과 함께 기둥을 묶은 밧줄을 당겨보았으나 집은 흔들거리기만 할 뿐 넘어지지 않았다. 자세히 살펴보니 기둥의 패인 부분에 조금만 더 충격을 가하면 될 것 같았다. 도끼로 한 방만 잘 찍으면 쉽게 넘어질 것 같은데 그 한 방을 누가 할 것이며 어떻게 할 것인가가 문제였다.

지금 생각하면 참으로 무모한 일이지만 직원들의 만류를 뿌리치고 나는 도끼를 들고 안으로 들어갔다. 젊은 치기였대도 할 말은 없다. 직원들은 모두 수 미터씩 뒤로 물러나 있고 걱정 반 기대 반으로 나를 지켜봤다. 나는 도끼로 기둥을 내리침과 동시에 뛰어나가면 지붕이 무너지기 전에 밖으로 나갈 수 있을 것으로 계산했다. 호흡을 가다듬었다. 직원들은 무너질 때 발생할 먼지와 파편을 피해 멀리 피해 있었다. 위험하니 그냥 나오라고 소리를 지르는 사람도 있었고, 어느 직원은 비극을 보지 않으려는 듯 몸을 돌려 애써 눈길을 피하고 있었다. 나는 내가 뛰어야 할 방향을 정하고 호

사회복지 공무원이라서 행복합니다

흡을 가다듬은 다음 마음속으로 하나 둘 셋을 세며 셋에 도끼를 던지듯 기둥을 찍음과 동시에 밖으로 뛰었다.

'우르르 쾅'

지붕이 쏟아지는 소리도 우렁찼지만 거기에서 이는 흙먼지는 폭탄을 맞은 것보다 더 높이, 그리고 자욱하게 솟아올라 눈을 뜰 수도 숨을 쉴 수도 없었다. 나는 잠깐 정신이 몽롱했다. 잠시 후 정신이 조금씩 돌아오자 직원들의 콜록거리는 기침 소리와 웅성거림 그리고 아우성이 들리기 시작했다.

"큰일 났네."

"함 주사가 못나오고 깔려버린 것 같아!"

"이를 어쩌나."

"함 주사!"

"창환이~~~!"

"함창환 씨!!!"

직원들의 다급한 목소리가 들리며 나의 상황이 판단되기 시작했다. 나는 마음속으로 하나 둘 셋을 세며 도끼로 기둥을 정확하게 찍었다. 도끼를 맞은 기둥이 내는 와지끈 소리를 들으며 성공을 예감하고 번개처럼 밖으로 뛰어나왔다. 내려앉는 지붕에 뒷발이 살짝 걸릴 만큼 간발의 차이였다. 지붕이 내려앉으며 일어난 바람으로 인해 나는 몇 미터를 뒹굴며 나가 떨어졌다. 달리는 등 뒤에서 폭발하듯 몰아치는 바람은 상상을 초월하는 강력함으로 내 몸을 날려버렸다. 마치 대포알을 쏘듯 나를 날려버린 것이다.

지붕이 내려앉는 것을 지켜보던 직원들은 먼지와 함께 자신들이 서 있는 반대편으로 나가떨어진 나를 발견하지 못했다. 건물은 무너졌는데 들어간 사람이 보이지 않고 아무런 기척이 없으니 모두들 내가 지붕에 깔린 것으로 생각을 했던 것이다.

조금 어지럽기는 했지만 순간 장난기가 발동한 나는 그대로 시치미를 떼고 자리에 엎드려 있었다. 몇몇 직원은 사람을 빨리 꺼내야 한다고 소리를 지르며 채 가시지도 않은 먼지 속에서 지붕을 걷어내고 있었다. 모두들 큰일 났다며 웅성이고 있었다. 직원들 중에는 큰 소리로 울부짖으며 흙더미를 헤치는 사람도 있었다.

더 이상 엎드려 있으면 안 될 것 같아 먼지를 털며 일어났다. 직원들은 깜짝 놀라 말문을 열지 못했다. 양곡을 퍼주던 동료 직원은 앞으로 다시는 이런 위험한 일은 하지 말자며 눈물을 글썽였다. 다른 분들도 천만다행이라며 안도의 숨을 내쉬고, 어떤 직원은 자리에 털썩 주저앉아 일어나지도 못했다.

그렇게 낙도민 이주 사업은 끝이 났다. 나는 내 목숨을 앗아갈 뻔했던 주택 철거 사업 사진을 부착해서 결과 보고를 하고 사업을 마무리했다. 이로써 부남군도는 공식적으로 무인도가 되었다.

사후 관리를 위해 이주민 세대를 방문해서 상담을 하던 중 나중에 뜻밖의 말을 들었다. 이주한 세 집 중 두 집은 육지에 자주 나오던 사람들이었기 때문에 적응에 별다른 문제가 없었다. 생활보호 대상자로 책정되어 생계비를 지급 받는다는 사실만으로도 만족해하고 있었다. 하지만, 장가를 가지 못한 나이든 아들과 함께 살던 갈도의 모자 세대는 두 사람 모두 적응에 몹시 힘들어 했다.

어느 날 상담을 가니 아주머니가 나에게 말씀하셨다.

"함 주사, 나는 여기가 답답해서 못 살겠네."

나는 깜짝 놀라 물었다.

"무슨 말씀이세요? 섬에서는 가족 아니면 말할 사람도 없어 적적하셨을 텐데 이곳은 사람들도 많잖아요. 그리고 섬은 전기가 들어오지 않아 많이 불편하셨지만 이제는 냉장고도 있고 전기밥솥도 있는데 편하지 않으세요?"

나의 말을 듣고 있던 아주머니가 말씀하셨다.

"모르는 말씀 마시게. 섬에서는 해 뜨면 일어나고, 해 지면 자네. 덥다고 옷 벗고 다녀도 누가 뭐라고 할 사람도 없고, 옷이 더러워도 흉볼 사람도 없네. 배고프면 먹고 배부르면 잤네. 누가 일 안 한다고 간섭할 사람도 없고 모든 것을 내 마음대로 할 수 있었네. 그런데 이리로 이사 오니 내 맘대로 할 것이 아무것도 없네. 다시 들어가서 살면 안 되겠는가?"

순간 가슴이 철렁했다. 그동안 내가 한 번도 생각해 보지 못했던 문제였다. 아주머니의 말을 듣고 보니 그럴 수 있겠다는 생각이 들었다. 그래도 이미 사업은 종결되었으니 내가 할 수 있는 것은 위로의 말밖에 없었다.

"집을 다 철거해 버려서 갈 곳도 없지만, 처음부터 다시 들어가지 않는 조건으로 보상금을 받으셨기 때문에 이제는 가실 수가 없습니다. 조금 더 지내보세요. 마을 분들과 친해지면 더 좋아지실 거예요. 경로당에도 나가시고 마을 일도 하시면서 잘 어울려보세요."

나는 그렇게 교과서적인 말씀만 드리고 집을 나왔다. 마음이 편치 않았다. 그 후로 자주 방문하며 위로를 하고 용기를 주려 노력했다. 마을 이장님과 부녀회장님께도 그 집을 자주 방문하고 관심을 가져주도록 부탁드렸다. 그러나 아들은 주변 사람들과 끝내 어울리지 못하고 술로 세월을 보내더니 몇 년 만에 사망했고, 아들을 떠나보낸 어머니도 시름시름 앓다가 돌아가시고 말았다.

내가 중요한 사실을 간과했던 것이다. 내가 편하게 누리는 문명이라는 것이 남에게도 다 좋을 줄만 알았다. 나에게는 오랜 시간을 거쳐 적응된 문명이라는 것이, 그분들에게는 갑작스럽게 닥친 문화적인 충격이었다는 것을 헤아리지 못했다. 그리고 무엇보다도 그분들이 누리던 자유의 가치를 계산하지 못했다. 밀림의 타잔을 데려다 런던에서 자동차를 타며 살게 한다고 타잔이 행복하겠는가. 내 생각이 짧았다.

지금도 마음이 아프다. 이 일은 내 공직 생활에서 가장 가슴 아픈 기억으로 남아 있다. 물론 그분들의 죽음을 내 탓으로 돌리는 것은 스스로에게 너무 모진 것일 수도 있다. 하지만 그분들의 죽음에 관계된 여러 가지 유관된 인자들 중, 이주 사업 후 적응으로 인한 스트레스와 잃어버린 고향에 대한 그리움이 없었다고 하기도 어렵다.

아무리 좋은 의도로 시작한 일이라도, 상대가 그것을 호의로 받아줄 때만 좋은 결과를 맺게 된다는 사실을 깨달았다. 업무에 임할 때 역지사지(易地思之)를 자주 되뇌며 추진하는 습관이 생겼다. 상대방의 입장과 니즈에 대한 진지한 고민이 부족한 나의 열정이, 상대에게 피해를 줄 수도 있다는 늘 열려 있는 가능성이 그런 습관을 만든 것 같다.

다음 생이라는 것이 있으면 정말 좋겠다. 그래야 그분들을 다음 생에서 만나 거기까지는 미처 생각하지 못해서 죄송하다고 사과할 수 있을 테니까.

싱크대보다는 양변기!

국민기초생활보장 수급자 책정은 소득과 재산 그리고 부양 의무자의 부양 능력 여부에 따라 결정된다. 도시든 농촌이든 수급자의 생활 수준이 비슷한 이유가 거기에 있다.

농어촌 지역에 거주하는 기초생활 수급자들은 대부분 농업에 종사한다. 특히나 부정기적인 단순 농업 노동으로 품팔이를 하는 사람들은 벌이가 많지 않아 생활이 몹시 곤궁하다. 보일러 시설이 없어 겨울에도 아궁이에 불을 지펴 난방을 해야 한다. 그나마 노령으로 인해 땔감을 준비하지 못한 노인들은, 전기장판에 의존해 겨울을 보내는 경우가 많다. 모두가 땔감으로 난방을 하던 시절에는 형편이 어려운 사람에게 이웃들이 땔감을 조금씩 가져다주는 인정이 있었다. 이제는 목재로 난방을 하는 집이 거의 없으니 땔감을 나눠 줄 이웃들도 없어진 것이다.

경제적 형편이 허락해 주택을 개량하게 되면, 부엌을 싱크대가 있는 입식으로 바꾸는 게 보통이다. 화장실도 실내로 옮겨지고 양변기로 교체된다. 하지만 기초생활보장 수급자의 경제력으로 쉽지 않은 일이다. 대부분은 마당 건너편 창고 기능을 겸한 건물에 재래식 화장실이 달려 있다. 나는 이 화장실에 주목했다. 위생적으로도 생활 편리성에서도 개선해야 할 우선 대상으로 보였다.

사람은 나이가 들면 화장실을 자주 다니게 된다. 거스를 수 없는 자연의 섭리 중 하나다. 거동이 불편한데 화장실에 갈 일은 자주 생긴다. 게다가 화장실은 꽤 멀다. 사정이 그러하니 겨울이면 마루나 방에 요강을 두고 사는 경우가 많다. 허리, 어깨, 무릎 어느 한 곳 성한 곳이 없으니, 재래식 화장실에서 쪼그리고 앉는 일이 무척 힘에 부치다. 일어서는 동작도 힘들다. 그래서 지붕 아래 서까래에 줄을 묶어 바닥 가까이에 닿도록 길게 늘어뜨린다. 용변을 보기 위해 앉고 설 때, 그 줄을 의지해야 한다.

상담을 다니며 이렇게 열악한 환경에 살아가는 사람들에게 무엇을 해주어야 할 것인가 고민을 많이 했다. 비위생적이고 불편한 부엌과 화장실이 우선되어야 한다고 생각했다. 아궁이에 불을 지펴 난방을 하는 집에 기름보일러를 설치해주면 화재도 예방하고 편하니 좋기는 하다.

하지만 난방비를 걱정하는 그들은 보일러를 켜지 못하고 전기장판에 의존하게 되므로 효과를 기대하기 어려웠다. 그 증거는 상당수의 세대가 보일러가 설치되어 있음에도 불구하고 전기장판을 사용하는 것만 봐도 쉽게 알 수 있다. 보일러를 설치해도 보일러를 이용해 난방을 하는 것도, 따뜻한 물을 사용하는 것도, 목욕을 하는 것도 아니니, 비싼 돈 들여 장식품인 기름보일러를 달아주는 꼴이었다.

그러나 화장실은 다르다고 생각했다. 어지간한 세대는 상수도가 연결되어 있었다. 상수도가 없더라도 전기모터를 이용해 지하수를 사용하고 있었기 때문에, 양변기를 설치할 수 있는 기본 요건을 갖추고 있었다. 연결되어 있는 상수도만의 조건으로도 양변기 설치가 가능하다. 일단 양변기만 설치해도 관절이 좋지 않은 노약자가 편하게 용변을 볼 수 있을 것이라 생각했다. 뿐만 아니라 겨울철에 화장실에 가기 위해 찬바람을 쏘이지 않아도 된다. 떨어진 면역력 때문에 감기에 쉽게 걸리는 처지를 생각하면 큰 장점이다. 여름철 악취 발생과 해충 발생을 예방할 수 있어 위생적이므로 다른 사업보다 우선해야 한다고 생각했다.

신안군에는 '영세민 생활안정 자금'이라는 기금이 있는데, 이 기금에서 발생한 이자로 주택 개조 사업을 추진하고 있었다. 주택 개조 사업은 매년 읍면별로 사업량을 배정해서, 세대 당 일정 금액을 지원해 주택 개량을 추진하도록 했다. 주로 싱크대를 설치하는 입식 부엌 사업을 했으나, 이는 비교적 주택의 상태가 양호한 집만 가능했다.

원칙적으로는 생활 형편이나 우선순위로 보면, 재래식 부엌을 사용하는 집을 우선해서 개량 사업을 추진해야 했다. 하지만 많은 소요 경비로 인해 군에서 지원되는 예산만으로는 설치가 불가능한 집이 많았다. 흙으로 지어진 건물이라서, 별도의 방수 작업 등에 소요되는 경비가 현저히 증가했다. 때문에 경비가 적게 소요되는, 시멘트나 벽돌 건물이 우선되고 있었다. 그래서 생활 형편이 극도로 어려운 사람보다, 오히려 상대적으로 더 양호한 저소득층이 사업비를 지원받고 있었다. 그런 상황에 대해 항의나 민원을 제기하는 사람은 없었다. 나는 그것이 절차나 방법도 모르고, 항의할 능력조차 없는 가난한 사람들이기 때문이라는 것을 알고 있었다.

사회복지 전문요원으로 몇 년 동안 근무를 하다 보니 내가 해야 할 일들이 눈에 보이기 시작했고, 무슨 사업을 해야 할 것인지, 누구를 대상으로 해야 할 것인지, 또 중단해야 하는 일은 무슨 일인지 판단되기 시작했다. 주택 개조 사업 사업비가 배정되자 화장실 개조 사업을 추진하기 위해 면장님께 사전 보고를 드렸다.

"면장님, 올해 주택 개조 사업이 우리 면에 다섯 건 배정되었는데, 금년에는 재래식 화장실을 사용하는 세대를 대상으로 양변기 설치 사업을 해 보았으면 합니다."

면장님께서는 마땅한 사업 대상자가 없어 사업 변경을 하는 것으로 생각하셨는지, "그동안 추진하던 부엌 개량 사업은 모두 끝났는가?" 하고 물으셨다.

"아닙니다. 아직도 설치를 희망하는 대상은 있지만, 그것보다는 화장실 개량 사업이 우선되어야 할 것 같습니다. 제가 출장을 다니면서 보니 연세가 많으신 어르신들이 용변 문제로 고생을 많이 하고 계셨습니다. 어르신들께 양변기를 설치하여 편하고 안전하게 용변을 보실 수 있도록 했으면 합니다."

면장님은 잠시 생각하시더니 다시 물었다.

"화장실 개조 사업을 하려면 정화조도 매립해야 하고, 부엌 개량 사업보다 더 많은 비용이 들어갈 것 같은데?"

면장님의 질문에 내가 그동안 조사했던 내용을 말씀드렸다.

"제가 면내 설비 업자와 상의를 해 봤는데, 정화조를 매립하고, 필요할 경우 전기모터와 섀시 문까지 설치를 해도, 군에서 지원된 예산 범위 내에서 설치를 해줄 수 있다고 합니다."

나의 설명을 듣고 있던 면장님께서 말씀하셨다.

"그럼 신중하게 대상자를 선정하고 사업비 부족으로 도중에 중단되거나 저소득층 세대에 부담을 주는 일이 발생되지 않도록 하게."

면장님과 상의가 잘 마무리되자 나는 즐거운 마음으로 대답을 했다.

이렇게 해서 늘 추진해오던 부엌 개량 사업을 화장실 개량으로 추진하게 되었다.

나는 설비업자와 재차 접촉을 했다. 그 사람은

사회복지 공무원이라서 행복합니다

자원봉사 활동에 같이 참여하며, 기술을 필요로 하는 일은 장비를 가지고 와서 해결해주었던 사람이다. 저소득층 세대 보일러 수리와 가전제품 수리 등 잡다한 모든 일들을 해결하는 젊고 재능 많은 사람이었다. 마당에 정화조를 매립하려면 중장비가 필요했고, 어느 집은 마당이 좁거나 돌이 많아 정화조 매립 비용이 과다하게 나올 수 있다고 얘기해주었다. 그는 수익에 연연하지 않고 모든 일을 책임지고 마무리하겠노라고 나를 안심시켰고, 수의계약을 맺었다.

주택 개조 사업을 화장실 개량으로 결정해 대상자를 접수하니 상당히 많은 세대가 신청을 했다. 나는 나이가 많은 독거노인 위주로 대상자를 선정하였고 업자와 함께 사전 조사를 시작했다. 정화조는 어느 쪽에 묻어야 할지, 수도 연결은 어떻게 해결해야 할지, 필요한 장비와 설비는 무엇인지 꼼꼼하게 체크하고 사업을 시작했다.

하지만 막상 사업을 시작하니 크고 작은 민원이 발생했다. 우선 부엌 옆에 냄새 나는 화장실을 어떻게 짓느냐며, 화장실 건물을 밖에 별도로 지어 달라는 분이 계셨다. 건물이 너무 부실해서 실내에 설치할 수 없는 집들도 있었다. 집수리라는 것이 본래 예상보다 더 많은 비용이 들어가는 것이 예사지만, 화장실 개량 사업도 생각보다 많은 비용이 소요되었다. 부엌이나 창고에 화장실을 설치할 경우 블록을 쌓아 벽을 만들고 문을 설치했다. 벽에는 페인트를 칠하거나 도배를 해서 깔끔하게 마무리를 했다.

급수 모터를 마당에 설치한 집은 겨울에 동파되지 않도록 나무로 상자를 만들어 단열했다. 양변기 옆에 세면대를 설치해서 손을 씻을 수 있도록 했다. 이렇게까지 세심하게 신경을 쓴 데에는 이유가 있었다. 대상자들은 노동력이나 경제적 능력이 없기 때문에, 공사가 마무리되면 불편한 점이 있어도 다시 수리하지 못하고 불편을 감수하며 사용할 것이라 생각했다.

수익 사업이라기보다는 봉사라고 생각하며 일하는 설비업자와 나는, 내집을 수리하는 것처럼 세심하고 꼼꼼하게 작업했다. 공사 비용이 예상보다 많이 들어가는 것 같으면, 늦게까지 작업이 이어지는 날 설비업자에게 저녁을 대접하기도 했다. 그만큼 미안했다.

화장실 개량 사업을 마치고 양변기를 잘 사용하는지 문제는 없는지 돌아보았는데 대다수는 매우 만족했으나, 어느 분은 양변기가 익숙하지 않아 여전히 요강을 사용하는 어르신도 있었다. 그러나 그런 분들도 얼마 지나지 않아 양변기를 사용하게 되었다. 주택 개량 사업을 마치고 어르신들의 댁을 방문할 때마다 대상자들은 내 손을 잡고 이렇게 말했다.

"다리가 아프지 않아서 얼마나 편한지 모르네."

"겨울이 와도 걱정이 없네."

"이렇게 편하고 좋은 것이 있는지조차 모르고 살았네."

"누가 화장실 고칠 생각을 다 했는가?"

"고맙네, 정말 고맙네."

농경 사회에서의 노인은 그야말로 '어른'이었다. 살아온 세월만큼 쌓인 경험들은, 어떤 바람이 불면 비가 내리고, 하늘의 빛깔이 어떠하면 태풍이 오고, 봄에 낳는 도롱뇽의 알을 보며 가뭄과 홍수를 예측할 수도 있었다. 농사 정보에 유용한 예지력이었다. 경험은 지식이었고, 그것은 존경받을 만한 것이었다. 어려운 문제가 있으면 노인을 찾아가 상의하는 것이 당연한 세상이었다.

하지만 산업화가 진행되면서 어른들의 자리는 급격히 좁아졌다. 궁금한 것은 똑똑한 인터넷에 검색하면 막힘없이 그 자리에서 너무나 쉽게 가르쳐준다. 노인들은 경제력을 상실했고, 행동은 굼뜨다. 횡단보도 하나를 건너는 데에도 온 힘을 다 쏟아야 한다. 노인들은 천덕꾸러기가 되었고, 사회적 약자의 반열에 들어섰다. 그야말로 '노약자'가 되었다. 단지 나이가 들었을 뿐인데 죄인이 된 듯한 세상이다.

늙는다는 것은 몹시 불편한 일이다. 소리가 잘 들리지 않고, 눈도 잘 보이지 않는다. 뛰는 것은 생각도 못할 일이고, 걷는 일조차 힘들다. 허리는 굽는다. 근육량이 줄어 힘을 쓰지도 못한다. 팔은 떨려 글씨를 쓰는 일도 곤란하다. 소변은 자꾸 새고, 음식물을 넘기기도 힘들다. 이가 빠지고 손끝의 감각은 둔해진다. 말투도 어눌해지고 기억력은 형편없어진다.

어쩌면 늙는다는 것은, 익숙하게 누려왔던 나의 신체와의 결별을 뜻하는 것일 수도 있다. 상상하지도 않았던 영역에 대한 적응이기도 하다. 그리고 외부의 위험으로부터 자신을 보호할 수 있는 능력을 상실하는 일이다.

나는 지금의 우리 사회를 세대간 차이와 갈등을 완화하기 위한 정책적 고민이 필요한 시기라고 생각한다. 우리나라가 초고령 사회에 진입했다는 소식은 이제 익숙해져 무감각해지기까지 하다. 노인 인구의 비중은 갈수록 높아져만 가는데, 노인은 하나의 완전한 사회 구성원으로 인정받지 못하고 있다는 것이 나의 생각이다.

학교 정규 교과에 '노인 체험'을 넣었으면 좋겠다. 늙은 몸으로 사는 일이 얼마나 힘든 일인지 어릴 때부터 체험할 수 있으면 좋겠다. 그래서 늙은 것이 더럽고 냄새 나는 존재가 된 것이 아니고, 죄를 지어 벌로 늙은 것이 아니라는 것도 알았으면 좋겠다. 고리타분하고 걸리적거리는 존재가 아니라는 것을 가르치면 좋겠다. 노인의 입장을 이해하게 되면 함부로 폄하하는 사람이 줄지 않을까.

듣기도 민망한 각종 은어로 노인을 호칭하는 젊은이들이 노인들에게도 코흘리개 시절이 있었고, 혈기왕성한 젊은 날이 있었으며, 자신들도 머지않아 노인이 될 것이라는 것을 한번쯤 생각할 수 있으면 좋겠다.

CHAPTER

02

배움은
나의 밑천

• • •

공부도 하다 보면 재미가 생기듯, 업무도 추진하다보면 재미를 느끼는 경우
가 많다. 노력하는 사람은 소질 있는 사람을 이길 수 없고, 소질 있는 사람은
즐기는 사람을 이길 수 없다고 했다. 직원이 재미를 느끼며 일할 수 있도록
상사는 그 분야에 취미나 소질이 있는 사람에게 업무 분장을 해주어야 성공
가능성이 커진다.

경리 업무까지 보라고요?

　내가 근무하던 임자면사무소에는 총무계, 재무계, 농수산계, 그리고 호병계까지 네 개의 계가 있었다. 총무계에서는 사회복지, 경리, 건설, 새마을, 일반 서무를, 재무계에서는 각종 세금 부과와 징수를, 농수산계에서는 면내 농사와 선박, 어업 관리를, 호병계에서는 병사, 호적, 각종 증명서 발급 업무를 했다.

　나는 면사무소 발령받은 날부터 총무계에서 사회복지 업무 전반을 추진하면서도, 직원이 공석이 되거나 출장을 가게 되면 동료의 업무를 대행했다. 또 직원이 결원되거나 발령이 나면 추가로 사무 분장을 해서 다른 업무까지 맡는 경우가 많았기 때문에 자연스럽게 총무계 업무 전반을 파악할 수 있게 되었다. 그러다 보니 산불 등 비교적 중대한 일이 발생하면, 내가 사무실에 남아 상황 유지하는 일이 많았으며, 기자들로부터 전화가 오거나 임자를 찾는 관광객 안내까지 모든 일들을 가리지 않고 처리해야 했다.

　면사무소에 근무하는 직원들의 업무 중 가장 비중 있게 보는 업무가 경리인데, 그때만 해도 수당이나 출장비의 기준도 모른 채 봉투에 봉급 내역서를 적어주면 그러려니 하고 받았으며, 감히 경리 실무자에게 왜 이렇게 받느냐고 물어볼 분위기가 되지 않았다. 면내에서 공사가 끝나면 경리 실무자는 업자와 함께 식사도 하고 면장님을 모시기도 했다. 가끔은 업자에게 직원들 회식까지 시켜주도록 자리를 마련했으니 경리 담당자의 실권은 대단했다. 그래서 직원들은 '경리 담당자가 호병계장 위'라는 농담을 할 만큼 면장님과 깊은 관계를 유지했고, 사무실 분위기를 주도하는 역할을 했다.

면사무소 근무한 지 4년쯤 되던 어느 날 면장님이 나를 불러 2층 면장실로 올라갔다.

"함 주사, 자네가 일 좀 더 해야겠네."

처음에 무슨 말씀인지 몰라 어리둥절하고 있을 때 면장님이 다시 말씀하셨다.

"자네가 경리를 봤으면 하네."

경리를 맡긴다는 것은 믿음과 신뢰도 중요하지만 많은 사람을 상대하는 것이라 부담이 앞섰다.

"면장님, 경리를 하려면 업무도 업무지만 다양한 사람들을 상대해야 하는데 나이도 어린 제가 그런 역할을 할 수 있겠습니까? 그리고 제가 경리를 보게 되면 사회복지 업무는 어떻게 하고요?"

면장님은 나의 질문을 예상이나 하고 있는 듯 빙긋 웃으시더니 "경리는 나이와 상관없이 할 수 있는 것이고, 업무는 둘 다 자네가 해야지"라고 말했다.

사회복지 담당 공무원이라는 이유로 이미 적지 않은 업무를 떠안고 추진하고 있었다. 그런데 경리까지 같이 보라는 깜짝 놀랄 말을 듣고 내려와 담당 계장님과 상의를 했다. 계장님은 경리 업무를 보는 것도 좋은 경험이니 해보라고 하셨지만 업무의 양이 너무 많은 것 같아 걱정이 된다고 했다. 현재 맡고 있는 사회복지 업무만 추진하기에도 매일 밤늦도록 일을 하는데, 거기에 경리까지 봐야 한다는 것이 현실적으로 부담이 되었다. 더군다나 경리는 직원들 봉급까지 지급해야 하는 시한 사무를 주로하기 때문에 책임이 컸다.

며칠간 고민 끝에 사회복지 업무 중 여성, 아동, 보육 등 가정복지 분야는 다른 직원에게 사무 분장하기로 하고, 29세의 나이에 생활보호 업무 전반과 경리 업무까지 맡게 되었다. 업무가 어려우면 인근 면에 근무하는 경리 실무자들에게 전화로 물어봐가며 일을 했는데, 생각보다 만만치 않았다.

우선 면에서 발주하는 각종 사업에 대한 계약을 해야 하고, 면사무소에서 지출되는 모든 예산의 집행 품의서와 지출 결의서를 작성해야 했다. 또한 직원들 봉급을 지급해야 했는데, 직급이 다양하고 봉급 체계가 달라서 각각 품의를 잡아야 했다. 정규직 공무원을 비롯해 기능직, 일용직, 미화요원, 수로원, 행정선원, 상수도 청원경찰, 해수욕장 청원경찰 등 약 30여 명의 직원이 있었으며, 당시만 해도 컴퓨터가 없던 시절이라 하나하나 펜으로 작성을 하고, 계산기로 금액을 맞추다 보니 시간이 더 많이 소요되었다.

매월 20일은 생활보호 대상자 생계비도 지급해야 하고, 직원들 봉급도 지급해야 했다. 직원들 봉급을 지급하기 위한 작업을 하는 것만도 약 3일이 소요되어, 생활보호 대상자 생계비는 15일 이전에 먼저 완료해두고 직원들 봉급 작업을 했다.

전화를 받을 겨를도 없이 바빴지만 나를 찾아오는 민원도 소홀할 수 없었다. 마을 경로당을 신축해달라고 찾아오는 노인회장님들을 비롯해서, 의료보호증명서, 장애인증명서, 장애인자동차 차량표시 스티커 발급, 노인승차권 지급을 하느라 하루가 어떻게 지나가는지도 모를 지경이었다. 해야할 일을 놓치지 않으려고 한 달 동안 내가 해야 할 업무 스케줄을 만들어 정해진 날 안에 업무를 추진했으며, 낮에는 민원 업무를 주로하고 퇴근 이후 시간에 경리 업무를 했다.

다른 직원들은 같은 면사무소에 근무하면서도 아홉 시가 가까워지면 출근하고, 여섯 시 조금 지나면 퇴근하는 경우가 많았다. 그러나 나는 밤낮으로 일하는 경우가 대부분이어서 아내에게 간혹 미안한 생각이 들었다. 그럴 때면 나는 남편의 능력이 부족해 매일 밤늦도록 일하는 것이니 이해해달라고 양해를 구하기도 했다. 일하다 피곤하고 집중이 되지 않으면 여섯 시가 조금 지나 퇴근해서 일찍 자고, 새벽 두세 시에 출근해서 일을 하는 것도 허다했다.

경리를 하다 보니 그동안 경리들이 직원들에게 너무 폐쇄적이었다는 생각이 들었다. 직원들도 본인의 권리를 알아야 한다는 생각에, 하루는 면장님의 허락을 얻어 직원들을 대상으로 각종 회계 교육을 했다.

우선 봉급 내역을 직급별로 상세하게 설명해주었고, 여비 지급 기준과 품의서 작성 요령 등을 교육했다. 그리고 다음부터 품의서와 여비 결의서 등은 담당자가 직접 결재를 받도록 했다. 직원들도 처음에는 힘들어하기도 하고, 나에게 개인적으로 찾아와 대신 작성해줄 것을 부탁해 도와주기도 했지만 시간이 지나니 직원들도 본인이 해야 할 지출 업무를 간단하게 할 수 있게 되었다.

한번은 아침 운동을 하다가 무릎이 부러졌다. 목포에 있는 병원에서 수술을 받고 입원하게 되었다. 병상에서도 업무가 걱정되었다. 내 업무는 누가 대신해주기도 어려운 것이었다. 마냥 입원해 있을 수 없었다. 토요일을 이용해 외출을 신청했다. 아내가 운전하는 차로 면사무소에 가서 깁스를 한 채로 일을 했다.

보통 골절과 인대 수술을 하면 4주 이상 입원 치료를 해야 한다는데, 나는 2주 만에 퇴원을 했다. 발끝부터 엉덩이 부근까지 깁스를 한 채로 사무

사회복지 공무원이라서 행복합니다

실에 출근해서 일을 했다. 시
골의 도로 상황은 휠체
어로 이동할 만한 여
건이 되지 않아 목발
을 사용해 출퇴근을
했다.

그러다 하루는 사무실
에서 결재를 위해 목발을 짚은 채
서류를 들고 2층에 있는 면장실로 올라가다 계단에서 미끄러졌다. 넘어지
고 데굴데굴 구르며 머리를 다쳐 일곱 바늘을 꿰매기도 했다. 이렇게 사연
많은 경리 업무는 3년이 지나 다른 사람에게 인계되었고, 나는 사회복지
업무 전반을 다시 맡게 되었다.

나는 사회복지직 공무원들의 가장 취약한 분야가 기획과 회계 분야라
고 생각한다. 그것은 당시 그런 업무를 접할 기회가 적었던 탓이기도 했
다. 그러나 내가 군청으로 발령받아 근무를 하면서 우리 동료들에게 민폐
가 되지 않을 수 있었던 것은, 경리 업무를 보며 예산을 읽을 줄 알았던 것
이라고 생각한다.

예전에 보건복지부에서 사회복지직 공무원이 다른 업무를 맡지 못하도
록 한 적이 있다. 인건비를 국비로 지원하는 복지부 입장에서 다른 업무에
인력을 빼앗기지 않으려는 의도는 알겠지만 나의 생각은 조금 다르다. 공
무원을 시작하면 개인의 발전을 위해 무슨 일이건 경험할 수 있을 때 다양
하게 경험하는 것이 중요하다고 생각한다. 경험을 통한 업무 능력을 축적
해놓으면 중간 관리자나 책임자가 되었을 때 방향을 제시할 수 있는 존경
받는 상사가 될 수 있는 기반을 갖추게 된다고 생각하기 때문이다.

행사 준비하라 선수로 뛰라

면사무소에 근무하면 다양한 자체 행사가 생각보다 많다. 전체 군민을 대상으로 하는 '군민의 날'과 '면민의 날'을 비롯해, 면내 주요 기관이라고 일컬을 수 있는 면사무소, 농협, 우체국, 파출소, 중대본부, 학교 등이 참여하는 '기관 체육 대회' 등도 있다. 매년 현충일에는 위령제도 지냈는데, 임자면에서 6·25때 영면하신 992명에 대한 위령 행사였다.

그런데 그 행사는 사회복지 업무를 담당하고 있는 나의 소관 업무였다. 행사를 하다 보면 크고 작은 실수가 나오기 마련인데, 실수를 최소화하기 위해서는 준비물과 행사 내용을 매년 기재하고, 전년도에 실수했거나 부족한 것을 메모해두었다가 다음 해에 참고해야 점차 개선이 된다.

나는 전임자가 준비물을 꼼꼼하게 기록해두었고 협조를 해주어 실수를 하지 않았다. 전임자는 야외 행사에서 국기에 대한 경례를 하려는데, 태극기가 보이지 않아 "국기에 대한 경례는 생략하고 바로 묵념을 올리도록 하겠습니다"라며 위기를 모면한 적이 있다고 했다.

나는 나이도 젊고 운동을 좋아해서 면내 행사가 있을 때마다 거의 도맡아서 진행했다. 행사라는 부담보다 내가 할 일이니 즐거운 마음으로 했다. 그러던 어느 날 신안군민의 날 행사 개최지가 내가 근무하고 있는 임자면으로 결정되었다.

다음 날 면장님 주재로 전 직원이 회의실에 모여 군민의 날 행사준비에 대한 논의가 있었는데, 뜻밖에 군민의 날 행사 업무 사무 분장을 나에게 주었다. 당시 업무는 군청의 문화관광과에서 추진하기 때문에 면사무소에서는 문화관광 업무를 맡고 있는 직원이 맡는 것이 원칙인데 나에게 맡겨진 것이었다.

군민의 날 행사는 기본적으로 기념식장을 배치해야 하고, 종목별 경기장과 장비 준비, 그리고 다른 읍면에서 방문하는 운동선수와 면민들이 머무를 수 있는 민박집과 식사를 해결할 수 있도록 준비해야 한다. 각종 안내물 제작과 교통 대책 등도 총체적으로 준비해야 했다. 면사무소에 큰 업무가 생길 때마다 업무를 맡다보니 아내는 면사무소 일을 혼자 다 할 것이냐며 핀잔을 주기도 했으나 어쩔 수 없는 일이었다.

우선 큰 마을을 중심으로 다른 읍면과 결연을 맺게 하여, 방문객들은 결연된 마을에서 민박을 하도록 준비했다. 식사는 마을회관이나 교회 등 취사가 가능한 지역에서 준비하도록 했다. 면사무소 직원을 읍면 담당자로 지정해, 사전 요구 사항을 파악하고 도착부터 출발까지 동행하며 안내를 맡도록 했다. 운동 종목별 심판과 부심 그리고 진행자를 지정하고, 토너먼트 형태의 진행표를 만들었으며, 경기 종목별 준비물을 챙겼다.

도와주는 직원들에게 심부름은 시킬 수 있을지라도 전체를 맡길 수는 없어, 매일 하나하나 직접 챙겼다. 군청의 실과에도 담당 읍면과 경기 종목을 지정해서 협조하도록 하였는데, 면으로 출장을 나와 직접 챙기면 좋으련만 모든 직원들이 전화로 나에게 부탁을 하니 업무가 더 과중해졌다.

행사 준비를 위해 밖으로 뛰어다니다 보니 그렇지 않아도 새까만 나의 얼굴은 더 새까맣게 그을렸고, 피로는 이루 말할 수 없었지만 그런 푸념을 할 시간이 없었다. 매일 준비 상황을 면장님과 상의하고 직원들의 도움을 받아 행사를 준비했다.

기념식과 행사를 면내에 있는 학교 운동장을 이용하면 좀 수월할 텐데, 주차 문제가 발생할 것을 염려해 임자대광해수욕장에서 치르기로 했다. 넓은 주차장이 있다는 점이 고려되었다. 대광해수욕장 내 운동장에 잔디를 심고 주변을 정비했다.

민박집으로 지정된 집은 불편한 것은 없는지, 이부자리는 깨끗한지, 화장실 이용에 불편은 없을 것인지 세심한 부분까지 챙겼다. 다른 읍면 담당자들을 우리 면으로 불러 배정된 마을을 둘러보게 했고, 행사장과 면내 주요 도로를 설명해주었으며 운동선수들과 내빈들의 준비사항도 안내를 해주었다.

그렇게 준비 기간이 끝나고 드디어 군민의 날 행사 당일이 되었다. 주요 경기는 입장식, 씨름, 배구, 줄다리기, 이어달리기, 노래자랑 등이 있었다. 임자면 대표로 뛸 이어달리기 선수를 선발하기 위해 고등학교 학생까지 포함해 달리기 예선을 했는데 나보다 빠른 사람이 없었다. 하는 수 없이 담당 공무원인 나는 면민을 대표해 400미터 이어달리기 선수로 출전하기도 했다. 자랑을 조금 하자면 나는 100미터 달리는데 12초를 넘지 않았고, 나와 함께 결승을 달렸던 전남체고 3학년 육상

사회복지 공무원이라서 행복합니다

선수도 나를 앞지르지 못했다.

다행히 행사가 진행되는 1박 2일 동안 날씨가 좋았다. 내가 출전한 이어달리기도 결승에 진출했고, 임자면의 성적은 상위권이었다. 타 지역에 살고 있으면서 우리 면 대표로 출전한 각종 경기 선수들까지 챙겨가면서 행사를 추진하려니 많이 힘들었다. 선수들도 불편이 많았겠지만 불평 없이 협조하며 열심히 경기에 임했다.

가능한 양보하고 대결보다는 축제 분위기로 추진하려 노력했다. 이어달리기도 결승까지 올라가다 보니 예선을 포함해 하루에 세 번 전력질주를 해야 해서 힘들었지만, 사실 그보다 행사를 진행하기 위해 경기장을 더 많이 뛰어다녔다. 참석하는 선수나 주민들에게는 짧고 아쉬운 시간이었을지 모르나, 준비하는 사람에게는 참으로 힘들고 긴 시간이었다.

그렇게 행사는 별다른 문제없이 잘 마무리 되었고, 나는 행사장을 정리하고 현수막과 안내판을 제거했다. 경기를 위해 대여했던 각종 장비들도 되돌려 주었다. 행정적인 정산 보고까지 마치고 모든 것이 마무리되었다. 나에게 추가로 분장되었던 군민의 날 행사 추진 업무는 끝이 났고, 나는 사회복지직 공무원 본연의 업무에 전념할 수 있게 되었다.

공무원으로 근무하다 보면 크고 작은 행사를 추진하게 되는데, 행사를 치러보면 담당자의 역량과 성향이 드러난다. 실수를 줄이고 행사를 잘 마무리하기 위해서는 행사가 지금 진행되고 있다는 생각으로 머릿속으로 시뮬레이션을 자꾸 그려보아야 한다.

공부도 하다 보면 재미가 생기듯, 업무도 추진하다보면 재미를 느끼는 경우가 많다. 노력하는 사람은 소질 있는 사람을 이길 수 없고, 소질 있는 사람은 즐기는 사람을 이길 수 없다고 했다. 직원이 재미를 느끼며 일할 수 있도록 상사는 그 분야에 취미나 소질이 있는 사람에게 업무 분장을 해주어야 성공 가능성이 커진다. 어쩌면 당시 면장님은 내가 운동에 취미가 있고 그동안 면내 행사를 계속 추진해왔던 직원이라 업무가 다소 과중해지더라도 나에게 맡겼을지 모르겠다. 나도 당시에는 힘겨웠지만 나름 열심히 했고 무사히 마쳤기 때문에 잊을 수 없는 기억으로 남았다.

사회복지 공무원이라서 행복합니다

사회복지직이 왜 종합 개발 계획을?

면사무소 행정을 흔히 '종합 행정'이라고 한다. 면사무소에 근무하는 직원들은 사무실에서는 각자 자기 분야의 업무를 추진하지만 담당 마을로 출장을 가면 세금 징수에서부터 인구 통계조사, 마을 방송 안내, 한해 대책, 산불 예방, 가축 통계 조사, 농산물 식재 조사 등 마을에 해당되는 모든 업무를 종합적으로 추진하기 때문이다.

내가 면사무소에 처음 근무할 때는 면장이 별정 5급이었고, 자격과 상관없이 정치권의 영향력으로 임명되고 있었다. 그러다 1997년부터 읍·면·동장이 일반직으로 전환되면서 일시적으로 5급 승진이 많았고, 도청에서도 일정 부문 자리를 차지하고 시군으로 승진해 내려왔다.

내가 근무하는 면에도 도청에서 근무하다 승진한 새로운 면장님이 왔는데, 처음에는 나이가 젊어 낯설긴 했지만 금방 적응이 되었다. 무엇보다도 행정을 잘 이해하고 있어서 좋았고 비교적 대화가 잘되었다. 호박 농사에서도 언급했듯이 무슨 일이든 가능성 있는 일이라면 두려움 없이 시작할 수 있도록 지원해주었고 신뢰해주었다.

어느 날 점심을 먹고 자리에 앉아 일을 하고 있는데 2층 면장실로 나를 불렀다.

"자네에게 줄 과제가 있네. 임자면 종합 개발 계획을 세워보게. 시간은 한 달 주겠네."

생각지도 못한 엉뚱한 지시였다. 순간 머릿속에 여러 가지 생각이 들었다. 당시 새마을 업무를 보는 행정직 직원도 있었고, 건설 업무를 총괄하고 있는 경력이 오래된 기술직 직원도 있는데, 나에게 이런 과제를 주다니 뭔가 착각을 하고 있는 것은 아닌가 하는 생각이 들어 물었다.

"면장님, 제가 사회복지직이라는 것은 알고 계십니까?"

면장님이 피식 웃으며 말했다.

"알고 있지, 왜?"

알고 있다니 더 답답했다. 내 코가 석 자인데 다른 일을 시켜서 다시 여쭈었다.

"저는 개발 업무를 한 번도 추진해본 적이 없습니다. 그런데 제가 어떻게 계획을 수립할 수 있겠습니까?"

면장님은 그럴 줄 알았다는 표정으로 나에게 차분하게 말씀하셨다.

"자네는 임자에서 태어났고 지금도 살고 있지 않은가? 자네가 살면서 바뀌었으면 하는 것들이 있다면 그것들을 차분하게 정리해보게."

면장실에서 내려오는데 어떻게 해야 할지 감이 잡히지 않았다. 새마을 업무 담당자에게 면장님과 나누었던 얘기를 해도 별로 관심을 갖지 않았다. 언제 그런 보고서를 본 적도 없고, 써본 적도 없어서 더욱 난감했다. 하지만 한 달이라는 시간을 주었으니 작성은 해야 했다.

일단 임자면 종합 개발 계획은 단기와 중기, 장기로 나누어 구분을 했다. 임자면에 살면서 무엇이 불편한지 고민을 했고, 무엇이 안타까운지도 생각해보았다. 그리고 우선 제목을 정하고 간단하게 보고서를 작성하기 시작했다. 현장은 사진도 첨부해서 약 2주 만에 1차 초안을 만들었다.

기억나는 내용으로 첫 번째 임자면 연륙교를 선택했다. 섬사람들의 가장 큰 숙원 사업이기도 했지만, 내 눈에는 가장 못마땅하게 보이는 것이 자동차가 다니는 연륙교였기 때문이다. 편리함과 문제점을 동시에 생산하는 연륙교보다, 다리 자체가 체험 관광 상품이 되는 연륙교, 주민들의 소득 증대에 기여하고, 섬사람들이 필요할 때마다 육지로 나갈 수 있는 가교 역할을 해주는 그런 다리를 만들고 싶었다.

케이블카는 바람의 영향을 많이 받아 기상이 악화될 경우 통제될 수 있어 모노레일 다리를 구상했다. 하늘을 날 듯 바다 위를 가로지르며 사람만 실어 나르는 모노레일을 설치하면, 다리에 비해 설치 비용을 대폭 줄일 수 있다. 그리고 언제든 왕래가 가능해서 이용하는 사람들의 불편함도 없앨 수 있다.

승용차를 이용해 섬을 다녀가는 사람들은 음식물을 준비해 오는 경우가 많아 주민들 소득 증대에 전혀 도움이 되지 않지만, 모노레일을 이용할 경우 차를 두고 관광객만 들어오기 때문에 현지에 머물면서 다양한 소비 주체가 된다. 그리고 교통사고나 농수산물 분실의 위험을 대폭 줄일 수 있고, 현지의 택시나 버스의 운송 사업은 더욱 발전할 수 있으며, 젊은 사람들에게 일자리를 제공할 수 있다. 비용은 산출 기초를 모르기 때문에 인터넷으로 연륙교 공사비를 검색하고 2분의 1 정도로 책정했다.

두 번째로 선택한 것이 대광해수욕장에 풀장을 만드는 것이었다. 보통 사람들은 넓은 바다가 있는 해수욕장에 무슨 풀장이냐고 생각할 수도 있겠지만, 서해안의 백사장을 이용하면 몇 가지 단점이 있다. 우선 조수간만의 차가 너무 심하다. 밀물이 들어올 때는 백사장을 이용하는 것이 문제가 없지만, 썰물이 되면 200미터 이상 물이 빠지기 때문에 육지와 너무 멀어지게 된다. 아이들과 같이 놀러온 부모들은 밀물 때는 아이들을 물에서 놀게 하고 육지에서 지켜보고만 있어도 되지만, 썰물이 되면 너무 멀어서 잘 보이지 않으므로 물에 들어갈 때는 항상 보호자가 동행을 해야만 한다. 그래서 썰물이 되면 아이들을 물에 들어가지 못하도록 통제하는 경우가 많다.

조금만 관심을 가지고 보면 해수욕장에 놀러온 아이들이 바다에 들어가지 못하고 구경만 하고 있는 모습을 종종 볼 수 있다. 어른들은 텐트에 앉아 각종 오락도 하고 낮잠도 자며 쉬고 싶은데, 아이들만 바다에 보내놓을 경우 불안하고 마음이 편치 않으니 아이들을 붙잡아두는 것이다. 책을 읽는 독자들도 서해안에 있는 해수욕장을 한두 번 놀러간 경험이 있을 것이고, 곰곰이 생각해보면 밀물 때는 사람들이 많이 나와 놀지만 썰물 때는 사람들도 많이 줄어들고, 또 갯벌이 나와서 놀기 불편했던 기억이 있을 것이다.

또 다른 단점은 물이 탁하다는 것이다. 우리는 갯벌에 게르마늄이 많아서 피부에 좋다고 하지만 바다를 찾는 사람들은 맑은 물을 상상하며 온다. 특히 수도권에서 서해안을 찾아 온 사람들은 갯벌 때문에 탁한 바닷물을 보고 실망을 한다. 동해안에 비해 경사도 완만하고 수온도 높아 놀기에 장점이 많지만, 갯벌이 녹아 있는 탁한 바닷물은 그 사람들의 마음을 사로잡지 못한다. 누가 뭐라고 해도 갯벌이 들어있는 바닷물을 장점으로 이해하지 않는다는 것이다.

뿐만 아니라 그늘이 없다는 것도 단점이다. 바닷물과 백사장이 아무리 좋아도 여름철 뙤약볕 아래에서 몇 시간이고 놀 수는 없다. 특히나 바다에서 물놀이를 하며 놀다 보면 그늘이 전혀 없어서 불편을 겪는다. 피부에 선크림을 바르면 아쉬운 대로 도움이 되겠지만 그것도 긴 시간 놀기에는 적합하지 않고, 뜨거운 햇볕은 일사병을 일으킬 수 있어 해수욕장에서 노는 것이 곤욕이 된다.

마지막 단점은 놀이 시설 부족과 해파리의 증가다. 바다에서는 수영을 계속할 수도 없고, 튜브를 가지고 놀아도 금방 싫증을 느끼게 된다. 파도가 센 날은 파도를 놀이 삼아 놀 수 있지만 그것은 여름 동안 태풍이 다녀간 이후나 날씨가 흐린 하루 이틀에 지나지 않는다. 또한 지구온난화로 인해 갈수록 해파리가 해상의 문제로 대두되고 있으며, 해파리에 쏘여 피해를 당하는 사람들도 점차 증가하고 있다. 해파리를 제거하거나 차단하는 것은 한계가 있으므로 갈수록 바다에서 놀기 어렵게 될 것이란 말이다.

이와 같은 이유로 해수욕장에 풀장을 별도로 만들자고 제안했다. 풀장을 만들면 우선 24시간 아무 때나 놀 수가 있다. 풀장의 수온은 바다에 비해 따뜻하기 때문에 외부 온도의 영향을 줄일 수 있다. 늘 같은 양의 물이 차 있으므로 바다의 밀물과 썰물의 영향도 받지 않는다. 아이들이 물에서 놀아도 부모는 걱정하지 않고 휴식을 취할 수 있다. 멀리 보이는 수평선은 바다에서 볼 때보다 풀장에 놓여 있는 의자에 누워 바라볼 때 훨씬 운치가 있다.

그리고 풀장을 설치하면 그늘을 만들 수 있다. 햇살이 뜨거워도 그늘 아래에서 놀 수가 있고 피부 걱정을 하는 여성들의 근심도 상당 부분 덜어줄 수 있다. 다양한 휴식 공간과 놀이 시설 설치로 물에서 노는 것이 즐거움이 될 수 있다. 해파리와 같은 해양 생물에 쏘일 일도 사고가 발생할 일도 대폭 줄어들게 된다.

사용하는 물은 해변에 지하수를 개발해서 깨끗하게 정제된 해수를 사용하면 된다. 비용도 절감되고 상시 깨끗한 물을 제공할 수 있어 수도권에서 온 사람들도 거부감 없이 이용할 수 있다.

나의 제안을 보고 백사장이 끝없이 펼쳐져 있는데 누가 풀장에서 놀겠냐며 면사무소 직원들이 웃었다. 나는 이런 사업을 꼭 해보고 싶었지만 내가 당장 할 수 있는 일은 아니었다. 그런데 10여 년이 지난 후 목포시에서 '외달도'라는 섬에 풀장을 만들었다. 물론 그 섬에는 백사장이 없어서 풀장 외에는 물놀이를 할 수 없기도 했겠지만, 섬 해안가에 풀장을 만들었다는 것은 나의 제안 사항과 비슷했다.

그곳은 여객선을 타고 들어가야 하고 차량을 운송하지 않기 때문에 개인 차량을 이용할 수 없어 교통이 다소 불편하지만, 여름철이 되면 발 디딜 틈이 없을 만큼 많은 사람이 찾는다. 차량을 가지고 들어갈 수 없으므로 피서객들은 현지에서 물건을 사고 음식을 사 먹는다. 마을 사람들은 그늘막과 샤워장을 관리하며 소득을 올리고 있다. 마을에서 운영하며 시설 이용 가격을 결정하므로 바가지 요금도 예방된다. 외달도는 전망이 그리 좋은 것도 아니지만 바다를 바라보며 풀장에서 수영을 하도록 해서 지금도 피서객이 줄을 잇는다.

영광군 원자력 발전소 부근에 있는 '가마미해수욕장'도 최근 피서객이 급격히 감소해 지역 주민들의 생계가 어려워지고 있었다. 그런데 주변에 있는 원자력발전소에서 가마미해수욕장 위쪽에 풀장과 놀이 시설을 설치해 주민들에게 기증을 했다.

그 이후 마을 주민들이 운영을 하고 있는데 매일 1,500명 이상이 입장권을 구입해 이용하고 있으며, 바다를 이용하는 해수욕장보다 일찍 개장하고 늦게까지 영업을 해서 상당한 수익을 올리고 있다. 지금도 바닷가 주변에 풀장을 설치해 환경 변화에 능동적으로 대처하는 것이 관광객의 유치에 도움이 되며 그것은 지역 주민의 소득에도 기여하게 될 것이라는 생각에 변함이 없다.

그 밖에도 산에 만들어진 임도를 이용해 자전거 동호회 등에서 찾아올수 있는 자전거 도로를 만드는 것과 지방도에 의무적으로 농기계와 사람이 이용할 수 있는 전용 도로를 추가로 만들자는 제안도 포함했다. 그렇게만들어진 과제를 면장님께 1차로 보여 드렸더니 계획서에 첨부된 사진을빼고 위치를 알 수 있는 지도를 첨부하도록 했으며, 내용을 좀 더 간단한개조식으로 수정하도록 지시했다. 바쁜 시간을 쪼개 열심히 만들어 한 달안에 면장님께 드렸더니 상당히 공감하시는 눈치였다.

하지만 임자면 종합개발계획이 면장님 임의대로 지시한 것이라 상부 기관에 보고되지도 않았고 당장 사업을 추진한 것도 아니었다. 그러나 나에게는 행정을 넓게 바라보는 시야를 갖는 계기가 되었던 것 같다. 그리고그때는 이런 경험이 나에게 무슨 도움이 될까 생각했었다. 그러나 후일 도청에 전입해서 보니 계획서를 모두 그런 형태로 작성하고 있었다. 업무를담당하며 국회에 국고 건의를 위해 건의서나 사업 계획서를 작성하면서도당시의 경험으로 인해 어려움을 줄일 수 있었다.

지금도 당시 면장님의 의도를 알 수는 없다. 나의 능력이 어느 정도인지테스트를 해보았을 수도 있고, 아이디어가 필요했을 수도 있고, 나에게 일을 가르치기 위해 과제를 주었을 수도 있다.

남자들은 여자들이 싫어해도 만나면 늘 군대 이야기를 한다. 그것은 지금까지 살아온 인생에서 가장 힘들었던 시기였기 때문일 것이다. 사업을하든 직장 생활을 하든 사는 것이 순탄할 수만은 없다. 살다 보면 힘들고어려울 때도 있지만 시간이 지나고 나면 힘들었던 시기가 가장 기억에 남는다. 힘들 때마다 나의 재산을 쌓아가고 있는 것이라 생각하며 업무를 즐겨보자.

TIP **④ 피할 수 없으면 즐기라**

자네가 담당했으면 하네

면사무소에서 추진하는 업무 중 짧은 기간 동안 최고의 집중력을 필요로 하는 업무를 꼽으라면 선거 사무를 들 수가 있다. 선거 사무는 정해진 날짜에 정해진 일을 반드시 마쳐야 하며, 그것들에 대한 추진 상황을 매일 보고해야 한다.

선거 사무는 주로 면사무소 주무계장인 총무계장이 추진을 하는데 실수를 허용하지 않는 비중 있는 업무이기도 하지만, 배정된 예산이 다른 사업에 비해 여유로운 업무이기도 하다.

선거에 출마한 후보자들의 선거 홍보물을 봉투에 담아 발송하고, 선거 벽보를 지정된 장소에 붙이고 또 선거가 끝나면 벽보를 떼고 하는 일들을 면사무소 직원들이 주로 하며, 그런 일을 하라고 배정된 예산을 가지고 직원들 간식이나 회식비 등으로 사용하기 때문에 선거 기간이 되면 면사무소 분위기가 조금 넉넉해진다.

또한, 목포에 있는 신안군선거관리위원회에 참석하는 투표구 위원장 교육이나 직원들 출장이 많아 섬에서 근무하는 직원들에게는 육지 바람을 쐬는 기회가 되기도 한다. 나도 다른 직원들과 함께 선거 업무를 도와가며 간식을 같이 먹기도 하고 회식에 참여하기도 했다. 그러나 시키는 사무만 도와주면 되니 별로 부담이 되거나 어렵지는 않았다. 선거 사무를 총괄

사회복지 공무원이라서 행복합니다

하는 총무계장 입장에서도 반복되는 업무인지라 별다른 사건 사고 없이 항상 잘 마무리했다.

　면사무소 인사로 인해 총무계장이 바뀐 1995년에 전국 동시 지방선거가 실시되었다. 광역단체장과 광역의원, 기초단체장과 기초의원을 선출하는 선거였는데, 여느 때와 마찬가지로 선거 사무 분장이 되어 있는 총무계장이 담당을 했다. 선거사상 처음으로 4대 선거를 동시에 치르는 것이라서 선관위에서도 바짝 긴장을 하고 있었고, 선거 사무를 담당하는 총무계장도 비상이 걸릴 수밖에 없었다. 선거 일정표와 계획서 그리고 예산서 등이 공문으로 내려오면서 총무계장이 몹시 고민을 하는 것 같았다. 매일 저녁 늦도록 예산을 정리하고 선거추진 계획을 짜고 있었다.

　그러던 어느 날 총무계장이 나를 불러 "자네가 이번 선거 사무를 담당했으면 하네. 내가 해야 하는데 나는 선거 업무가 처음이고 또 네 가지 선거를 동시에 치른다니 부담이 되네. 젊은 자네가 실수 없이 처리하면 좋겠네"라고 말했다.

　나도 선거 사무를 직접 추진해본 적도 없고, 민선 시대가 되며 최초로 군수와 기초의원을 뽑는 선거이다 보니, 민원도 많을 것 같아 부담이 되었지만 선택의 여지가 없었다. 내가 보기에도 총무계장이 아니면 마땅히 맡길 직원이 없어 그렇게 하기로 했다.

　나는 그날부터 선거 사무 담당자가 되었다. 선거 관련 용어가 생소했지만 선관위에서 발행한 책자를 꼼꼼히 읽어보며 달력에 일정을 표시했다. 선거 사무는 신속성과 정확성을 필요로 했기 때문에 선관위에서 각종 보고 서식을 순서대로 인쇄한 책자를 나누어 주는데, 볼펜으로 기입해서 팩스로 보고하도록 했다. 그러나 나의 성격상 그렇게 하지 않고 매번 타자를 쳐서 깔끔하게 공문을 발송했다.

투표구별로 민간인들을 포함해 교육을 시키고, 각종 선거안내문을 가정에 발송하고, 투표함과 투표용지를 수령해 규정대로 관리하는 일들은 늘 긴장의 연속이었다. 만약에 실수를 해서 선거인 명부에 투표인이 누락되거나 숫자가 맞지 않는 등의 일이 생기면 말썽이 될 것이고, 내가 그런 문제를 만들어내는 것은 내 자존심이 허락하지 않는 일이었다.

투표일이 되면 낙도는 하루 전날 들어가 준비를 해야 한다. 폭풍주의보라도 내려 배가 가지 않으면 문제가 되니 어지간한 바람에는 행정선을 이용해 섬으로 이동한다. 투표가 끝나면 투표함을 싣고 면사무소로 모인다. 모든 투표함이 이상 없이 도착할 때까지 기다렸다가 투표함을 싣고 신안군 행정선으로 당시 목포에 있는 신안군청으로 이동한다.

군청에 먼저 도착을 해도 흑산도처럼 멀리 있는 투표함까지 포함해 일정 비율 이상 도착해야 개표를 시작하므로, 전국에서 가장 늦게 개표를 시작하는 특징도 가지고 있다. 그렇게 투표함 인수인계가 모두 마무리되면 면장님께 무사히 잘 마쳤다는 전화 보고와 함께 담당자의 역할은 끝이 난다.

당시는 개표를 전자 개표로 하지 않고 수작업으로 진행했기 때문에 투표 결과를 알기도 어려웠고 집계도 늦었다. 그렇지만 모든 일을 마치고 여관방에 누워 텔레비전을 시청하며 개표 상황을 지켜보는 여유로움은 겪어 보지 않은 사람은 모른다. 다음 날 첫 배로 복귀하지 않고, 아침 식사를 한 후 목욕을 하고 오후에 출근을 해도 면장님이나 계장님으로부터 그동안 고생했다는 격려 외에는 들을 말이 없다. 선거 기간 동안은 그만큼 밤늦도록 고생하며 격무에 시달리기 때문이다.

이렇게 전국 최초 '지방 4대 동시 선거'를 무사히 마치고 나의 사무 분장에 선거 사무 하나가 늘었다. 나중에 발령을 받을 때까지 몇 차례에 거처 선거 업무를 더 추진했고 나는 그 일들을 무사히 마쳤다. 만약 내가 총무계장이 선거 사무를 부탁할 때 이런저런 이유로 업무를 맡지 않았다면, 나는 선거 사무를 배울 기회가 없었을 것이고 마음 한편으로는 후회와 미안함도 있었을 것이다.

피할 수 없으면 즐기라는 말이 있다. 새로운 업무가 주어질 때마다 배움의 기회로 생각하는 것도 자신에게 좋은 습관이 되고 미래를 담보하는 기초가 될 것이다.

CHAPTER
03

관심과 사랑이
복지다

• • •

우리는 흔히 '아는 만큼 보인다'는 말을 자주 한다. 복지 현장에서 일하는 나는 '관심이 있으면 보인다'는 말을 한다. 사회복지직 공무원이 하는 일은 거의 모든 일이 관심을 필요로 한다. 진심과 애정 어린 관심이야 말로 문제를 해결하는 동기이자 초석이 된다. 지금부터라도 내 주변에 관심을 더 많이 가져보도록 하자.

아빠 가지 마!

면사무소로 발령을 받은 이후 개인적으로 해결해야 할 일 중 하나가 집을 구하는 일이었다. 지금은 관사가 있지만 당시에는 주거도 스스로 해결해야 했다. 임자면사무소에서 다른 곳으로 발령을 앞두고 있는 직원이나 또 나이가 많은 직원들은 하숙을 했지만, 대부분 자취를 하고 있었다. 많지 않은 월급에 하숙비를 주고 나면 남는 것이 없었기 때문이다. 나는 오랫동안의 자취 생활 경험이 있고, 하숙집은 자유롭지 못해서 자취하기로 마음먹었다.

부임 후 처음 며칠 동안은 부모님의 지인 댁에서 신세를 졌다. 매일 퇴근 후 직원들과 함께 빈집이나 자취할 만한 방이 있는지 둘러보았지만 마땅한 곳이 없었다. 그런 모습을 지켜보던 총무계장님이 얼마 전에 신축한 경로당이 있는데, 방 한 칸과 부엌이 있으니 살아보겠느냐고 해서 경로당을 찾아가보았다.

경로당에 가보니 새로 지은 건물이라 페인트 냄새가 심했지만 깨끗했다. 아직 상수도가 연결되어 있지 않아 약간의 불편이 예상되었지만, 그만한 곳도 없으니 별 수 없이 살기로 마음먹었다. 옥상 물탱크에 상수도가 연결되지 않아, 물을 길어다 넣어야 경로당에서 물을 사용할 수 있었다. 번거롭기는 했지만 그렇게 하면 부엌과 화장실에서 물을 쓸 수 있어 생활에 불편은 없었다.

지내는 동안 경로당이 조금씩 활성화되어 찾아오는 어르신들이 늘었다.

쓰는 사람이 늘다보니 경로당 청소까지 해야 했는데 즐거운 마음으로 했다. 매일하는 실내 청소는 당연한 것이고 경로당 밖에 있는 화장실 청소도 했다. 여름이면 마당의 풀도 매고 화단에는 꽃도 가꾸었다. 이렇게 섬마을에서 총각의 자취 생활은 시작되었다.

그렇게 자취를 하며 생활한 지 2년쯤 되던 어느 날, 마을 이장님이 몹시 곤란한 표정으로 나를 찾아왔다. 근무 2년차가 되다보니 나를 찾아오는 사람들의 표정만 봐도 무슨 일로 왔을 것인가를 대충 짐작할 수 있었지만, 그날은 어려웠다. 의자에 앉으시도록 권하고, 자동판매기 커피를 드리며 이장님께 인사드렸다.

"어서 오세요 이장님. 무슨 일로 오셨어요?"

역시나 이장님은 몹시 난감한 표정을 지으며 말을 했다.

"마을 일로 상의할 것이 있어서 왔네. 우리 마을에 몇 년 전 이사를 와서 염전에 일하던 부부가 있었는데, 얼마 전에 남편이 죽고 엄마와 아이와 둘이 살았는데, 아무래도 엄마가 아이만 두고 가출을 해버린 것 같네."

순간 홀로 남은 아이를 위해서 내가 어떻게 해야 할지 막막한 생각이 들었고, 한편으로 아이가 걱정되어 다시 물었다.

"그럼 그 아이는 지금 혼자 있나요? 마을이나 면내에 친척은 없어요?"

이장님은 면사무소에 이런 민원을 전달하는 것도 미안한 일이지만, 마을에서는 해결할 방법이 없는 것 같다며 말을 했다.

"응, 객지에서 들어온 사람들이라 친척이 없고, 아이는 초등학교 3학년인데 우선 내가 밥을 먹이고 있네. 그래서 이 아이를 어떻게 해야 할지 상의하러 왔네."

오후에 아이의 집에 가보니 아이는 학교에 가고 없었고, 집에는 변변한

사회복지 공무원이라서 행복합니다

부엌 살림살이도 없을 만큼 상황이 좋지 않았다. 벽지는 뜯겨 있고, 텅 빈 황량한 냉장고는 음식 대신 퀴퀴한 냄새가 채우고 있었다. 방바닥에는 때에 찌든 이불과 옷가지 들이 어지럽게 놓여 있었다.

아이를 만나기 전에 학교 담임선생님을 먼저 찾아뵈었다. 아이의 학교 생활은 다른 아이들과 크게 다르지 않았으나, 남의 학용품을 훔치는 버릇이 있다고 했다. 학업 성적은 좋지 않지만 급식은 매우 잘 먹는다고도 했다.

다음 날 오후, 아이가 학교 수업이 끝났을 때에 맞춰 아이 집을 방문했다. '이장님이 면직원 아저씨가 집에 올 것이니 기다리라'라고 했다며 집을 지키고 있었다. 아이는 빡빡머리를 하고 있었고 키는 또래 아이에 비해 몹시 작은 편이었다.

밥은 먹었는지, 엄마에게서 연락은 없는지, 혹시라도 기억되는 친척은 없는지에 대해 여러 가지를 물었다. 이복형이 있었는데 집을 나갔고 연락처나 소식은 모른다고 했다. 무엇이 불편한지 물으니 밤에 혼자서 자는 것이 무섭다고 했다. 특히 자다가 밖에 있는 화장실 가는 것이 무서워 소변을 아침까지 참는다는 말도 했다.

그 말을 듣고 아이를 집에 혼자 두고 나올 수가 없었다. 그럼 오늘은 나랑 자겠냐고 물었다. 아이는 고개를 끄덕이며 다음 날 학교에 가져갈 가방 하나를 메더니 곧바로 따라 나섰다. 집에 따라온 아이에게 집에 오면 제일 먼저 손발을 씻어야 한다고 말하며 손발을 씻도록 했다. 내일부터 학교에 다녀오면 제일 먼저 손발을 씻고 방에 들어가라고 일러두었다.

신안군에는 아동보호시설이 있어 당장 입소시킬 수도 있었다. 그러나 엄마가 유기하고 갔다는 확실한 믿음도 없었고, 아이가 모르는 친척으로부터 연락이 올 수도 있다고 생각했다. 무엇보다도 갑작스런 환경 변화에 아이가 심리적으로 위축되거나 충격받을까 봐 걱정되었다. 며칠 동안 내가 함께 지내야겠다고 생각했다.

혼자서 자취를 하면 대충 먹어도 되는데, 아이가 있으니 아침부터 제대로 된 밥상을 차려야 했다. 아이는 돼지고기를 두툼하게 썰어 넣고 끓인 김치찌개에 밥을 뚝딱 비우고 학교에 갔다. 내가 살고 있는 경로당에서 아이의 학교까지는 걸어서 약 15분 거리였다. 아이는 길도 잘 알고 있었고 함께 걸어서 등교하는 친구들도 있어서 등 · 하교에는 별 문제가 없었다.

학교에서 돌아온 아이와 저녁을 먹으려고 집에 오니, 아이는 숙제를 한다며 엎드려 있었다. 대견한 눈빛으로 바라보는데, 아이가 공책을 지우개로 지우고 있었다. 왜 그러는지 물어보니, 숙제를 하기 위해서는 썼던 페이지를 지우고 다시 사용해야 한다는 것이었다. 빈 공책 한 권이 없었던 것이다. 그 행동이 너무도 익숙한 것으로 보아, 오래전부터 그렇게 사용해온 것 같았다. 저녁을 먹고 아이랑 학교 앞 문구사에 가서 필요한 학용품을 구입했다. 아이는 무척 좋아했다. 특히 새 필통에 가지런히 들어 있는 연필을 보며 행복해했다.

다음 날은 용돈도 조금 주었더니 부끄럽고 미안해하면서도 얼굴이 환해졌다. 물건을 훔치는 버릇이 있다는 선생님의 말씀이 떠올라, 무엇이든 필요하면 나에게 이야기하라고 했다. 집에서든 학교에서든 남의 물건에 허락 없이 손을 대서는 안 된다고 단단히 일렀

사회복지 공무원이라서 행복합니다

다. 그 이후로 집에 동전이 있어도 손대는 일은 없었다. 나중에 선생님과의 상담을 통해 학교에서도 그런 일이 없어졌다는 것을 알고, 다행이라 생각했다.

저녁에 아이와 산책을 하며 용돈을 어디에 사용했는지 물어보았다. 집에 오는 길에 학교 앞에서 친구들이 아이스크림이랑 과자를 사 먹길래, 자기도 사먹었다고 했다. 나는 잘했다고 칭찬을 했다. 용돈은 정기적으로 줄 테니 아껴서 사용하도록 말해주었다.

아이는 물건을 훔치는 습관이 있는 것이 아니라, 단지 돈이 없고 무언가가 필요해서 그런 방법을 선택할 수밖에 없었을 것이라는 생각이 들었다. 돈을 관리하거나 사용하는 방법에 대한 교육도 없었을 것이라고 느껴졌다. 제대로 배운 적이 없으니, 필요한 물건은 그냥 가져가는 결과를 낳은 게 아닐까 생각하며 아이가 더 딱하게 느껴졌다.

아이는 학교가 끝나면 마을 아이들과 놀았고, 아이들이 집에 들어가면 집에 와 손발을 씻고 방에 들어가 숙제도 했다. 퇴근하면 저녁 식사를 준비해 아이랑 같이 먹은 다음 숙제를 지도해주니 공부도 제법 따라왔다. 생각보다 이해력이 좋았다. 이렇게 하루하루가 금방 지나갔고 아이랑 정이 들어갔다. 학교가 끝나고 놀 친구들이 없으면 면사무소에 와서 내 옆에 앉아 퇴근하기를 기다리기도 했다. 나는 아이가 책가방 메고 오면 민원실 탁자에 앉아 숙제를 하도록 했다.

아이는 시간이 지날수록 명랑해져서 면사무소 직원들을 보면 큰 소리로 인사를 했으며, 직원들과 얘기도 곧잘 하며 지냈다. 하루는 어느 분이 아이에게 면직원 아저씨 집에서 같이 살려면 아빠라고 불러야 한다고 농담을 했다. 아이는 그날부터 나에게 아빠라고 부르기 시작했다. 내가 아저씨라고 부르라고 해도 아이는 늘 아빠라고 부르며 사무실에 찾아왔고 직원들 또한 아이가 오면 '자네 아들 왔네' 하며 농담을 하곤 했다.

그렇게 두 달쯤 지났다. 소식 없는 엄마와 가족들을 마냥 기다리기만 할 수는 없었다. 저녁을 먹은 뒤 아이에게 조심스럽게 말을 건넸다.

"영철아."

아이는 숙제를 하며 대답했다.

"예."

심각한 분위기가 되지 않도록 나도 지나가는 말처럼 편하게 말을 건넸다.

"아저씨랑 사는 것이 불편하지 않니?"

아이는 여전히 책에서 눈을 떼지 않은 채로 대답했다.

"아뇨. 불편하지 않아요."

나는 마음을 가다듬고 아이에게 말을 했다.

"그래도 아저씨랑 계속 살 수는 없단다."

아이는 그때야 고개를 들고 나를 바라보며 물었다.

"왜요?"

이유를 설명하기 곤란했지만 가능한 아이가 상처받지 않고 알아듣기 쉽도록 말을 했다.

"아저씨는 출장도 다니는데 그때는 집에 아무도 없어서 너 혼자 밥 먹고 잠도 자야 하는데 네가 무섭지 않겠니?"

내 말을 들은 아이는 아무 일도 아니라는 듯 고개를 돌리며 대답을 했다.

"그런 날은 혼자 있을 수 있어요. 예전에도 혼자 있었는데요?"

이 정도 말하면 무슨 말을 하려는지 알 것인데 어쩌면 아이는 이야기를 피하고 싶어 하는지 모르겠다는 생각이 들었다.

"아저씨는 곧 결혼도 해야 하고, 결혼하면 너랑 같이 살 수가 없단다. 아저씨 아는 곳에 너처럼 부모님이 없는 아이들이 함께 살아가는 곳이 있는데 내가 그곳에 데려다 주고 가끔 놀러 갈 테니 그곳에서 생활하면 어떻겠니?"

내 이야기를 듣던 아이가 일어나 앉으며 나에게 물었다.

"고아원 말인가요?"

이 말을 듣는 순간 무엇인가 들켜버린 사람처럼 얼굴이 후끈거렸다. 아이가 이미 이런 걱정까지 하고 있었다고 생각하니 가슴이 먹먹하고 아파왔다. 아이의 표정은 쓸쓸했으나 이미 알고 있었다는 듯 나의 시선을 피했다. 잠깐의 적막이 흐르고 난 뒤, 나는 수습을 시작했다.

"일단, 아저씨랑 주말에 한번 가보고 네가 살 만한지 보자. 네가 마음에 들지 않는다면 아저씨가 다른 방법이 있는지 찾아볼게."

아이는 내키지 않는 듯 아무 말도 하지 않고 자리에 눕더니, 어느새 쌔근쌔근 잠이 들었다.

나는 다음 날 출근을 해서 군청에 시설 입소 의뢰 공문을 보냈다. 시설 원장님께도 전화를 드려 상황 설명을 드린 다음, 주말에 아이를 데리고 방문하겠다고 말씀드렸다. 주말이면 내 가족이 있는 목포에 갈 때마다 아이랑 함께 다녔기 때문에, 우리 집 가족들도 아이를 알고 있었다. 아이는 목포에 있는 나의 가족들과도 잘 지냈고, 목욕탕까지 함께 다니며 늘 명랑했다. 먹고 싶은 것도 말하고 옷이나 신발을 사달라는 말도 했다. 가족들 앞에서도 아빠라고 불러서 어머니께서는 가끔 "저러다 우리 아들 장가 못 가겠네" 하며 웃기도 하셨다.

토요일 오후 퇴근을 해서 목포에 나가 옷도 사 주고 아이가 먹고 싶어하는 짜장면도 같이 먹으며 시간을 보냈다. 일요일이 되어 여객선이 출발하는 목포의 북항쪽으로 가서 배를 타고 보육원이 있는 압해면으로 향했다. 아이는 보육원에 간다는 것을 알고 있었기 때문에 표정이 어두웠다. 멍

하니 창밖을 바라보며 아무런 말이나 몸짓도 하지 않았다.

보육원에 도착하니 날씨가 좋아 아이들이 축구를 하고 있었고, 어린 아이들은 미끄럼틀과 운동장 한쪽에서 놀고 있었다. 나를 바짝 따라오는 아이가 눈을 동그랗게 뜨고 있는 것만 봐도, 새로운 환경에 두려움을 느끼고 또 걱정을 하고 있다는 것을 알 수 있었다.

원장실로 들어가 원장 선생님과 면접을 했다. 원장 선생님은 이곳에서 생활하면 형들이랑 누나들이 생겨서 좋고, 학교는 스쿨버스로 다녀서 편하고, 일요일이면 영화도 보러 가며, 공부를 열심히 하면 대학교까지 보내준다고 아이의 호감을 얻어내기 위해 노력하고 있었다. 아이는 아무런 말도 없었고 관심도 없는 듯했다. 표정으로 봐서는 빨리 그 자리를 벗어나고 싶은 듯 주변을 바라보지도 않았고 원장 선생님의 설명이 끝나기 바쁘게 자리에서 일어났다.

다시 배를 타고 임자에 들어오는 길에도 아이에게 보육원에 있어야 되는 이유를 설명했지만, 아이는 별다른 대꾸를 하지 않았고, 눈가에는 가벼운 경련이 일었다.

입소일이 정해지자 나는 마을 이장님께도 입소 사실을 알려드렸고, 이장님은 연신 미안함과 고마움을 전했다. 나는 입소일이 다가오자 집에서 아이의 옷과 가방을 챙겼고 아이는 그런 나를 아무 말 없이 지켜보기만 했다. 가겠다 안가겠다 말도 없고, 아이가 웃음을 잃어버리니 나의 마음도 착잡했지만 어쩔 수 없었다. 어쩌면 아이에게는 임자도가 마지막이 될 수도 있겠다 싶어, 아이가 살았던 집도 함께 가보고 학교도 둘러보았다. 아이는 여전히 아무런 말이 없었다.

토요일 퇴근을 해서 차 트렁크에 아이 짐을 실었다. 짐이라고 해봐야 책가방 하나와 보자기에 싼 옷이 전부였다. 철부도선에 차를 싣고 있는 중에도, 운전을 하는 중에도, 아이에게 용기를 주기 위해 자식을 떠나보내는 부모의 마음으로 여러 가지 당부를 했다. 친구들끼리 잘 지내야 하고, 공부도 열심히 해야 하고, 아프면 원장님께 말하고, 힘든 일 있으면 아저씨에게 전화도 하라고 했다.

하지만 아이는 어느 때부터인가 말수가 줄고 가끔 짧은 한숨만 내뱉고 있었다. 아이의 그런 모습이 나와 헤어짐에 대한 아쉬움이 아니라, 새롭게 시작하는 환경과 변화에 대한 두려움이길 바랐다. 아저씨도 가끔 너 보러 가겠다고 말했지만, 아이는 그러지 않을 것이라는 것을 알고 있다는 듯 초점 없는 시선으로 창밖만 바라보았다.

목포를 경유해 다시 배를 타고 압해면으로 향했다. 먹고 싶은 것이 있는지 물어도 고개만 흔들었다. 평소 좋아하던 바나나 우유와 과자를 사주어도 손에 쥐고만 있을 뿐 먹으려 하지도 않았다. 보육원에 도착해 원장실에 도착하니 담당 선생님과 원장님 그리고 사모님이 아이를 맞을 준비를 하고 계셨다. 또래쯤 되어 보이는 아이들도 와서 새로운 얼굴에 대한 호기심으로 기웃거렸다.

차를 마시고 내가 떠나야 할 시간이 되어 일어나려고 하니, 고개를 숙이고 앉아 있던 아이의 눈에서 눈물이 바닥으로 뚝뚝 떨어지고 있었다. 가슴이 무너지는 것 같았다. 내 눈에서도 눈물이 핑 돌았지만, 나는 아이의 어깨를 다독여주며 "아저씨 다음 주에 올게. 이곳 선생님 말씀 잘 듣고 친구들이랑 사이좋게 지내고 있어라." 이렇게 말을 하고 일어나 밖으로 나가니 아이도 벌떡 일어나 따라 나오며 울부짖었다. 아이의 목소리라고는 믿지 못할 정도의 울부짖음이었다.

"아빠! 가지 마!"

"나도 아빠 따라갈 거야!"

"나도 아빠 따라갈 거야!"

원장님과 선생님이 아이를 붙들었고, 나는 눈물을 들키지 않고 자리를 빨리 떠나려고 차의 가속페달을 밟았다. 자동차의 룸미러 안에는 울고 있는 아이와 붙잡고 있는 선생님들이 있었다. 집으로 향하는 길에 많은 감정이 스쳐갔다. 아이가 새로운 환경에 적응을 잘해서 마음의 상처 없이 잘 지내기를 바랐다.

며칠이 지나 원장님께 전화를 해서 아이가 잘 적응하고 있는지 물어보니 잘 있다고 했다. 아이들이랑 잘 놀고 밥도 잘 먹고 학교도 잘 다닌다고 했지만 나는 몇 번이고 정말로 잘 있냐고 물었다. 이번 주에 찾아 가겠다고 말하니 원장님께서 아이가 적응을 잘하고 있으니 자주 오지 말고 시간이 조금 지난 뒤에 오는 것이 좋겠다고 했다. 그래서 아이가 궁금하고 보고 싶었지만 한 달쯤 지나 보육원을 방문했다.

"영철아."

반가운 마음에 아이를 불렀지만 갑작스런 방문에 놀란 것인지, 아니면 너무 늦게 와서 삐친 것인지, 저를 두고 떠나버린 사람에 대한 서운함 때문인지, 아이는 나를 처음 만났을 때의 표정으로 서서 부끄러운 듯 웃기만 할뿐 나에게 오지 않았다. 어쩌면 아이도 나와 계속 살 수 없다는 사실을 받아들이고, 새로운 환경에 적응하려는 것인지도 모를 일이다.

다행히 그 아이는 착실하게 보육원에서 고등학교까지 마치고 취업을 했다는 소식을 들었다. 총각을 아빠로 만든 그 아이는 원장님을 통해 소식만 들었을 뿐 보육원을 나간 이후 소식 한번 듣지 못했다. 시설에서 고등학교를 졸업하고 퇴소를 해도 안정적인 직장을 구하기 어려울 뿐만 아니라 경제적 자립이 늦어지기 때문에 아이들이 결혼을 하지 못한 경우도 많다고 했다. 그리고 결혼을 하게 되더라도 몹시 궁핍한 생활을 한다는 보육원 원장님의 말을 듣고 마음이 아팠다.

사회복지 공부를 하다보면 대상자(클라이언트)와의 관계 정립을 잘하도록 하고, 감정적으로 흐르지 않도록 주의를 요한다. 하지만 일을 하다보면 경험이 많은 사회복지사라도 감정이 개입되는 경우가 가끔 발생하게 된다. 나의 경험으로 보아 감정에 치우치는 것은 경계해야 하겠지만, 경우에 따라 감정이 약간 개입되는 것도 문제 해결에 도움을 줄 수 있다고 생각한다. 아이를 바로 시설에 보내지 않고 함께 했던 몇 달의 시간을 통해, 가정의 소중함과 가족 간의 사랑을 조금이라도 느낄 수 있었기를 바란다.

지금은 성인이 되었을 테고 내 얼굴조차 기억하지 못하겠지만, 그 아이가 어느 곳에 있든 좋은 가정을 꾸리고 건강하고 행복하게 잘 살기를 기도한다.

말썽쟁이 길들이기

　이제 농촌 지역에서 다문화 가정과 조손 가정의 증가는 낯선 풍경이 아니다. 다문화 가정의 증가는 농촌의 총각들이 외국인 여성과 결혼을 하여 가정을 꾸리게 되는 것이 주요 이유다. 통계청에서 발표한 인구조사에 따르면, 2015년 기준 우리나라 총인구 약 5,100만 명 중 약 136만여 명이 외국인이라고 한다. 비율로 환산하면 전체 인구의 약 2.67퍼센트를 차지한다. 우리나라도 이미 다문화 사회로 진입했다고 보아도 무방하겠다.

　이렇게 급격하게 다문화 가정이 증가하고 있음에도 맞춤형 지원이 적절하게 제공되고 있다고 보기는 어렵다. 많은 다문화 가정은 경제적 빈곤, 사회적 부적응, 민족 및 인종차별, 국제결혼 자녀의 차별 등의 문제에 직면해 있다. 국가와 지방자치단체에서 문제 해결 의지와 예방 노력이 부족할 경우, 머지않은 미래에 상당한 사회문제의 요건이 된다. 문제가 발생된 이후 수습하려 하면 이미 늦을뿐더러, 사회적 비용도 많이 소요되니 사전 예방을 위해 지속적이고 계획적인 노력들이 필요할 것이다.

　조손가정 역시 현격한 증가세를 보이고 있다. 국내 경제가 침체 일로를 걷고 있어, 실직을 하거나 사업에 실패하는 경우가 많아졌다. 이에 수반된다고 볼 수 있는 이혼 등의 가정 해체로 인해 아이들을 시골 조부모 집으로 보내 살게 하다 보니, 조손 가정이 증가한다. 농촌 지역은 도시에 비해 상대적으로 생활비 부담이 적은 것도 무관하지 않은 듯하다.

　내가 면사무소에 근무하던 1990년대만 해도 다문화 가정과 조손 가정

　　　　　　　　　　　　　　　사회복지 공무원이라서 행복합니다

은 사회문제로 부각되지 않았다. 지금은 '한 부모 가정'이라 하지만 당시에는 '모자 가정' '부자 가정' '소년소녀 가장 세대' 등으로 표현하며 이들을 관리했다.

연초가 되면 맨 처음 하는 것이 이들 세대에 대한 자매결연을 하는 일인데, 이는 후원자를 발굴해서 '자매결연서'를 작성하고 매월 후원금을 해당 세대주의 통장으로 지원하도록 하는 사업이다. 하지만 농촌 지역에서 후원자를 발굴하는 것이 쉽지 않았다. 민간 자원을 발굴하기 위해 대상 가정의 친척 중 경제적 능력이 있는 사람에게 후원자가 되도록 부탁을 했다. 그것도 성공 확률이 높지는 않았다. 결국 거의 대부분은 면사무소에 재직하는 공무원들의 몫으로 남았다.

1년 평균 약 20여 건의 결연을 맺어야 했고, 사회복지 전문요원으로 근무하는 나는 항상 다른 사람들보다 더 많은 후원을 해야 했다. 그래도 후원자가 부족하면 담당 계장이던 면사무소 총무계장이 남은 실적을 모두 후원해주었다. 혼자서 1년에 12건 이상을 후원할 때도 있었던 덕분에, 실적을 채우지 못한 적은 없었다. 당시의 나는 박봉이라서 엄두도 낼 수 없던 일을 그렇게 초연하게 해주었다. 늘 존경했고 고마운 마음을 가졌다.

지금 생각해보면 총무계장도 그리 넉넉한 급여는 아니었다. 혼자서 그렇게 많은 대상을 후원하는 것은 상당한 부담이 되었을 것이다. 하지만 그맘때면 언제나 자매결연 현황을 묻고, 결연하지 못한 모든 대상자에 대해 결연신청서를 작성해 목표를 채우도록 했다. 후원자가 결정되고 나면 분기별로 대상자 계좌에 후원금을 입금하고, 입금 확인서를 첨부해 군청에 실적 보고를 했다.

내가 관리하는 소년소녀 가장은 모두 3세대 여섯 명이었다. 그중 두 가정은 할머니와 같이 생활하는 조손 가정이었고, 한 가정은 부모가 모두 사망하고 백부 댁에 들어가 살고 있었다. 소년소녀 가장은 모두가 초등학교 학생이었는데, 어려운 환경에도 불구하고 아이들이 공부를 잘했다. 그래서 업무를 추진하는 나도 보람이 있었고, 아이들에게 더 많은 관심을 갖는 동기가 되었다. 소년소녀 가장 세대 아이들 생일에는 군청에서 케이크를 지원했다. 학교가 끝날 시간이면 간단한 학용품을 선물로 준비해서, 아이들 집에 찾아가 생일 축하 노래를 함께 부르고 촛불을 껐다.

마을 출장을 갈 때도 항상 아이들의 집에 들러 별일이 없는지 살폈고, 저녁 늦게 방문하게 되면 공부도 지도해주며 아이들과 정을 쌓았다. 졸업식이나 체육대회에는 되도록 행사에 참석해서 보호자 역할을 했으며, 졸업식 때는 간단한 선물도 준비하고 소재지에서 짜장면도 함께 먹으며 아이들이 외로움을 느끼지 않게 하려고 마음을 썼다.

그렇게 살갑게 지내서였을까. 발령으로 인해 면사무소를 떠난 후 몇 년이 지나 임자면에 갈 일이 있었다. 아이들이 궁금해서 소년소녀 가장 집에 들러보았다. 손자들을 키우며 힘들게 사시던 할머니께서 버선발로 달려 나오셨다.

"자네가 오지 않으면 어쩌나 걱정했네"라고 말씀하시며 꼭 쥔 손을 놓지 않으셨다. 그리고 장롱을 열어 나에게 선물을 주셨다. 아이가 고등학교를 졸업하고 취업을 해서 봉급을 탔는데 할머니와 내 내의를 사서 보냈다며 보관하고 계셨다. 내가 언제 올지도 모르는 상황이었지만 한 번은 들를 것이라 생각을 했던 것 같다. 더 마음 써주지 못한 것이 미안했지만 가슴한쪽이 뿌듯했다. 이렇게 아이들이 착하고 바르고 곱게 자라면 일하는 즐거움과 보람이 있지만, 그렇지 못한 경우도 있었다.

내가 근무하는 지역에 한 모자 가정이 있었다. 아버지는 사망했고 엄마가 세 아들을 보살피며 살아가고 있었다. 엄마는 나이가 젊었지만 뇌전증을 앓고 있어서 밖에서 하는 일에 참여하지 못했다. 게다가 뇌전증 때문에 먹는 약물 때문인지 모르지만, 항상 집중력이 떨어져 보였다. 그 사람은 면사무소에 자주 와서 상담을 했고, 상담의 대부분이 아이들이 말을 듣지 않는다는 하소연이었다. 내가 해결책을 제시하기 어려운 일들이었지만, 엄마의 스트레스라도 풀릴 수 있도록 관심을 가지고 얘기를 들어주었다.

그 집 아이들은 항상 형제 셋이서 함께 다녔는데, 큰아이가 중학생이 되어 사춘기에 접어들면서 문제를 만들었다. 가게에서 본인은 주인이나 지나가는 사람이 있는지 망을 살피고, 동생들에게 물건을 훔치도록 시켰다. 들키면 동생들만 혼나게 하고 형은 빠져나갔다. 농촌 지역의 특성상 모두들 일하러 나가고 사람이 없는 낮에는 남의 집을 뒤졌다. 이렇다 보니 아이들 모두 성적은 최하위권이었고, 큰아이는 결석도 자주 하는지 낮에 마을에서도 자주 눈에 띄었다.

나는 엄마를 위해서라도 이 아이들을 달래보려 애썼다. 만날 때마다 손을 잡고 얘기를 했고 관심을 보였다. 가끔은 삼겹살을 사주며 아이들과 거리를 좁히려는 노력을 했다. 둘째와 셋째는 비교적 나이가 어려서인지 내 말을 잘 들었고 어려워했으나 큰아이는 그렇지 않았다. 아무리 좋은 말로 달래고 타일러도 동생들을 시켜 물건을 훔치도록 했고, 멀리서라도 내가 보이면 피해버렸다.

이 아이를 어떻게 해서든 바로 잡아야겠는데 어떻게 할 것인가 고민을 하다가 묘안이 떠올랐다. 아이의 약점을 잡아 나의 통제 범위 안에서 자라도록 해야겠다는 생각으로 작전에 돌입했다.

토요일 오후에 면사무소에 남아 당직을 하다 보면, 아이들은 면사무소

마당에 와서 놀곤 했다. 그날도 당직 근무를 하며 사무실에서 일을 하고 있는데 아이들 세 명이 마당에서 놀고 있었다. 나는 아이들에게 짜장면을 사줄 테니 함께 먹자며 불렀고, 아이들은 자주 있었던 일이라 의심 없이 나를 따라왔다.

숙직실은 면사무소 옆 건물에 있었는데 그곳으로 짜장면을 주문했다. 나는 음식값을 지불하고 거슬러 받은 잔돈을 아이들이 보는 앞에서 숙직실 텔레비전 위에 놓아두었다. 짜장면을 먹으며 아이들을 살펴보니 큰아이 눈빛이 몇 번이나 돈으로 향하고 있음을 볼 수 있었다. 과연 나의 계획대로 잘 될 것인지 내 심장이 두근거리기까지 했다.

짜장면을 먹고 사무실에 가서 일하는 척하며 아이들의 움직임을 살폈다. 동생인 두 아이는 마당에서 놀고 있는데, 큰아이가 슬금슬금 눈치를 살피며 숙직실 쪽으로 가는 것이 보였다. 나는 아무도 모르게 옆문으로 나가서 당직실 앞에서 기다렸다. 숙직실에서 나오던 큰아이는 나와 정면으로 마주치며 소스라치게 놀랐다. 주머니를 만져보니 잔돈이 들어있었다. 변명의 여지없는 현행범이었다.

파출소에 전화를 했다. 곧 경찰이 도착했다. 당시 임자파출소에는 나와 고등학교 동창인 친구가 근무를 하고 있었다. 나는 이 친구에게 저간의 사정을 얘기해두었었고, 전화를 받은 친구도 우리의 계획대로 즉시 출동했다. 아무리 말썽을 부리고 배짱이 좋은 아이라도, 관공서에서 돈을 훔치다가 현장에서 붙들린 데다 경찰까지 출동하니 기가 많이 죽었다. 내 친구인 경찰은 아이를 파출소에 데리고 가서 내일 당장 목포경찰서로 보낼 것이라고 엄포를 놓았다.

아이의 엄마도 파출소로 불러들였다. 아이가 내일 목포경찰서로 이관될 것이며, 그동안 마을에서 부린 말썽들 때문에 교도소에 가게 될 것이라고

사회복지 공무원이라서 행복합니다

말했다. 엄마는 "내가 이런 일 생길 줄 알았다. 배은망덕하게 너 밥 사준 분의 돈을 훔쳤냐"라며 통곡을 했고, 분위기가 이 정도 되니 아이도 제법 겁을 먹은 눈치였다. 사실 아이의 엄마에게도 아이의 도벽을 고치기 위해 그런 것이니, 정말로 걱정하는 것처럼 행동을 하시라고 미리 부탁드렸었다. 뜻밖에도 엄마는 연기자보다 더 생동감 있는 연기로 동참을 해주었다.

경찰로 근무하는 친구는 소년원에 가면 많은 고생을 하게 될 것이라며 아이를 염려하는 척하며 겁을 주었다. 밤이 되자 아이는 눈물을 흘리며 잘 못했다고 용서를 구하기 시작했다.

그러나 이 아이가 그렇게 쉽게 변할 아이가 아니라는 것을 나는 잘 알고 있었다. 그 정도 눈물은 아이의 얕은 수라는 것도 알고 있었다. 안쓰러움도 자비심도 일단은 접어놓고, 집에 보내지 않고 파출소 당직실에서 밤을 보내게 했다. 경찰 친구가 아이에게 '내일이면 목포경찰서에서 형사들이 너를 데리러 올 것'이라고 말을 했더니, 아이는 더 큰 목소리로 잘못했다고 울며 사정을 했다.

이때를 기다리고 있던 경찰 친구는 "내가 너를 봐 줄 수는 없고, 면사무소 아저씨가 너를 용서해 주면 교도소에 안 갈 수도 있다"라고 말해주었다. 아이의 애원하는 눈빛은 강렬했고 정말로 겁을 많이 먹은 것 같았다. 아침이 되어도 엄마는 파출소에 오지 않았고, 마을 이

장님까지 파출소에 들러 "너, 오늘 교도소 간다며?" 하고 가니 어찌 겁먹지 않았겠는가?

나에게 용서해달라고 우는 아이를 바라보며 한참 고민하는 척하다가 그럼 그동안 네가 저지른 모든 일을 종이에 적으라고 했다. 자세히 적으면 용서를 해줄 것이고 이곳에 적지 않은 것이 있으면 나중에 두 배로 처벌받도록 해서 어쩌면 평생 교도소에서 살 수 있다고 으름장을 놓았다.

아이는 서둘러 그동안의 일들을 적기 시작했는데, 우리 집에서 없어진 돼지 저금통도 그 아이 짓이라는 것을 그때 알았다. 겁을 먹은 탓인지 아이는 그동안의 잘못을 세세하게 적었고, 그렇게 작성된 진술서에 아이의 지장을 찍게 했다.

아이가 작성한 진술서를 보던 나와 경찰 친구는 놀라지 않을 수 없었다. 생각보다 많은 돈을 자주 훔쳤고, 훔친 돈은 배를 타고 목포나 지도에 나가 오락실 비용과 옷과 음식 대금을 지불하는 데 사용을 했다. 동네에서 돈을 자주 쓰면 의심 받을까 걱정한 때문이었다.

일부러 아침도 먹지 않았다. 점심이 되자 아이가 작성한 진술서를 챙기며 경찰 친구는 그 아이에게 말을 했다.

"네가 직접 쓴 진술서를 면사무소 아저씨가 가지고 있으니, 그 아저씨가 언제든지 고발하면 너는 바로 교도소에 가게 된다."

"이제부터 너를 교도소에 보내고 안 보내고는 이 아저씨에게 달렸다."

아이에게 적당히 겁을 준 경찰 친구가 눈을 찡긋하며 나에게 물었다.

"어떻게 할까요? 이 아이를 교도소에 보낼까요? 아니면 집에 보내서 더 지켜보시렵니까?"

내가 즉시 대답을 하지 않자 아이는 울며 잘못했다고 손까지 비비며 싹싹 빌었고, 나는 힘든 고민을 하는 척 한숨을 내쉬며 대답을 했다.

　　사회복지 공무원이라서 행복합니다

"아이가 이렇게 잘못했다고 하니 제가 좀 더 지켜보고 판단하겠습니다. 파출소에서 용서해주신다면 우선 아이를 집으로 보내겠습니다."

이렇게 짜고 친 고스톱 같은 연기는 막이 내렸고 아이는 그날부터 다른 사람 말은 듣지 않아도 나의 말은 잘 듣게 되었다. 그리고 경찰 친구가 면사무소 아저씨 부를 때 '호랑이 선생님'이라고 부르라고 한 뒤부터, 길에서 만나도 그 아이는 "호랑이 선생님, 안녕하세요?" 하고 인사를 했다. 지금 생각해보면, 아이에게 많이 미안하다. 그 이후 아이의 나쁜 행동은 현저하게 줄어들었고, 아이 엄마의 근심도 조금은 덜어주었던 것 같다.

우리는 흔히 '아는 만큼 보인다'는 말을 자주 한다. 복지 현장에서 일하는 나는 '관심이 있으면 보인다'는 말을 한다. 사회복지직 공무원이 하는 일은 거의 모든 일이 관심을 필요로 한다. 진심과 애정 어린 관심이야 말로 문제를 해결하는 동기이자 초석이 된다. 지금부터라도 내 주변에 관심을 더 많이 가져보도록 하자.

할머니의 통장

정부에서는 매년 9월 7일을 사회복지의 날로 정하고, 이날부터 일주간을 '사회복지 주간'으로 정해 각종 기념행사를 추진하고 있다. 기존의 '생활보호법'을 대신해 제정된 '국민기초생활보장법' 공포일이 9월 7일이라서 그렇게 했다고 한다. 생활보호법이 시혜적이고 단순 보호차원의 복지 서비스를 제공해왔다면, 국민기초생활보장법은 빈곤을 개인이 아닌 국가의 책임으로 간주한다. 전 국민의 최저 생활을 보장할 뿐만 아니라 자립자활 서비스까지 제공한다는 점에서 큰 의의를 찾을 수 있다. 국민기초생활보장법은, 국민이 살아가기 위한 최소한의 기준을 정부가 정하고, 국민 어느 누구라도 그 기준 이상으로 살아갈 수 있도록 기초 생활을 보장하는 법이다.

국민기초생활보장법이 시행되면서, 생활 형편이 어려운 사람들이 정부로부터 보호를 받는 것이 '권리'로 바뀌었다. 기본 개념의 변화만큼이나 수급자들의 의식에도 많은 변화가 찾아왔다. 그것은 수급자들의 태도에서부터 나타났다. 정부 양곡을 받아가면서 고마움과 미안함을 감추지 못했고, 이웃들의 시선도 어려워했던 사람들이, 수급이 권리로 바뀌면서 수급자에서 탈락하거나 생계비가 줄어들면 담당 공무원의 '목을 떼버리겠다'라며 큰소리를 쳤다.

단순하고 이기적인 면이 없는 것은 아니었지만, 나는 이러한 당당한 자세를 긍정적으로 바라보았다. 아무튼 국민기초생활보장법 시행 이후 사회

사회복지 공무원이라서 행복합니다

복지업무에 종사하는 공무원들은 하루에도 몇 번씩 해임과 임용이 반복됐다(그분들의 표현을 빌자면 '모가지가 잘렸다'가 '붙었다'). 아는 사람 통해서 인사 조치하겠다는 말은 하도 많이 들어서, 수급자가 인사권을 부여받은 느낌마저 들 정도였다.

생활보호법 시절이나 국민기초생활보장법 시절이나 생계비를 개인별 계좌에 입금해 주는 것은 변함이 없다. 수급 통장은 개인이 관리하는 것이 원칙이다. 특별한 사유가 있을 때에는 생계를 책임지고 있는 사람에게도 지급할 수 있는 예외 규정도 있다.

내가 근무하던 면에서는 모두가 세대주 계좌에 생계비를 입금했다. 하지만 통장까지 세대주가 관리하고 있는 것은 아니었다. 농촌 지역의 특성상 교통이 불편하고 금융 기관이 면 소재지에 있는 우체국과 농협이 전부였다. 문맹율도 높은 것이 사실이다. 그래서 독거노인 대부분은 친척이나 이장이 생계비를 인출해서 전달해 주고 있었다. 그런 과정에서 크고 작은 말썽이 생기기도 했다.

내가 마을에 양곡을 배달하기 위해 정기적으로 방문하자, 어떤 이장님들은 나에게 통장 관리를 맡기려 들었다. 당신들이 통장 관리해주는 것이 부담스럽다는 것이었다. 나는 두 달 만에 마을을 방문하기 때문에 매월 지급되는 생계비를 제때 전달하기 어려웠다. 담당 공무원이 통장을 관리하는 것도 적절하지 않아 양해를 구하며 거절했다.

그러나 마을에서 면 소재지로 출퇴근하는 사람도 없고, 이장과도 개인적 친분이나 소통이 없는 사람들도 있었다. 그런 사람들은 누군가 생계비를 인출해 전해드려야만 했다. 그렇게 조치하지 않으면 영영 돈을 찾을 수 없는 사람들인 것이다. 사정이 하도 딱해 나도 어쩔 수 없이 통장 관리를 대행해드리는 할머니가 계셨다. 그 할머니와의 인연은 태풍으로 시작되었다.

태풍으로 비바람이 몹시 치던 어느 날, 수화기 너머에서도 무척 다급한 상황임을 짐작할 수 있는 전화가 왔다.

"함 주사! 나 삼두리 이장이네. 우리 마을 생활보호대상자 윤말녀 씨 집이 이번 바람에 무너져버렸네."

이런 전화를 자주 받는 것은 아니지만, 수급자와 관련된 모든 일은 일단 사회복지 담당 공무원인 내가 접수를 해야 한다. 그리고 이런 일은 경험과 사례를 중심으로 추진해야 하기 때문에 많은 고민이 필요하다.

"할머니는 다치지 않으셨나요? 지금 어디에 계시죠?"

이장님이 걱정하지 말라는 듯 대답을 했다.

"집이 다 쓰러져 버린 것은 아니고, 한쪽만 폭삭 주저앉아 버렸는데 다행히 할머니는 괜찮으시네. 다치지는 않으셨고, 지금은 집이 위험해서 마을회관에 모셔 놓았네."

다치지 않았음을 다행으로 생각하며 이장님께 말을 했다.

"예, 알겠습니다. 곧 현장으로 가겠습니다."

전화를 끊고, 면장님께 통화를 통해 파악한 상황을 보고 드렸다. 현지 확인 후 자세히 보고 드리기로 하고 현장으로 달려갔다. 도착해서 살펴보니 쓰러진 주택은 초가지붕을 파란 천막으로 덧씌워 사용 중이었다. 지붕을 매년 이을 수 없으니, 비가 새지 않게 하기 위한 고육지책이었던 것이다.

무척 오래된 초가집이었다. 안방 쪽은 아직 버티고 있었지만 부엌부터 창고까지 집 절반이 내려앉아 있었다. 마을회관에 있는 할머니를 찾아갔다. 많이 놀라기는 하셨지만, 마을에서 식사를 제공해서 별다른 불편 사항은 없어보였다. 무엇보다도 다치지도 않고 건강에 특별한 이상도 없는 것 같아 안심이었다.

할머니의 집을 수리해드리고 싶었다. 낡고 헌 초가집이지만, 집이라는 것이 단순한 하나의 건물로만 볼 수는 없는 것이다. 거기에 묻은 시간과 추억들로 사람도 건물도 지탱하는 것이 아니던가. 마음은 그랬지만 현실은 달랐다. 초가집은 벽과 지붕을 흙으로 쌓고 볏짚을 덮어 이은 지붕이라서, 지붕이 몹시 두껍고 무겁다. 그래서 한번 무너지면 수리는 거의 불가능했다. 할머니의 집도 수습이 불가능했다.

할머니께 상황을 설명해드리고 시설 입소 의사를 타진했는데, 할머니는 거부하셨다. 신안군에는 당시 노인 시설이 없어서 인근에 있는 목포시로 의뢰를 해야 했는데 그것도 쉬운 일은 아니었다. 이장님과 함께 상의해서 당분간 마을회관에서 생활하시게 하되, 마을의 빈집을 수리해서 할머니가 살 수 있는 거처를 마련하기로 했다. 할머니도 동의하셨다.

살던 집을 놓고 바로 옆에 새로 집을 지어 이사한 분이 마을에 있었다. 이분의 도움으로 비어 있는 집을 아주 싸게 살 수 있었다. 할머니가 한 푼 두 푼 모아둔 돈으로도 충분히 구입할 수 있을 정도로 싸게 팔았다. 이제 임자면자원봉사단이 투입되었다. 전선을 새로 깔고, 도배를 하고, 장판을 바꾸고, 청소를 했다. 싱크대와 보일러도 설치하고 가스레인지를 사용할 수 있도록 가스도 연결했다. 손발이 척척 맞아 일사불란하게 움직였다. 기본적인 생활필수품까지 사다 드리고 나서 할머니가 이사를 했다. 할머니는 매우 고마워하셨다.

할머니는 80세가 넘은 고령으로 등이 굽어있는 장애가 있었다. 하지만 정신이 맑고 남에게 피해를 주지 않으려는 꼿꼿한 의지가 강했다. 생각도 바른 분이었다. 그렇게 인연이 된 할머니 댁에 두 달에 한 번씩 양곡을 배달하러 다니다 보니 많은 이야기를 나눌 수 있었다.

할머니는 호적상 결혼을 하지 않은 미혼이었으나, 같은 마을에서 아내를 여의고 혼자 사는 홀아비와의 사이에 딸 둘에 아들 하나를 두었다. 아들은 30대 초반에 병으로 세상을 떠났고, 딸 둘은 같은 면에서 살고 있었다. 할머니는 가끔 죽은 아들 얘기를 했다. 키도 훤칠하고 얼굴도 잘생기고 머리는 아주 똑똑했다고 한다. 그러나 너무 귀하게 키우다 보니 술을 많이 마셔서 결국 술병으로 젊은 나이에 사망했다고 했다. 아들이 살아 있었다면 자신이 국가에서 주는 배급을 타먹지 않고 살 수 있었을 것이라며 눈물을 짓기도 했다.

여느 날처럼 양곡을 배달하고 마루에 앉아 할머니와 상담을 하던 날이다. 할머니께서 조심스럽게 나에게 물어오셨다.

"면직원 선생님. 말씀 드리기 미안하지만, 제가 매월 받는 생계비가 얼마인지 알 수 있을까요?"

조심성이 많은 할머니께서 그런 질문을 하니 무슨 사정이 있는지 궁금해서 내가 물었다.

"왜요? 할머니께서 생계비를 찾지 않으신가요? 그럼, 할머니 통장은 누가 가지고 있어요?"

쉽게 말을 못하고 한참을 망설이던 할머니께서는, 딸이 통장을 가지고 있는데 돈이 매달 일정하지 않아서 그러신다며 나에게 금액을 물었다.

당시에는 거택보호 대상자로 책정되면 가구원 수에 따라 정해진 금액을 입금하고 있었다. 나는 그 금액을 정확히 알고 있었으므로 바로 알려 드렸더니 그냥 알았다고만 했다.

다시 두 달이 지나 양곡을 메고 방문하니 할머니는 통장과 도장을 나에게 주며 말씀하셨다.

"딸이 두 달에 한 번씩이라도 돈을 가져다줘야 전기세도 내고 생활비도 할 것인데, 가끔 가져다주니 제가 생활하는 것이 힘드네요. 그리고 부끄러운 말씀이지만 제가 글을 몰라요. 그래서 딸이 저를 자꾸 속이는 것 같아요."

할머니의 사정이 딱하기는 했지만 그래도 나는 업무 담당자가 수급자 통장을 관리하지 않아야 한다고 생각했다.

"할머니, 제가 심부름 하는 것은 어렵지 않은데, 공무원은 수급자 통장을 관리하지 못하도록 한답니다."

그러나 할머니는 막무가내로 부탁을 했다.

"내가 친인척도 없고 혼자 사는데 면직원 선생님마저 못하신다면 누가 하겠어요? 그동안은 딸이 심부름 했는데 이제는 통장도 가져와버렸으니 맡길 사람이 없어서 그럽니다."

할머니의 처지는 이해가 되었지만 공연한 가족들 일에 끼어들어 곤란을 겪게 되지 않을까 걱정이 되었다.

"할머니, 제가 통장을 관리하면 따님도 서운해하실 것 같아요. 그래도 자식인데 믿으셔야지요."

할머니는 이미 결정이 되었다는 듯 말했다.

"내가 딸이 서운하지 않게 말을 잘 했어요. 돈 얘기는 안했고 농사일도 바쁜데 나까지 힘들고 귀찮게 해서 미안하다고 통장 다른 사람에게 맡길 테니 주라고만 했어요."

내가 다시 물었다.

"그렇게 말씀하시니 따님이 순순히 통장을 주시던가요?"

할머니가 대답했다.

"그럼 어쩌겠어요. 딸도 매달 집에 다녀가지 못해서 미안해하고 있었어요. 딸은 동네 이장에게 맡길 것으로 알고 있을 것입니다."

할머니가 한글과 숫자를 모른다고 하니 또 나는 궁금해서 물었다.

"할머니, 글을 모르신다면서요. 그런데 돈은 어떻게 계산하세요?"

할머니가 피식 웃더니 대답했다.

"내가 글이랑 숫자는 배우지 않았어도, 짐작으로 다 압니다. 어느 것이 큰돈인지 작은 돈인지도 알고, 얼마를 거슬러 줘야 하는지도 다 알아요. 저는 꼭 사는 물건만 사니 잔돈을 보면 알 수 있지요."

할머니 말씀을 듣고 보니 돌아가신 나의 할머니 생각이 났다. 내 할머니도 이름자만 겨우 쓰실 수 있었고 한글과 숫자를 읽고 구분하실 줄 몰랐다. 내가 목포로 유학을 나온 고등학생 시절, 할머니는 손자 밥도 해주시며 함께 살았는데 글과 숫자를 모르셔서 여러 면에서 불편을 겪으셨다.

그중 가장 큰 고민은 손자를 학교에 가게 하려면 정해진 시간에 깨워야 하는데, 시계를 볼 줄 모른다는 것이었다. 그래서 아침에 떠오르는 해를 보며 깨우다 보니 날이라도 흐린 날이면 깨우는 시간이 늦어져 나는 가끔 지각을 했다.

어떻게 하면 할머니가 시계를 보실 수 있도록 할까 생각하던 나는 아날로그 형태로 시간 읽는 법을 가르쳐드렸다. 하나 둘 개수는 열둘까지 셀 수 있으니, 분

침 바늘을 무시하고 시침 바늘로만 시계를 보도록 하는 연습을 했다. 작은 바늘이 1에 오면 한 시, 조금 지나면 한 시가 조금 지난 것이고, 2와의 중간에 놓이면 한 시 반, 2자에 가까워지면 두 시가 다되어간다는 식으로 시계를 보도록 하는 것이었다. 할머니께서는 의외로 쉽게 이해를 하셨다.

시계 보는 법을 터득하고 난 이후 "할머니, 내일은 아침 여섯 시에 깨워주세요" 하면 할머니께서는 작은 바늘을 보며 여섯까지 개수를 세신 다음 작은 바늘이 여섯 번째 숫자만큼 오면 "여섯 시 다 되어간다. 빨리 일어나라" 하며 나를 깨우셨다. 그런 것처럼 이 할머니께서도 나름대로의 방식으로 물건을 구입하고 또 계산을 하고 계셨던 것이다.

할머니의 말씀을 듣다 보니 나의 할머니가 생각나서 나는 차마 거절하지 못했다. 양곡을 배달할 때마다 할머니의 급여를 전해 드리기로 했고, 나는 할머니의 통장과 도장을 사무실에 두었다. 생계비를 인출해서 갈 때는 항상 통장도 같이 가지고 가서, 얼마가 들어왔으며 얼마를 찾아왔는지, 그리고 얼마가 남았는지 설명해드렸고, 찾은 돈은 봉투에 담아 드렸다. 돈을 받으면 할머니는 늘 장판을 들추고 그 아래에 두었다. 돈을 보관하는 장소가 불안하기는 했지만 다른 곳에 두시라고 했다가 잃어버리면 안 되니 마음속으로만 걱정했다.

그렇게 지내던 1년쯤 뒤에, 소재지에 살고 있는 할머니의 딸이 사무실을 찾아왔다.

"면직원 선생님, 면목은 없지만 제가 억울해서 왔습니다."

갑작스런 할머니 딸의 방문에 내가 무슨 실수라도 했는지 조바심을 느끼며 여쭈어 보았다.

"무슨 일이세요? 말씀해보세요."

딸은 손수건으로 눈물을 닦으며 말했다.

"제가 아무리 어렵고 가난하게 살지만 어머니 배급받는 돈을 욕심내겠어요? 어머니가 통장을 가져가셨는데 남들에게 이용당하면 안 될 것 같아 통장이 어디에 있는지 자꾸 물으니 면직원 선생님께 있다고 하네요. 그래서 왜 바쁜 양반한테 맡겼냐고 하니까, 그 양반이 돈을 가져다주면 더 많아서 그랬다고 합디다. 그 말을 듣고 면직원 선생님께 말씀드리지 않으면 저를 오해하실까 싶어 왔습니다."

아주머니는 억울한 듯 눈물을 훔치며 계속 말했다.

"저는 차가 없어서 어머니 댁에 가려면 택시를 탑니다. 오가는 데 만 원이 들어가고, 가면서 어머니 드실 반찬이랑 양념을 사고 남은 돈만 가져다 드렸더니 돈이 적다고 생각을 하셨나 봅니다."

할머니 딸의 이야기를 듣고 보니 그럴 수도 있겠다는 생각이 들었다.

"그러셨군요. 그동안 그런 말씀을 나누지 않으셨으니 할머니께서 오해를 하실 수도 있었겠습니다. 그럼 두 분의 오해는 풀리셨나요?"

나의 질문에 할머니의 딸이 대답했다.

"예, 오해는 풀었는데 여간 속이 상한 것이 아닙니다. 그런 것이 궁금하면 딸인 나에게 말을 해야지 어떻게 의심을 한답니까?"

연신 눈물을 닦으며 말하는 할머니의 딸을 위로하며 나는 다시 말했다.

"오해가 풀리셨으면, 할머니 통장을 다시 관리하시면 어떨까요? 사실은 저도 할머니 심부름을 하지만 마음 한편은 불편하답니다."

내 말을 들은 할머니의 딸은 깜짝 놀라 손사래를 치며 말했다.

"아닙니다. 오늘은 면직원 선생님께 자초지종을 말씀드리러 온 것도 있지만, 감사하다는 말씀도 드리러 왔습니다. 어머니께서 늘 면직원 선생님이 내 자식들보다 낫다고 말씀하십니다. 불쌍한 제 어머니를 자식처럼 보살펴주셔서 정말 감사합니다."

이런 일로 할머니와 딸의 오해는 풀렸고 나는 발령을 받아 임자면을 떠날 때까지 할머니 생계비 심부름을 했다. 홀로 사는 할머니를 자원봉사 대상 가구로 지정해 목욕과 세탁 그리고 집수리 사업을 해드렸다. 마을 출장을 갈 때마다 들러, 필요한 것은 없는지 확인하며 생필품을 구입하는 일까지 했다.

군청으로 발령을 받자, 나는 할머니의 딸에게 통장을 전해주었고, 인사도 드릴 겸 할머니를 찾아뵈었다. 발령이 나서 멀리 가게 되어 이제 할머니를 찾아뵐 수 없다며 생계비 통장은 소재지에 사는 딸에게 맡겼다고 말씀드렸다. 할머니는 이렇게 떠날지 몰랐다며 내 손을 놓지 못하고 연신 눈물을 흘렸다.

몇 년이 지나 고향에 갔다가 우연히 할머니의 딸을 만나 할머니의 안부를 여쭈었지만 할머니는 이미 돌아가신 뒤였다. 돌아가시기 전에 면직원 선생님 한 번만 만나게 해달라고 여러 번 말씀 하셨는데 미안해서 연락하지 않았다고 했다.

아쉬웠다. 그리고 죄송했다. 나는 업무로 그분을 뵈었지만 그분은 자식처럼 의지하며 살았을지도 모를 일이었다. "아무리 바빠도 연락 주셨으면 찾아뵈었을 텐데 그러셨어요"라고 말은 했지만 사람구실을 하지 못한 것 같은 죄송한 마음이 지금도 사라지지 않는다.

대학에 다니고 싶어요

국민기초생활보장 수급자로 책정되면, 매달 20일에 지원되는 생계 급여와 주거 급여, 수급권자의 진료를 위한 의료 급여, 그리고 가구원이 사망하면 지원되는 장제 급여, 수급자가 출산하면 지원되는 해산 급여, 그리고 자녀가 실업계 고등학교에 재학 중일 때 지원되는 교육 급여를 받게 된다. 지금은 교육청에서 인문계와 실업계를 가리지 않고 입학금과 수업료를 포함해 교과서 대금, 부교재비, 학용품비 등을 지원하지만, 당시에는 실업계 고등학생만 학비가 지원되었다.

우리 면에서 관리하는 소년소녀가장 등 생활이 어려운 아이들은 비교적 학교 성적이 좋았다. 그런데 이 아이들을 학비 때문에 실업계 고등학교에 보내야만 하는 나의 마음은 몹시 아팠다. 물론 개인의 적성에 따라 인문계나 실업계를 갈 수는 있지만 그것을 선택할 기회조차 없는 것은 문제인 것 같았다. 결국 가난을 극복하기보다 세습되기 쉬운 구조였다. 수급자의 자녀는 현실적으로 실업계 학교밖에 갈 수 없어서, 자신의 능력이나 소질을 개발할 기회마저 막혀 있었다. 명백한 '유리 천장'이었다.

나는 수급자 자녀 중 일정한 기준 이상의 성적이 되는 학생들을 대상으로, 인문계 고등학교 학비 지원과 대학 수업료 지원 등을 수차례 건의했다. 정부 부처에 제안 사항으로 제출했고, 복지 관련 회의석상에서도 여러 차례 발언했으나 개선되지 않았다. 늘 예산을 이유로 아이들의 기회는 박탈당하고 있었다. 한참 세월이 흐른 뒤 인문계 고등학교 수업료도 지원되었다. 그러나 대학은 수업료가 지원되지 않아 수급자 가정에서의 대학 진학은 언감생심(焉敢生心)이었다.

실업계 고등학교를 졸업하고 취업해서 받은 첫 월급으로 내의를 사서 보냈던 아이도, 초등학교 때부터 영특하고 공부를 잘해 늘 상위권이었다. 하지만 인문계 고등학교에 진학하면 학비를 지원받을 수 없어서, 어쩔 수 없이 실업계 고등학교로 진학했다. 그때 흘리던 아이의 서럽고 뜨거운 눈물이 잊히지 않는다. 꿈을 향해 열심히 살아볼 기회조차 없이, 아이는 사회에서 정해준 길을 가야 했다. 그 아이와 상담을 해보면, 돈을 벌어 잘사는 것보다 그냥 공부하는 것을 좋아하는 착한 아이였다. 미안하고 불편한 마음으로 그 아이가 가고 싶어 하지 않는 실업계 학교를 가는 것을 바라보아야만 했다.

보잘것없는 스스로의 한계에 괴로워하고 있었는데 비슷한 유형의 또 다른 학생이 나타났다. 할머니와 함께 살고 있는 학생이었다. 성실한 학교생활은 물론이고, 성적도 우수했다. 특히 대학 진학에 대한 열망이 무척이나 큰 여자아이였다.

아이의 할머니께서 면사무소를 찾아와 상담을 청해오셨다. 아이가 고등학교 진학을 해야 하는데, 대학까지 가겠다며 울고 있으니 어떻게 하면 좋겠냐는 것이었다. 아마도 인문계와 실업계 사이에서 아이가 힘들어하고 있는 것 같았다. 그것은 현실과 이상 사이에서 느껴지는 배신감이기도 했다. 우선 아이의 마음을 알아보려고 학교가 끝날 무렵 집으로 찾아갔다.

"영미야. 할머니께서 네 문제로 고민을 많이 하시더라. 대학에 꼭 가고 싶다고 말씀드렸니?"

아이는 잠시 망설이더니 대답을 했다.

"예, 실업계는 가고 싶지 않아요. 인문계 고등학교를 가서 열심히 공부해서 대학에 다니고 싶어요."

아이의 말에서 공부를 하고 싶어 하는 것을 느낄 수 있었지만, 얼마나 구체적인 생각인지 좀 더 듣고 싶었다.

"무슨 공부를 할 것인지 진로는 생각해보았어?"

아이가 대답했다.

"아뇨. 그냥 공부를 열심히 하면서 차차 생각해보려고요."

아이는 먼 미래에 대한 계획보다 당장 대학에 대한 갈망이 크구나 생각했다.

"알았다. 다음에 더 이야기하자."

아이와 상담을 마치고 돌아서는데 여러 가지 생각이 들었다. 열여섯. 그아이의 나이였다. 열여섯 살짜리가 세상을 얼마나 알아서 자신의 앞날에 대해 어떠한 결정을 내릴 것인가. 나는 스무 살에 대학을 결정하는 일도 그리 어렵지 않았던가. 이 아이는 정말로 공부를 하고 싶어 이러는 것일까. 아니면 인문계에 진학하는 자기보다 공부 못하는 친구들에 대한 자존심 때문일까. 대학에 가더라도 빈곤한 경제력으로 인한 더 많은 역경이 있을 것은 뻔하다. 그것을 극복하는 것 또한 쉬운 일이 아닐 텐데 그런 것은 생각이나 해봤을까. 혼란스럽고 걱정이 되었다.

할머니께서 면사무소에 손녀 문제를 상담하러 오셨을 때는 그냥 오시지 않았을 것이다. 그만큼 절실했을 것이다. 아이와의 대화로 대학에 대한 갈망은 충분히 느꼈다. 나는 잠을 이루지 못하고 고민했지만 뾰족한 수를 찾아내지 못하고 있었다.

같은 마을에 살고 있는 외삼촌을 찾아갔다. 아이의 진학 희망을 이야기하고 도와주실 수 있을지 조심스럽게 물었다. 외삼촌 역시 병중에 있었고

사회복지 공무원이라서 행복합니다

도울 형편이 되지 않는다고 했다. 요즘은 실업계 고등학교에 진학해도 내신만 좋으면, 특별 전형으로 대학에 갈 수 있는 기회가 있다. 슬프게도 그때는 대학 진학이 학력고사를 통한 문밖에 없던 시절이었다. 인문계 고등학교에 진학하면 내가 여기저기에 애를 써서 한두 번은 장학금이라도 후원할 수 있겠지만, 계속해서 수업료를 조달할 방법도 없었다.

그러다 문득 머릿속에서 휙 지나가는 장면이 있었다. 영철이와 함께 가서 만났던 압해도 보육원의 원장님을 만났던 기억이었다. 그때 원장님은 아이들이 희망할 경우 후원을 통해 인문계 고등학교에도 보내주고, 공부만 열심히 하면 대학까지도 보내준다고 말했었다. 분명히 그렇게 말했었다. 길 잃은 어두운 동굴 속에서 한 줄기 희미한 빛을 찾은 기분이었다.

그렇다고 아이에게 보육원에 가겠느냐고 물어볼 수는 없었다. 보육원 보다는 '고아원'으로 더 익숙한 낱말을 할머니에게 꺼낼 수도 없었다. 부모를 여의고 할머니와 살아가는 것도 힘든 일인데, 그나마 할머니와도 떨어져 살겠느냐고 물을 수는 없었다. 배려 없이 말하는 것은 쉽지만, 상대방의 마음에 상처가 될 수도 있는 말을 함부로 할 수 없었기 때문이다.

얼마쯤 지나 할머니께서 또 나를 찾아오셨다. 진학 문제를 결정해야 하는 시간이 얼마 남지 않았다며, 아이가 할머니더러 나를 만나보고 오라고 했다는 것이다. 아이는 얼마나 절박한 심정이길래 나에게서라도 희망을 확인하고 싶은 걸까. 반가우면서도 마음이 먹먹했다. 아이의 미래에 대해 할머니와 한참을 얘기 나누다 조심스럽게 이야기를 꺼냈다.

"압해도 보육원에서는 아이들이 공부를 잘하면 대학까지 보내준다는데, 집에서 학교를 다니는 아이들은 학비를 지원할 방법이 없어서 사정이 딱

하네요"라고 넌지시 말씀을 드렸다. 할머니의 표정이 확 달라졌다. 할머니는 몇 번을 망설이시는 것 같더니 말을 꺼냈다.

"우리 아이도 부모가 없는데 혹시 그곳에 보낼 수 있어요? 우리 영미도 그곳에 가면 대학을 보내 주나요? 함 선생님이 어떻게 알아봐 주실 수 없어요?"

할머니는 걱정과 미안함이 가득한 속마음을 거침없이 쏟아냈다. 할머니의 마음도 이해는 되었지만 한편으로는 걱정도 있었다. 잘되면 다행이지만 그렇지 않을 경우 두고두고 마음의 짐이 될 수도 있기 때문이다. 그래서 할머니께 다시 말씀드렸다.

"할머니, 그것도 하나의 방법이기는 하지만 잘 생각하셔야 합니다. 우선 아이가 어떻게 생각할지 모르고, 그곳 보육원에서 받아줄지도 모릅니다. 그리고 그곳에 들어가면 방학 때만 할머니를 뵈러 올 수 있습니다."

나는 할머니가 성급하게 결정하지 않고 여러 가지 상황을 생각해볼 수 있도록 경우의 수를 말씀드렸으나, 할머니는 이미 마음속으로 결정을 한 듯 말했다.

"보고 싶으면 방학 때 보면 되지요. 나는 아이가 가겠다고만 하면 참을 수 있습니다."

할머니는 그 자리에서 마음의 결정을 하신 듯했지만, 나는 상황을 조금 지연시켜 이성적인 판단이 필요하다고 생각했다.

"그럼 제가 외삼촌과도 말씀을 나눠보고 또 아이랑 얘기를 해보도록 할게요. 혹시라도 할머니 얘기를 듣고 아이가 상처를 받으면 안 되잖아요."

할머니를 집까지 모셔다 드리는 길에 아이의 외삼촌댁을 찾았다. 할머니가 찾아오신 얘기며, 아이가 대학에 가고 싶어 하는 얘기 등을 나누었고, 내가 하고 있는 염려도 설명했다. 어린 마음에 공부를 하겠다고 하지만, 거주 환경이 바뀌는 시기가 사춘기인지라 아이가 어떻게 변할지 몰라 걱정과 두려움이 있었다.

　며칠 뒤 이번에는 아이의 삼촌이 찾아왔다. 영미와 얘기를 나누었는데 보육원에 가겠다고 했다는 것이다. 겁이 덜컥 났다. 답답한 마음에 말 한마디 건넨 것이 이렇게 급박하게 결정될 줄은 몰랐다. 내가 잘하고 있는 것인지, 크나큰 잘못을 저지르고 있는 것은 아닌지 걱정이 되었다. 자신의 인생은 스스로 결정하는 것이고, 결과는 운명일 것이라 생각하며 아이를 만났다. 어렵고 힘들게 말을 꺼냈지만 아이는 이미 보육원에 관한 이야기를 들었던 터라 담담하게 대화를 받아 주었다. 갈 수만 있다면 가서 공부를 열심히 하겠다는 말도 했다.

　이제 나는 보육원 원장님을 만나 입소가 가능한지 물어보고 행정적 입소 절차를 진행해야 했다. 토요일에 시간을 내서 목포를 경유 보육원이 있는 압해면에 들어갔다. 영철이를 데려다준 후 몇 년 만인지 모를 시간이 지나갔다. 나는 이미 내 아이들의 아비가 되어 있었고, 그때 초등학생이었던 영철이는 이미 독립해서 나가 살았다. 오랜만에 만난 보육원 원장님은 아이에 대한 사연을 듣고, 그 아이가 열심히 공부할 수 있도록 정성껏 보살피겠다고 했다.

　임자면에 돌아가 할머니께 아이를 보낼 수 있게 되었다고 말씀드렸다. 마치 평생 참고 살았던 눈물을 한꺼번에 쏟아내실 기세로 할머니의 눈에서는 즉시 눈물이 흘렀다. 쉴 새 없이 흘렀다. 차라리 입소가 안 된다고 하길 바랐다며 눈물을 흘리는 할머니를 보며, 나는 어떤 위로의 말도 할 수 없었다.

　보육원으로 출발할 날이 되어 집으로 데리러 갔다. 아이는 책가방과 옷

가방을 싸서 기다리고 있었다. 할머니와 손녀 두 사람 모두 방금까지 울었는지 눈은 충혈 되어 있었다. 할머니는 손녀의 짐을 차에 싣는 모습을 보지 않으려 애쓰고 있었다. 그 모습을 보며 나는 순간적으로 내 직업에 대해 회의감이 들었다. 내가 무슨 권리로 가족을 떼어 놓는 것이란 말인가. 아이를 태우고 보육원으로 가면서 '이렇게 마음 아프게 떨어져 사는 일을 생각해서라도 꾹 참고 열심히 공부하라'고 신신당부했다.

그렇게 아이를 보내놓고 할머니는 손녀가 그리운지 면사무소에 자주 찾아 왔다. 나는 할머니가 올 때마다 아이가 잘 있으니 걱정하지 마시라고 말씀드렸다. 얼마 전에도 전화를 하니 공부도 열심히 하고 몸도 건강하며 잘 있다고 했다며, 할머니가 걱정하지 않으시도록 위로를 했다.

아이가 방학을 맞아 집에 오는 날까지 한 학기는 나에게도 참 길고 길었다. 어느 날 할머니가 손녀와 함께 집에 찾아왔다. 순희가 방학 동안 할머니랑 보내게 되어 인사드리러 왔다고 했다. 아이의 표정은 한결 밝아져 있었다. 할머니 손을 꼭 잡고 다니는 모습이 보기에 좋았다. 나도 안심이 되었고 고마웠다. 내 동생이나 조카처럼 꼭 안아 주었다. 네가 선택한 길이니 후회가 남지 않도록 열심히 하라고 당부를 했고 아이는 방학을 보내고 다시 보육원으로 갔다.

그렇게 고등학교를 마치고 아이는 본인이 원하는 대로 대학에 진학을 했다. 보육원 형편상 4년제 정규 대학에는 갈 수 없어 전문대 보건계열에서 공부를 한다고 했다. 보육원에서 대학을 보내준다고는 하지만 학교까지 마음대로 선택할 수 있는 것은 아니었다. 압해도 보육원에서 목포 시내에 그룹홈을 마련해두고 있었다. 보육원에서 학비 조달은 가능하지만 생계비까지 책임질 수는 없었다. 그러니 대학이래야 그룹홈이 있는 목포 시내 소재 대학뿐이었다. 선택의 여지가 없었던 것이다.

아이가 대학 2학년이 되었을 때 도시에 살고 있던 이모의 형편이 조금 나아져 아이를 데려갔다고 했다. 후로 보육원에 몇 차례 확인해봤는데, 아이는 보육원을 떠난 이후 한 번도 오지 않는다고 했다. 원장님 말씀에 의하면, 독립해서 나가 살 나이가 되면 남자 아이들은 대부분 명절 쇠러 보육원에 돌아온다고 한다. 남아 있는 어린 원생들에게 줄 선물도 사오고 선생님께 인사도 드린다고 했다. 반대로 여자 아이들은 대부분 다시 보육원을 찾지 않는 특성이 있다고 했다.

손녀인 영미를 돌보시던 할머니가 돌아가셔서 아이 입장에서 고향인 임자면에 연고가 없어졌다. 고향이라고 가끔씩 내려가기나 하는지 모르겠다.

내가 사회복지담당 공무원으로 근무하며 겪었던 많은 일들 중 아쉬움이나 후회가 되는 일들이 몇 가지 있다. 이것도 아직까지는 마음 아픈 상처로 남아 있는 일이다. 사람 사이의 인연이라는 것이, 함  께 부대끼고 어울려야 할 시기에는 그 사람이 전부인 듯한 생각이 든다. 하지만 시간이 조금만 흘러서 돌아보면 가슴이 탔던 간절함도 인생의 작은 일에 불과함을 알게 된다. 영미가 보육원에 갈 수밖에 없었던 일이 나에게는 아픈 상처이지만, 지금 이 순간 행복하게 잘살고 있어서 나의 아픈 상처 하나를 떼내주면 고맙겠다.

생각지 못한 일도
공무원은 해야 한다

· ●●

'닉 수재니스'는《언플래트닝, 생각의 형태》이라는 책에서, 반복되는 일이 습관이 되고 그 습관이 내포하는 위험성에 대해 이야기한다. 나도 처음엔 뭔가 양심에 개운하지 못한 일처리라고 느꼈지만, 어느새 그것이 가진 간결함에 동화되어버렸던 것이다. 반성했다. 우리에게야 신원 확인이 불가능할 정도로 부패한 사체이지만, 누군가에게는 귀한 아들이었고, 자애로운 엄마였고, 마음 터놓을 친구가 아니었겠는가. 그들이 품었던 푸른 꿈이 아직 그 바다에 떠다니고 있을 게 아니던가.

면사무소 공무원이
무슨 그런 일까지 해?

　임자면에는 크고 작은 백사장이 많다. 그중 대광해수욕장은 백사장의 길이가 12킬로미터로 전국 최대 규모다. 모래가 미세하고 가늘어서 몸에 달라붙으면 쉽게 떨어지지 않고, 모래가 물에 젖으면 콘크리트 바닥처럼 딱딱해진다. 해수욕장의 이름은 '대기리'라는 마을에서부터 '광산리' 마을까지 펼쳐져 있다고 해서 첫 글자를 따 '대광해수욕장'이라고 부르고 있다. 실제로는 새우젓으로 유명한 '전장포'에서 '하우리'까지 이어지고 있다.

　긴 백사장에는 돌출된 부위가 있어서 밀물이 되면 백사장이 셋으로 나뉜다. 썰물이 되면 다시 하나로 연결 되는데, 백사장이 너무 넓어 전체를 이용하지는 않는다. 대기리에서 광산리까지 펼쳐진 한쪽에만 야영장이나 샤워장 등의 편의 시설을 설치해 운영하고 있다.

　해수욕장은 북쪽을 보고 있어 겨울에는 북풍으로 파도가 넘실대지만 여름에는 남풍을 막아줘 바다가 잔잔하다. 무엇보다도 백사장의 경사가 완만해서 썰물이 되면 폭이 300미터가 넘는 넓은 백사장 너머로 보이는 수평선도 서정적이고 아름답다. 경사가 완만하다 보니 바다로 100미터 이상을 걸어 들어가도 물은 허리밖에 차지 않아 온 가족이 안전하게 물놀이 하며 놀기 좋은 곳이기도 하다.

　해수욕장 내에는 520명의 학생이 동시에 사용할 수 있는 '신안군청소년

수련관'도 있고, 주변에 축구장이 두 개 있어 단체로 놀러가 행사하기에 적합하다. 무엇보다 길게 펼쳐진 백사장은 자전거를 타기에도 아주 좋다. 겨울에 바람이 불면 모래가 날려서 사막처럼 언덕을 만들어 내고, 썰물에 물이 빠지고 나면 백사장은 물결 모양이 남는 딱딱한 모래땅이 된다. 해수욕장 윗부분은 바람에 날린 모래 언덕이 상당히 길게 펼쳐져 있다.

모래가 좋다보니 한 때는 유리를 만드는 원료로 사용한다며 육상과 해상을 가리지 않고 무분별하게 모래를 채취하던 시절도 있었지만 지금은 금지된 상태. 이렇게 천혜의 해수욕장이 있음에도 교통이 불편한 이유로 이용자가 그리 많지는 않으나, 연륙 공사가 진행 중이니 공사가 완료되면 훨씬 더 많은 사람들이 이용할 것이다.

임자도는 대파 농사를 주로 짓는 육상에도 모래가 많지만, 해상에도 모래가 많다. 그래서 다양한 어종이 산란을 위해 임자면 주변으로 모여드는데, 철에 따라 갑오징어, 꽃게, 병어, 민어 등의 고기가 잡힌다. 대부분 산란 전에 잡히는지라 통통하게 살지고 맛이 좋다.

여름철에는 피서객들이 많아 백사장은 사람들로 꽉 차지만 여름철이 지나고 나면 바람과 파도소리 그리고 해안에 밀려드는 쓰레기로 황량하기만 하다. 이렇다 보니 겨울철이면 바닷가에 나가는 사람들이 별로 없고, 백사장에 그물을 설치하여 고기를 잡는 사람들만 간간히 경운기를 타고 백사장을 달린다. 겨울철 몰아치는 바람과 파도는 엄청난 해안 쓰레기를 밀고 와 쌓이게 하는데, 그 가운데는 결코 밀려오지 않아야 할 것이 하나 있으니, 그것은 바로 변사체다.

육지에서 근무하는 사회복지직 공무원은 변사자가 발생하면 경찰이 개입해서 처리를 한다. 변사자를 처리하는 절차도 화장 시설 등을 이용하기 때문에 큰 어려움 없이 처리할 수가 있다. 발견 시점 역시 대부분 조기에 발견되기 때문에 부패한 시신을 대면할 일은 드물 것이다. 변사자를 처리하는 일은 재직 기간 동안 한 번도 일어나지 않은 경우가 많겠지만, 임자도에서는 1년에 한두 번 변사체가 밀려와 나를 힘들게 했다.

면 단위에서는 마을이장이 마을의 책임자이자 연락 창구 역할을 하고 있다. 행정에 있어 매우 소중한 자원들이다. 마을에 일이 생기면 주민들은 이장에게 말을 하고, 이장은 다시 면사무소로 연락을 한다.

"함 주사인가? 괘길리 이장이네. 오늘 아침 우리 마을 철수 씨가 김 양식장 가는 길에 백사장에서 변사체를 봤다는 연락이 왔네. 부패가 심해서 형체도 알아보기 어렵다는구먼."

처음 전화를 받았을 때는 머리가 멍했다. 변사체 업무가 나에게 사무 분장이 되어 있기는 하지만 형식적으로 해놓은 줄로만 알았다. 그리고 변사체가 이렇게 자주 발생하는지도 몰랐다. 전화를 받고 사회복지직 공무원이 변사체까지 처리해야 하나 하는 생각도 들었다. 하지만 정신을 가다듬어야 했고 변사체가 궁금하기도 했다. 내가 사체 처리를 해본 적이 없으니 담당 계장님께 보고와 함께 상의를 했다.

"계장님, 괘길리 이장한테서 전화가 왔는데, 해수욕장에 변사체가 밀려왔다고 합니다."

긴장하며 보고하는 나의 말을 듣고 계장님은 별것 아니라는 듯이 편하게 대답을 했다.

"그럼, 직원들 몇 명이랑 같이 가서 매장하고 오게."

너무나 쉽게 대답하는 계장님의 말을 듣고 다시 물었다.

"매장이요? 어디다 매장을 해요? 관 같은 것 준비해야 하지 않나요?"

이것저것 물어보는 내가 아무것도 아닌 일에 소란을 피우는 것처럼 보였는지 피식 웃으며 대답을 한다.

"관은 무슨……."

변사체가 발생하니 처리 경험이 많은 직원이 솔선해서 도와주었다. 면사무소 난로에 갈탄을 피우고 양곡을 나눠주던 분이다. 함께 일할 사람들을 주도적으로 섭외해주었다. 변사체 처리에 필요한 물품들도 준비했다. 현장에 나갈 직원이 적으면 면 중대본부에 전화해서 협조를 요청하고, 중대본부에서는 복무하는 방위병 중 신참을 뽑아서 보내주었다. 중대본부는 평소에도 면에서 발생하는 궂은일에 도움을 많이 준다.

1987년 발생한 태풍 '셀마'에 의해 임자면 주변에서 새우잡이를 하던 무동력선 수십 척이 침몰한 사고가 있었다. 몇 명인지 파악도 되지 않는 선원들이 실종되거나 사망하였다. 수백 명으로 추정만 할 뿐이었다. 참으로 어이없고 안타까운 죽음이었다. '멍텅구리배'라고 부르던 이런 형태의 무동력 선박들은 이 사건을 계기로 전량 폐선되었다. 나보다 앞서 변사체 업무를 담당했던 전임자는 이 사고로 인해 하루에 20~30구씩 변사체가 밀려와 온종일 변사체 처리만 한 적도 있다고 했다.

군청에서 변사체 처리를 위해 매년 20건 정도의 행려 사망자 장제비를 편성한다. 그러나 태풍처럼 예상하지 못한 재난이 발생해서 변사체가 많이 발생하면 장제비도 지원 받지 못하고 매장을 해야 했다. 그래도 지금은 예산이라도 있으니 양호한 것이라며, 1년에 한두 건 처리하는 것은 일도 아니라며 위로해주는 직원도 있었다.

변사체 처리를 하러 나가려면 기본적으로 준비해야 할 것들이 있다. 매장하고 나서 망자에게 술 한잔 따라 주어야 하니 소주 한 병과 안주가 필요하다. 약국에 가서 크레졸 비누액, 마스크, 파스, 그리고 장갑도 구입한다. 변사체 처리 비용은 군청에 신청하면 장제비로 20만 원이 지급되니 예산을 넘지 않도록 해야 하지만, 실제 비용은 늘 장제비를 초과한다. 매장이 끝나면 수고한 사람들끼리 소주 한잔씩 나누다 보니 그렇다.

공무원이 근무 시간에 술을 마시지 않는 것이 원칙이지만, 변사체 처리하러 갈 때만큼은 예외였다. 변사체 처리하러 간다고 보고하면 면장님과 계장님도 술 한잔 마시고 가라고 했다. 늘 식육점에서 돼지고기볶음에 소주를 얼큰하게 마시고 출발한다. 술을 마시지 않고 맑은 정신으로는, 부패한 사체에서 나오는 냄새를 맡으며 사체를 치우는 일을 하기가 쉽지 않기 때문이다.

현장에 도착하면 사체를 확인하러 가기 전에 담배를 피운다. 부패가 진행된 사체에서 발생하는 냄새를 피하기 위해 담배 연기의 방향을 참고해 바람을 등지고 가기 위함이다. 바람의 방향을 확인하고 나면, 마스크에 파스를 붙여 착용한다. 이렇게 하면 눈이 시리고 눈물이 나오기는 하지만 사체에서 나는 냄새를 상당 부분 피할 수 있다.

사체에는 구입해간 크레졸 비누액을 뿌려 냄새를 줄이고, 군청에 보고하기 위해 사진을 찍은 다음 매장을 준비한다. 사망한 지 오래되어 형체를 알아보기 어려운 변사체는 냄새가 없어서 처리하기가 수월하지만, 사망한 지 얼마 되지 않은 사체는 냄새가 많아 처리하고 나서 며칠 동안 헛구역질을 하며 보내기도 한다. 나중에 사진을 첨부해 군청에 결과 보고 하면 사진이 너무 상세히 나와 놀랐다며 다음에는 좀 흐릿하게 찍어보라고 농담을 하기도 했다.

사체를 확인하고 나서 우선 백사장 위쪽 양지 바른 곳에 구덩이를 팠다. 사람 키보다 두 배 정도 길게 파야 했다. 그리고 준비해간 쌀 포대에 구멍을 뚫고 해변에 밀려 있는 대나무를 주워서 들것을 만든다. 대나무가 너무 길면 톱으로 잘라 양쪽 대나무 길이를 같게 만들어 들기에도 편하고 매장하기에 불편함이 없도록 한다.

들것이 완성되면 네 사람이 사체를 들것에 옮기는데 이때 주의가 필요하다. 사체가 위를 보고 눕는 자세가 되도록 해야 하고, 들것의 중간에 균형을 잘 잡아야 한다. 그리고 미리 파 놓은 구덩이로 이동해서 조심스럽게 들것과 함께 구덩이 안에 내려놓고, 그 위에 다시 빈 쌀 포대로 덮은 다음 모래로 덮는다.

모래를 묘처럼 둥그렇고 높게 쌓아 올리면, 사람들이 볼 수도 있고, 싫어할 수 있어 조심스럽게 평지를 만든다. 무덤 형태로 쌓아봤자 모래는 물기가 마르면 바람에 쉬 흩어져 형태가 없어지니 그럴 필요가 없었다. 그냥 평장하고 군청에 변사체 발생 보고를 하고 나면 내 일은 끝났다.

군청에서는 변사체 발생 보고가 접수되면 도청에 보고하고, 도청에서는 각 시도로 공문을 발송한다. 각 시도에서는 다시 자치단체로 변사체 발생 사실을 알린다. 지금은 전자 문서로 발송과 접수가 즉시 이루어지지만, 그때는 팩스로 공문을 발송하던 시절이라 그 절차를 수행하는 시간도 상당히 소요되었다. 그렇게 1년에 한두 번씩 같은 일을 반복하다 보니, 나중에는 큰 어려움 없이 변사체 처리를 할 수 있었다.

그동안 변사체를 그런 방식으로 처리하면서 아무런 문제도 없었는데 한 번은 일이 터졌다. 몸통만 남아있는 변사체를 매장하고 군청에 보고를 했는데, 일주일쯤 지나 군청 담당자로부터 전화가 왔다.

"함 주사, 자네가 앞주에 변사체 발생 보고를 했는데 시신을 확인해보고 싶다는 사람들이 나타났네. 가족 중 바닷가에서 2~3주 전에 실종된 사람이 있는데, 혹시 동일 인물일 수도 있다며 보겠다고 하네."

순간 올 것이 왔구나 하는 생각이 들어 물었다.

"시신은 몸통만 있는데 어떻게 확인한다는 말씀일까요? 그럼 다시 파서 시신을 보여드려야 하나요?"

군청 직원도 이런 경험이 없는지라 막막해하며 대답을 했다.

"아마도 그래야 할 것 같네."

순간 당황스러웠다. 변사 체 처리 업무를 수행하 면서 어딘지 모르게 불편했던 정곡을 찔 린 것이다. 매장 작 업을 함께 했던 직원과 헐레벌떡 현장으로 달려갔

다. 광활한 백사장에서 매장 장소를 찾는 것부터가 문제였다. 불과 며칠 전에 매장했지만, 겨울바람이 모래에 남은 흔적을 지워버려 위치를 찾기가 쉽지 않았다.

관에 넣지 않고 매장한 시신을 유족들이 보면, 그 마음이 얼마나 아릴 것인지 마음이 무거웠다. 매장한 장소를 어림잡아 흔적을 찾기 시작했다. 허허벌판이라고 할 수 있는 백사장에 기준으로 삼을 지형지물이 있을 리 가 없다. 들것을 만들기 위해 주웠다가 적당하지 않아 버린 대나무를 찾았 다. 그것을 기준으로 주변에서 매장장소를 찾기 시작했고 한참이 지나 겨 우 찾을 수 있었다.

안도의 숨을 내쉬며 매장 위치에 표시를 해 두고 다시 면소재지로 내달 렸다. 장의사에 들러 가장 저렴한 관을 구입해서 다시 현장으로 달렸다. 그

겨울에 땀을 비 오듯 쏟으며 땅을 파서, 관에 시신을 조심스럽게 옮긴 후 다시 매장을 했다. 그리고 며칠 뒤에 찾아올 사람들을 위해 대나무로 십자가를 만들어 표시를 해두고 사무실로 왔다.

변사체 처리를 하려면 술도 마시고, 담배도 피우고, 마스크도 하고, 장갑도 끼는 등 마음의 준비를 위해 뜸을 많이 들였는데, 상황이 긴박하니 고민할 겨를도 없이 일사천리로 일을 마쳤다.

다행스럽게도 시신을 확인하러 오겠다고 했던 사람들이 오지 않기로 해서, 또다시 매장한 곳을 파는 일은 없었지만 그 후로는 매장에도 정성을 들였다. 우선 소재지에 있는 장의사와 변사자 처리를 위해 사용하는 관을 가장 저렴한 가격에 계약했다. 아무리 오래된 변사체도 관에 넣어 매장을 했으며, 매장 후에는 나만 알 수 있도록 위치를 표시를 해두었다. 언제 자신의 가족이라고 나타날지 모르는 사람들에 대한 대비이기도 했지만, 죽음의 사연도 알리지 못하고 유명을 달리한 사람이 가는 마지막 길에 대한 애도이기도 했다.

내가 처리했던 대부분의 변사체는 훼손이 너무 심해서 국적이 우리나라인지 아닌지도 모를 정도였다. 변사체 처리 과정을 처음 지켜보면서 느꼈던 감정은 '시신을 이렇게 묻어버려도 되나?' 하는 것이었다. 신원 확인을 위한 유전자 확보도 없었고, 지정된 장소도 따로 없는 곳에 매장했다. 가매장이라고 할 수 있었지만 사실상 영구 매장일 텐데, 그 처리가 너무 허술하게 느껴졌다.

'닉 수재니스(Nick Sousanis)'는《언플래트닝, 생각의 형태(Unflattening)》이라는 책에서, 반복되는 일이 습관이 되고 그 습관이 내포하는 위험성에 대해 이야기한다. 나도 처음엔 뭔가 양심에 개운하지 못한 일처리라고 느졌지만, 어느새 그것이 가진 간결함에 동화되어버렸던 것이다. 반성했다. 우리에게야 신원 확인이 불가능할 정도로 부패한 사체이지만, 누군가에게 는 귀한 아들이었고, 자애로운 엄마였고, 마음 터놓을 친구가 아니었겠는 가. 그들이 품었던 푸른 꿈이 아직 그 바다에 떠다니고 있을 게 아니던가.

이 책을 읽는 사람들 중에는 '면사무소 공무원이 무슨 그런 일까지 해?' 라고 생각할지도 모르겠다. 지금은 해양 변사체 처리 업무를 해양경찰이 담당하지만, 그때는 사회복지직을 '사회직'이라고 부르며 변사체 처리하 는 것을 당연시했고, 담당인 나에게는 상당히 머리 아픈 일 중 하나였다.

이 글을 쓰면서 회상해보니, 어린 나이와 장제에 대한 무지로 부족함이 많았다. 내가 매장 했던 모든 사망자의 명복을 빌며, 매장 과정에서 소홀함 이나 부족함이 있었다면 용서해주시기를 바란다.

쓰레기 처리 대작전

신안군 곳곳에서 연륙 사업이 진행되고 있다. 대표적인 공사가 신안군 압해면 송공리에서 암태면 신석리를 잇는 '새천년대교'와 지도 점암에서 임자면 진리까지 연결되는 연륙 공사다. 섬사람들이 느끼는 어려움 중 으뜸이 육지와의 교통 단절이다. 바람이 불고 파도가 높아지면 여객선이 다니지 못한다. 배가 다니지 못하면 아파도 병원에 갈 수 없다. 맹장염으로도 사망에 이를 수 있는 곳이 섬이다. 명절 귀향객들도 바닷길이 막혀 고향에 가지 못하고 목포에서 머물다 다시 되돌아가기도 한다.

나도 초등학교를 졸업할 때까지 섬에서 살았기 때문에, 섬사람들의 애환을 알고 있는 편이다. 그래도 지금 진행되고 있는 연륙 사업 형태는 마음에 내키지 않는다. 섬사람들이 바라는 것은 섬이 육지가 되는 것은 아니다. 그보다는 내가 육지에 가야 할 일이 생겼을 때 아무 때나 마음 놓고 오갈 수 있기를 바란다. 그리고 왕래를 위해 다리를 놓고 꼭 자동차를 이용해야 한다고 생각하지도 않는다.

섬이 연륙되면 외부 차량 진입이 많아지며 교통사고가 증가로 이어진다. 육지와의 다리만 연결했을 뿐 다른 제반 시설은 그대로이니 당연한 결과다. 유입 차량은 급속히 늘어나는데, 도로는 여전히 섬사람들끼리 살 때의 그 도로이다. 도로를 편하게 오가던 경운기와 트랙터 등의 농기계는 자동차에 밀려 위험하고 불안한 주행을 해야 한다. 도시에서 온 차량들에게 느릿한 농기계들은 도로의 장애물일 뿐이다.

한적한 시골 도로는 도로로써의 가치만 있는 것이 아니다. 추수가 끝나면 나락을 말리고, 여름 볕에 고추를 말리고, 갓길에 가득 쌓아 놓고 판매를 기다리던 양파와 마늘 다발도, 도난이 두려워 모두 집안 창고에 넣어야 한다. 도난도 도난이지만 무엇보다도 도로교통법이 배려에 우선하는 세상으로 바뀌는 것이다.

다리가 놓이면 여름철 피서객들이 많이 늘어난다. 그러면 그것이 경제적인 가치가 있는 것은 아니다. 차에 음식을 가득 싣고 와서 먹고 놀다 가기 때문에, 정작 현지 농어민들에게 발생하는 소득은 거의 없다. 교통과 생활의 불편 그리고 쓰레기만 늘어나게 된다.

도서 지역의 특성상 지하수는 한정되어 있다. 섬사람들에 대한 오랜 이미지 중 하나가 '텃세'다. 나는 그 텃세라는 것이 사실은 새로운 인구 유입이 곧 한정된 자원에 대한 생존경쟁에서 비롯된 것이라고 생각한다. 풍부할 때는 모르지만 가뭄이 들면 물 한 모금을 놓고도 경쟁해야 할 사람이 늘어나는 것이다.

그런데 어마어마한 피서객들이 사용하는 물의 양이 많아지다 보면 농업용수와 생활용수는 부족해질 수밖에 없다. 피서객으로 인해 소비자 물가도 치솟게 된다. 철부도선을 이용해 자동차를 실어 나르며 수익을 발생시켰던 농협은 사업을 청산해야 한다. 거기에 근무하던 직원들은 일자리를 잃는다. 고립적 지형의 특징을 가진 생태계가 외래종에 대해 노출이 쉬워진다.

이렇게 많은 문제점을 수반하는데도 연륙을 추진하는 이유는, 육지와의 연결로 자유로운 왕래가 가능해진다는 것이다. 아무것도 아닌 것 같지만 이것이 섬사람들에게 주는 변화는 가히 혁명적이라고 하겠다. 농수산물의 물류비를 줄일 수 있을 뿐 아니라, 상대적으로 많은 비용을 치러야 했던 건축비도 줄일 수 있다. 양질의 의료 서비스를 제공하는 도시 소재 병원에 아무 때나 찾아갈 수도 있다. 섬에 갖다 놓고 파는 물건 중 하나를 골라야 하는 게 아니라, 어마어마한 규모의 대형 쇼핑몰에 가서 쇼핑을 할 수도 있다.

내가 근무했던 임자면에도 국민관광지로 지정된 대광해수욕장이 있어서 여름철이면 엄청난 피서객이 다녀간다. 메뚜기도 한철이라고 그 기간 동안 벌어서 1년을 먹고 사는 사람들이 있다. 가장 대표적인 업종으로는 민박과 식당 그리고 운송업이 있다.

그러나 대부분의 주민들은 피서 철이 되면 많은 불편을 겪게 된다. 우선 휴가 차량의 증가로 대형 교통사고가 빈번히 발생한다. 자동차 매연과 먼지 그리고 소음이 끊이지 않는다. 특히, 배를 타고 육지에 나가려면 피서객들 차와 같이 줄을 서서 기다려야 한다. 1년에 한두 번 놀러오는 사람들이야 으레 그럴 줄 알고 왔겠지만, 생업을 위해 육지와 섬을 오가는 주민들에는 이게 보통 고역이 아니다. 여객선 출발 시간에 맞춰 나가면 되던 일이, 몇 시간씩 줄을 서야 가능한 일로 바뀌는 것이다. 주말이 되면 육지에 있는 집으로 가는 주말부부의 귀가 시간도 대폭 늦어져, 가족과 보낼 수 있는 시간이 많이 줄어든다.

면사무소에 근무하는 직원들도 피서 철이 되면 일이 많아진다. 해수욕장에 가서 비상근무를 하며, 안전사고 예방을 위한 안내 방송과 질서 유지 그리고 각종 민원을 접수하고 처리하기 위해 뜨거운 해수욕장에서 근무를 해야 한다. 출장 나간 직원은 푸른 바닷물이 넘실대는 해수욕장이 말라 없어져서 피서객이 오지 않기를 바라는 경우도 있다고 했다.

날씨가 뜨겁고 더워질수록 다짜고짜 화를 내고 비난하는 피서객도 많아진다. 사소한 모든 문제가 지자체의 문제로 침소봉대되어 훈계를 받기도 한다. 그러니 물놀이를 하는 피서객들의 바다는 그림의 떡일 뿐, 물에 발을 담글 수도 없다. 위생 업무 담당자는 계절 음식점 허가와 함께 위생 상태 불량, 바가지 요금 신고 등 끊임없는 민원에 시달려야 하고, 방역업무 담당자는 매일 저녁 방역을 실시해서 전염병을 예방해야 한다.

해수욕장에서 나오는 쓰레기도 예전에 없었던 큰 문제다. 한낮에는 냄새에 대한 민원 발생 때문에 쓰레기를 수거할 수 없다. 이른 아침과 저녁 시간에 해수욕장을 돌아다니며 쓰레기를 수거하는데, 그 양이 엄청나다. 규격 봉투를 사용하지 않고 음식 쓰레기부터 부탄가스통까지 마구 뒤섞어버린다. 그렇지 않은 피서객도 있지만 상당수는 다시는 오지 않을 것처럼 쓰레기를 버리고 질서를 지키지 않는다.

화장실과 취사장에서 샤워를 하고, 취사장에서 음식 쓰레기를 지정된 장소에 버리지 않고 하수구에 쏟아버린다. 차량 진입을 차단해놓아도 잔디밭까지 주차를 하고, 백사장 위에서 캠프파이어를 못하게 하지만 단속의 눈을 피해 불을 피운다. 밤늦도록 술을 마시고 고성방가를 일삼아 경찰이 몇 번씩 단속을 하고, 아침이 되면 깨진 술병과 담배꽁초 그리고 먹다 남은 안주가 어지럽게 널브러져 있다. 전국의 해수욕장에서 비슷한 풍경이 반복되고 있는 것으로 안다. 하지만 쓰레기 문제만큼은 섬에 있는 해수욕장의 처지가 다르다.

하루에 몇 대씩 나오는 쓰레기를 그때그때 처리할 방법이 없다. 육지와

달리 마땅한 쓰레기처리 시설이 없기 때문이다. 고육지책으로 피서객이 이용하지 않는 해수욕장 변두리 부근에 매일매일 쓰레기를 쌓아 놓는다. 오래지 않아 작은 산더미 몇 개가 생긴다.

피서 철 쓰레기 중에서 특히 문제가 되는 것은 수박껍질과 휴대용 부탄가스통이다. 수박은 수분 함량이 많아

무거운데다 건조 속도도 더디기 때문에 파리가 많이 꼬이고 악취를 풍긴다. 쓰레기차가 마을 길을 지나갈 때 수박에서 나온 침출수가 도로에 흘러 눈살을 찌푸리게 한다.

차량을 이용하는 피서객이 급속하게 늘어나면서 함께 증가한 쓰레기는 피서 철이 지나도 고스란히 섬사람들의 몫으로 남는다. 피서가 끝나도 그곳에서 악취와 해충이 발생하므로 미화요원들이 수시로 방역을 해야 한다. 음식 쓰레기가 마르도록 중장비를 동원해 펼쳐 놓기도 하고 매립도 하는데, 백사장이 넓은지라 그대로 매립을 해도 흔적이 없다.

하지만 어느 해는 달랐다. 발생한 쓰레기의 양이 너무 많아 바로 매립하기에는 부담스러웠다. 소각시켜서 매립하기로 했으나 그것도 문제가 없는 것은 아니었다. 화재 위험이 적은 백사장에서의 소각이었지만, 부탄가스통이 너무 많아 폭발하면 산불로 이어질 수 있기 때문이었다. 일일이 골라

내서 부탄가스통을 별도로 처리하면 좋겠지만, 몇백 톤 분량의 쓰레기에서 그것을 골라내려면 해를 넘겨야 할 것 같았다.

총무계장과 실무자가 며칠 동안 고민을 하더니 무슨 방법이 없겠느냐고 직원들에게 의견을 물었다. 직원들마다 이런 저런 의견을 냈지만 총무계장은 만족스러워하지 않았다. 나는 쓰레기를 소각한 후에 매립할 거라면, 먼저 매립할 구덩이를 파서 쓰레기를 넣은 후 소각하면 화재의 위험이 줄어들지 않겠느냐는 의견을 냈다. 소각이 끝나고 모래만 덮으면 될 것 같다는 생각이었다. 내 의견이 채택되었다. 부차적인 추가 절차가 필요 없어 비용 증가가 없고, 방법이 간단하다는 이유에서였다.

다음 날 중장비를 동원해 폭 4미터에 깊이 2미터 정도의 구덩이를 길게 팠다. 산더미처럼 쌓여 있는 쓰레기를 그곳에 조금씩 밀어 넣고 불을 피웠다. 만약의 사태를 대비해 직원들이 동원되었다. 주변 나무에 불이 붙으면 진화할 수 있도록 빗자루와 갈퀴를 들고 대기했다. 행정차에는 산불 진화 장비와 함께 물도 가득 채우고 호스를 펼친 채 유지했다.

쓰레기를 너무 많이 넣었는지 불이 붙기가 무섭게 부탄가스통이 폭발하기 시작했다. 그 소리는 상상을 초월할 정도로 컸다. 어떤 부탄가스통은 하늘로 50여 미터를 날아올랐고, 곳곳에서 불이 붙기 시작했다. 예상했던 범위를 넘는 폭발에 우리는 모두 당황했다. 그런데다가 이미 불이 붙은 쓰레기는 걷잡을 수 없이 타올랐고, 부탄가스통이 폭발하며 날린 불 조각들이 사방으로 번지고 있었다. 구덩이를 팠던 중장비에도 불이 옮겨 붙을 것 같아 급하게 대피할 정도였다. 직원들은 서로 소리를 지르며 정신없이 뛰어다니며 불을 껐다. 이웃 마을 사람들이 부탄가스통 폭발 소리에 놀라 매립지에 나와 볼 정도였으니 폭발음이 얼마나 크게 계속해서 이어졌는지 짐작할 수 있을 것이다.

다행히 쓰레기를 매립하는 지역의 토질이 모래이고 위치가 조간대의 상부라서, 사구식물들이 자라는 모래언덕이 없었다. 주변에서 자라는 소나무 또한 사막의 나무처럼 크지 않아 큰 불로 이어지지는 않았다. 사용하고 난 휴대용 부탄가스통에 구멍을 내서 버리면 이런 일은 없었겠지만, 대부분 가스가 남아 있어도 신경 쓰지 않고 그냥 버리고 가니 그럴 수밖에 없었다.

그렇게 시간이 지나 붙였던 불이 잠잠해지자 개선 사항들이 생겼다. 구덩이에 쓰레기를 매립할 만큼 많이 넣지 않고 조금씩 넣어 소각하고, 꺼질 만하면 조금씩 더 넣기로 했다. 구덩이의 폭도 줄여 좌우로 튀어 나가는 부탄가스통의 각도를 조절했다. 이런 소각 작업이 며칠 동안 진행되었다. 산더미 같던 쓰레기를 어느 정도 정리했다. 지금은 고열 소각장이 설치되었고, 분리수거도 한다. 단순 소각에 의존하고 또 바로 매립하던 당시에는 환경오염을 염려하면서도 다른 방법이 없었던 답답한 시절이었다.

최근 대광해수욕장에 가보니 피서객들의 공중 의식이 상당히 높아져 있고, 해수욕장에 관리사무소가 생기면서 운영 체계도 많이 잡힌 것 같았다. 전반적인 시민 의식의 성장과 행정의 진화라고 생각한다. 우리가 쓰레기를 소각해서 매립했던 장소는 임자면의 대표 관광 상품인 튤립축제장으로 보기 좋게 가꿔져 있었다. 세상 어떻게 변할지 참 모를 일이라 생각하며 혼자 웃었다.

신안군은 천혜의 자연환경으로 인해 머지않은 미래에 많은 사람들의 휴양지로 각광을 받게 될 것이다. 오랫동안 기억되고 좋은 휴양지로 사랑받

사회복지 공무원이라서 행복합니다

기 위해서 섬에서 거주하는 사람들은 친절한 인정과 깨끗한 환경을 제공하도록 노력하고, 섬을 찾는 관광객들도 공중도덕과 청결을 유지하는 성숙함이 필요하다. 무엇보다도 서로를 위한 배려가 우선 아니겠는가.

CHAPTER

05

일하는 사람에서
일할 줄 아는
사람으로

• • •

지금 공무원으로 근무하거나 직장 생활을 하며 '나는 왜 이렇게 힘든 일만 맡게 될까, 나는 왜 이렇게 많은 일을 해야 할까'라고 생각하는 사람이 있다면, 나는 이렇게 말해주고 싶다. 어쩌면 그것이 당신에게 주어진 절호의 기회다.

힘든 일은 당신한테
주어진 기회

업무를 추진하다 보면 적성에 맞는 일도 있고 그렇지 않은 일도 있다. 어떤 직원은 앉아서 처리하는 서류 업무 능력은 별로인 것 같지만, 민원 발생이 없다. 민원이 생기더라도 쉽게 처리한다. 또 어떤 직원은 매우 성실하고 꼼꼼한 것 같으나 민원이 많고, 한번 생긴 민원을 빨리 해결하지 못하고 오래도록 지속시키는 경우도 있다. 이렇게 사람마다 각기 다른 개성과 특성이 있기에, 유능한 상사는 일을 잘 가르쳐주는 사람이 아니라, 직원의 특성을 파악해 적재적소에 배치하는 사람이라고 할 것이다.

행정직의 경우 다양한 부서에서 근무할 기회가 있지만, 사회복지직의 업무는 큰 변화가 없고 같은 업무를 몇 번씩 다시 맡게 되는 경우가 많다. 내가 면사무소에서 근무할 때는 혼자서 모든 복지 업무를 수행하다 보니, 전체적인 업무 흐름을 파악하고 정책을 수립하는 능력 배양에 큰 도움이 되었다. 하지만 한 가지 업무를 깊이 이해하고 추진하는 데는 또 한계가 있었다.

2000년, 군청으로 발령을 받아 업무를 추진할 때 국민기초생활보장법이 시행되던 때라, 나는 수급자 책정과 급여 지급 업무 그리고 장애인 업무를 동시에 보았다. 업무의 양도 적지 않지만 매일매일 보고하는 일보와

주보 등이 많아 어려움을 겪었다. 휴가나 연가는 상상도 못했고 토요일 일요일까지 사무실에 출근해서 일했다.

쉬는 날엔 가족과 함께 시간을 보내야 하는데, 그렇지 못해서 가족들에게 몹시 미안했다. 미안한 마음에 점심을 사주겠다며 가족들을 불러내는 게 고작 사무실이었다. 사무실에서 배달 음식을 아이들과 같이 먹는 것이 가장으로서 수행해야 할 최소한의 의무였다. 나의 젊은 날의 삶의 질은 이렇게나 형편없었다.

3년 동안의 군청 생활을 마치고 도청으로 발령을 받았다. 또 국민기초생활보장법 관련 업무가 주어졌다. 그도 그럴 것이 국민기초생활보장 업무 추진을 위해 정부에서 각 시·도청에 사회복지직공무원 정원을 추가해 배치했으니, 다른 곳으로 갈 수도 없었다. 그리고 당시에는 사회복지직 공무원이 없었고 신설된 직렬이었기 때문에, 나는 전남도청 개청 이래 최초의 사회복지직 공무원이기도 했다.

국민기초생활보장 업무는 크게 수급자 관리와 자활사업으로 구분되었으나 처음에는 혼자서 모든 업무를 추진했다. 지금은 별도의 팀이 만들어지고 직원들도 5~6명이 근무하니 전문성을 살려 나갈 수 있겠지만 당시 나는 화장실에 갈 틈도 없을 정도로 정신없이 일했다.

도청에 전입한 최초의 사회복지직 공무원이라는 부담이 내게 있었다. 도청 내 직원들에게는 전문직에 대한 기대가 있었고, 전입한 나를 바라보는 시군 직원들에게는 내가 잘해서 더 많은 직원들이 도청으로 전입할 수 있는 기회가 마련되기를 바랐다. 그래서 나는 무슨 일이든 가리지 않고 열심히 일했다. 그렇게 열심히 일하다 보니 재미난 일도 있었다.

함께 근무하는 직원이 사회복지의 날 기념 표창 상신할 때가 되었는데 사회복지협의회에서 공문이 오지 않는다는 말을 했다. 깜짝 놀랐다. 내가 이미 대상자를 추천받아 심의회를 개최하고 최종 표창 대상자 명단을 확정해 시군에 통보까지 했던 것이다. 읍면과 시군에 근무할 때 복지업무는 무조건 나의 일이라 생각하고 추진했던 업무 스타일 때문에, 도청에 와서도 당연히 나의 일로 생각하고 동료 직원 업무를 추진해버렸던 것이다.

이렇게 한 가지 업무를 오래해도 전문가로 인정받기란 쉬운 일은 아니다. 내가 사적으로 공무원을 대상으로 하는 강의에 출강하면 '전문가는 일을 잘하거나 빨리 처리하는 사람이 아니라, 방법을 찾아낼 줄 아는 사람이다'라는 말을 종종 한다. 업무는 조금 빠르거나 늦을 수 있고, 조금 많이 알거나 적게 알 수도 있지만 어떤 과제가 주어졌을 때 해결 방안을 내놓을 수 있는 사람이야 말로 전문가라고 생각하기 때문이다.

내가 도청 사회복지과에서 근무할 때 집단으로 행동하는 집회와 시위가 자주 있었다. 대부분 장애인 분야였다. 해당 업무의 담당계장과 과장은 그로 인해 몹시 힘들어 했다. 내용을 자세히 알 수는 없었지만 장애인 시설에서 근무하는 직원들과 법인 운영자 간에 비롯된 갈등이었다. 쉽게 수습될 일이 아니라는 직원들의 수군거림도 들었다.

법인 업무를 맡고 있던 담당자는 법인 업무만큼은 전문성을 갖춰야 하기 때문에, 복지 분야에서 오랫동안 근무할 사회복지직 공무원이 맡아서 해야 한다고 말을 했다. 하지만 그런 말은 민원이 많고 업무가 힘들기 때문에 사회복지직에게 떠넘기는 것으로만 들렸다. 국민기초생활보장 업무도 바쁜데 무슨 법인 업무까지 봐야 한다는 말일까 하며 깊게 생각해보지 않았다.

2005년 3월, 공무원으로 입사한 지 15년 만에 첫 승진을 했다. 별정 7급으로 와서 전직의 경험이 있기는 하지만, 그동안 7급 공무원으로 일해오다

6급으로 승진을 한 것이다. 도청은 승진하면 사업소로 나가는 경우가 많은데 나는 여성회관으로 발령을 받아 근무했다.

직원으로만 일하다가 계장 보직을 받아 중간 관리자가 되니 승진에 따른 많은 변화가 느껴졌다. 특히 업무 대상자가 변해서 생소하고 신선했다. 예전에는 언제나 가난하고 힘든 사람들 도와주는 업무만 했는데, 여성회관에서는 비교적 생활의 여유와 배움이 있는 사람들을 대상으로 업무를 추진했다. 정말 이런 세상도 있나 싶었다. 주로 하는 업무는 문화관광해설가 양성 교육이었는데, 역사에 대한 공부도 많이 되었고 새로운 일과 사람을 상대하는 즐거움이 있었다. 현지를 방문하거나 타 시도 벤치마킹도 있어서 신바람 나게 일을 했다. 이곳이 나의 스타일과 적성에 딱 맞는 곳이라 생각하며 즐겁게 일을 했다. 휴일도 집에서 쉴 수 있었다.

한번은 여성회관 주관으로 남도 음식 경연 대회가 있었다. 예전에는 경연 대회가 끝나면 그 음식을 싸서 아동 시설에 전해주어 아이들이 먹을 수 있도록 했다. 그러나 나는 음식을 싸가게 되면 음식이 흐트러져 맛을 느낄 수 없으니, 밥과 기본적인 반찬을 준비해서 아이들이 이곳에 와 행사가 끝난 뒤 골고루 맛을 보며 먹도록 하자고 제안을 해서 처음으로 그렇게 했다.

오전부터 각 시군을 대표해서 출전한 요리사들은 맛의 고장답게 먹음직스럽고 아름다운 음식들을 만들어냈다. 오전 시간동안 음식을 만드는 과정이 모두 끝나고 오후에 순위 발표를 할 순서가 되었다. 나주시 문화예술회관에는 도지사 사모님을 비롯해 보건복지국장, 각종 단체 대표, 경연 대회에 출전한 선수와 그 가족들, 시군 공무원, 그리고 행사가 끝나면 음식을 먹기 위해 와서 기다리는 아이들까지 자리가 꽉 차 있었다.

담당 팀장이 사회를 보며 심사결과가 나오기를 기다리고 있었으나 예정된 시간이 지나도 심사 결과는 나오지 않았다. 대책 없이 지루한 시간들이

사회복지 공무원이라서 행복합니다

흐르고 있었다. 객석에는 웅성거림이 들리기 시작했다. 사회를 맡아 진행하고 있던 계장의 당황한 기색이 역력했고 표정도 경직되어 가고 있었다. 나는 보고 있을 수가 없어 사회를 보고 있는 계장 곁으로 가서 우선 내가 진행을 하고 있을 테니 심사 현장에 가서 심사를 독려하라고 말했다. 사회를 보던 담당 계장은 심사 위원들에게 뛰어갔고 내가 마이크를 잡았다. 그리고 솔직하게 이해를 구했다.

"여러분, 기다리시느라 지루하시죠? 사실 저희들도 땀나게 기다리고 있습니다. 오늘 심사가 늦어지는 것은 여러분들의 음식이 우위를 가리기 어려울 만큼 훌륭한 작품들인지라 빨리 결정을 내지 못하고 있는 것 같습니다. 그렇다고 해도 정해진 시간 안에 결과가 나와야 할 텐데 그렇지 않으니 사회를 보는 저도 몹시 당황스럽습니다. 만약 여러분들께서 박수를 쳐주신다면 지루함이 가실 수 있도록 제가 노래 한 곡 부르도록 하겠습니다."

무대 아래에 있는 국장님의 눈은 휘둥그레졌고, 지사님 사모님을 포함한 모든 분들이 긴장을 풀며 웃음과 함께 손뼉을 쳐주었다. 나는 무대 가운데로 마이크를 들고 나가 박수로 박자를 맞추며 내가 평소에 자주 부르던 '변진섭'의 〈희망사항〉을 불렀다. 노래를 부르면서도 나는 심사 결과를 받아 오기 위해 뛰어간 계장이 오기만 기다렸다.

노래가 마무리 될 무렵 담당 계장이 심사 결과표를 들고 뛰어오는 모습이 보였다. 노래가 모두 끝난 다음 나는 인사를 드리며 "한 곡 더 부르고 싶었는데 심사 결과가 나와서 할 수 없이 들어가겠습니다"라고 인사를 했다. 앙코르 함성과 함께 처음 인사 때보다 훨씬 우렁찬 박수 소리가 강당을 울렸다. 나는 여러분들의 뜨거운 성원 힘입어 한 곡 더 부르겠다며 박수소리에 맞춰 노래를 한 곡 더 불렀다. 분위기는 화기애애하게 변했고 모두가 웃는 표정으로 음식 경연 대회 심사 결과 발표를 들었다.

국장님을 수행한 직원에게 나중에 들은 얘기지만, 국장님께서는 '함창환이가 난 놈인 줄은 알았는데 이렇게 난 놈인 줄은 몰랐다'라고 말하며, 지금까지 공무원이 행사 사회를 보면서 노래하는 것은 처음 봤다는 말을 했다고 들었다.

그렇게 업무가 익숙해지고 재미가 붙을 무렵 본청 인사 부서에서 전화가 왔다. 인사 담당자가 나를 7월 인사 때 본청으로 발령을 내겠다고 해서 깜짝 놀랐다. 보통 사업소에 오면 1년 이상 근무하는 것이 관례이고, 내뒤를 이어 승진할 사람도 없는데 내가 벌써 본청으로 가야 한다니 이해가되지 않았다. 7월에 발령이 나면 사업소에서 5개월도 근무하지 못하게 됨을 설명했으나, 국에서 요구가 있어 그렇게 된 것이니 그리 알라고 했다.

나는 편하게 일할 복은 없나 보다 생각을 했고 7월에 본청 사회복지과로 다시 발령을 받았다. 만나는 직원들은 유능하니 빨리 들어왔다며 농담을 건넸지만 나는 아쉬운 마음이 컸다. 나중에 알게 된 일이지만 우리 국에는 사회복지법인 관련 민원이 많이 발생을 하고 있으나 실무자가 늘 바뀌는 까닭에 대응 능력이 떨어지자 전문성을 가진 사람을 필요로 하고 있었다. 그래서 우리 국에서 누구를 전문가로 키워서 이와 같은 문제들을 풀어나가도록 할 것인가 고민하던 끝에 나를 적격자로 결정했던 것이다. 그러나 승진해서 발령 받아 사업소로 간 지 몇 개월 되지 않았다는 이유로 인사부서에서 난색을 표하자, 국장님이 공문으로 건의하도록 하여 인사 부서에서 어쩔 수 없이 나를 발령한 것이었다.

국민기초생활보장 업무만 담당하던 내가 노인복지계로 발령을 받아 사단법인과 재단법인 그리고 사회복지법인 등의 업무를 맡았다. 그동안은 단순하게 국민기초생활보장법 한 가지만 공부하면 되었고, 한 번 숙지하고 나면 전체적인 맥락이 크게 변하는 것이 아니어서 매년 발행되는 지침서에서 바뀐 부분만 염두에 두면 되었는데, 이번에는 모든 공부를 새롭게 해야 했다. 우선 민법부터 사회복지사업법, 공익법인 설립운영에 관한 법률, 보건복지부 소관 비영리법인 설립감독에 관한 규칙 등을 기본으로 행정법과 행정절차법, 농지법, 도시계획법까지 해당 안 되는 분야가 없을 만큼 많은 공부를 필요로 했다.

업무를 충분히 공부할 수 있는 시간이 있으면 좋은데, 내 분야에는 당면한 과제가 있었다. 그중 기억에 남는 사건이 있다. 어떤 사람이 위조된 서류를 제출해 법인을 설립하고, 지역 노인들에게 입소를 조건으로 기부금을 받아 챙기고 있었다. 또한 건물 신축 공사에 참여한 영세업자들에게 공사비는 국가에서 지원되니 나중에 주겠다고 거짓말을 하며, 공사 대금 입금을 차일피일 미루다 보니 이곳저곳에서 민원이 발생하고 있었다. 법인의 이사로 참여했던 사람들도 대표이사의 말에 농락되어 기부금을 출연해서 피해를 보았으나, 대부분 조그만 개척 교회 목사들이라 누구에게 말도 못하고 가슴앓이를 하고 있었다.

서류를 꼼꼼히 확인해보니 설립허가 당시 법인 설립을 위해 출연하겠다고 현금을 공증 받아 잔액 증명서를 제출하였으나, 다음 날 임의대로 현금을 인출해버려서 실제 통장에는 잔액이 한 푼도 없었다. 사채를 빌려 통장을 개설하고 잔액 증명서를 발급받아 공증 서류를 만든 뒤 인출해서 갚아버렸으니 당초부터 돈은 한 푼도 없었던 셈이다. 이런 경우, 사회복지사업법에는 허위 기타 부정한 방법으로 법인 설립 허가를 받았으므로 당연취소 사유로 명시하고 있으나, 설립된 법인을 허가 취소한다는 것이 간단한 문제가 아니었다.

사실 조사를 위해 현지를 확인하고 공사에 참여했던 업자들을 모아 간담회를 실시했다. 나의 이러한 움직임을 파악한 대표이사라는 사람은 수시로 전화를 해서 갖은 욕설과 협박을 했다. 같이 욕설로 대응할 수도 없어서 '지금부터 선생님과의 대화를 녹음하겠다'라고 말하면 말투가 조금 부드러워졌다. 사실 사무실 전화기에 녹음 기능은 없었다.

 몇 번의 협박성 전화 끝에 대표이사가 도청을 방문해 나를 찾아왔다. 키도 훤칠하고 인물도 좋으며, 목사라는 직함이 있는 명함을 돌렸는데 누가 봐도 사기꾼으로는 보이지 않았다. 평소에는 굵은 목소리로 점잖게 이야기를 하였으나, 본인 생각과 조금만 다르게 이야기를 하면 욕설과 함께 공포 분위기를 조성했다.

 공문으로 16개 광역시도에 사회복지법인 설립을 취소한 사례가 있는지 확인해봤다. 당시 나를 괴롭히고 있던 그 법인 외에는 사례를 찾을 수 없었다. 그 잘 생기고 훤칠한 목사님이 새 길을 개척하신 것이었다. 그렇다면 나도 새 길을 개척하는 마음으로 일할 수밖에 없었다. 밤새워 보고서를 만들고 증빙 자료를 만들어 지사님까지 내부 결재를 통해 사회복지법인 설립허가 취소 방침을 받았다.

 행정절차법에 따라 청문 기회를 주었다. 그런데 청문일이 다가오자 법인의 이사 중 한 명이 청문 연기를 요청하는 공문을 들고 나타났다. 그 사람도 피해자일 것이라 생각하고 청문 연기를 요청하는 이유를 물었다. 뜻밖에도 현재 대표이사는 외국인 취업 사기 사건에 연루되어 교도소에 수감 중이라고 했다. 옥중에서 본인더러 이번 일을 처리하라고 하는데 어떻게 해야 될지 모르겠다고 했다.

 나는 그동안의 경위와 조사 결과를 이사에게 상세히 설명해주었다. 이런 사유로 청문을 하거나 행정소송을 해도 법인에서 승소하기는 어려울 것이라고 말했다. 더 이상의 피해자가 생기지 않았으면 좋겠다고 했고, 이사님도 더 이상 피해를 받지 않기를 바란다고 했다.

마음을 터놓고 얘기를 나누다 보니 이사는 많은 이야기를 해주었다. 그중 대표이사가 사기전과 20범이 넘는 전문 사기꾼이라는 사실도 알았지만 그것이 이번 사건에 직접적인 영향을 미치는 것은 아니기에 더욱 마음을 다잡고 행정을 추진했다.

그런 과정에서 내 담당 계장님의 도움이 컸다. 계장님은 행정직 사무관으로 감사실 등 주요 부서를 두루 거치신 분이라서, 행정의 경험이 많았고 법리 해석 능력이 탁월했다. 보고서를 쓸 때에도 모든 내용은 근거에 의해 작성하도록 했으며, 나의 보고서를 날을 새가며 읽어 볼 정도로 관심과 집중력을 가지고 있었다. 내가 공공연하게 공직에서 만난 나의 스승님이라고 말할 정도로 지금도 깊은 고마움과 존경심을 가지고 있다.

교도소에 수감되어 있는 대표이사가 출석할 리가 없으니 청문회는 취소되었고, 나는 설립허가 취소를 통보했다. 통보한 지 며칠 되지 않아 교도소에 있는 대표이사가 '사회복지법인 설립허가 취소처분 취소청구' 행정소송을 해왔다. 미리 예측은 하고 있었지만 가슴이 뛰었다. 처음에는 우리 도 고문변호사가 행정소송을 수행하는 줄 알았는데, 법무담당관실에서는 소송수행인을 담당자와 담당계장 그리고 전임자 세 명으로 구성해야 한다고 했다.

법원으로부터 출석을 요구하는 특별송달을 받았다. 나는 변론 자료를 상세히 만들어 법원에 출석했다. 소송수행인은 3명으로 보고 했으나 정작 법원에는 혼자서 출석해야 했다. 나는 관련 서류를 잔뜩 들고 법정에 들어섰다.

부부간의 갈등을 다루는 〈사랑과 전쟁〉이라는 텔레비전 프로그램에서나 보던 법정에, 내가 피고가 되어 앉는 것은 꿈에도 상상해본 적이 없던 일이다. 목이 바짝 마르고 얼굴을 창백해졌지만 지정된 좌석에 앉았다. 원고 측 좌석에 변호사와 함께 앉은 대표이사는 수감복을 입고 있었으며 포승에 묶여 있었다.

1차 조정에서는 간단하게 몇 가지만 물어 보았고, 가져온 증빙자료를 제출하고 가도록 했다. 상대 변호인 측에서도 준비가 되지 않은 것 같았고 판사의 질문에 시원한 대답을 못했다. 법원에 다녀오고 나서 원고 측 변호사가 실무를 나보다 모른다고 생각하니 약간의 자신감이 생기기 시작했다. 2차 조정을 대비해 원고를 써서 읽어가며 준비했다. 그때도 텔레비전에서 보았던 변호사의 모습을 연상하며 준비했다.

2차 조정을 위해 법원에 미리 도착해 밖에 앉아 있으니 포승에 묶인 대표이사가 내 옆에 앉았다. 굳이 마주할 이유가 없어 시선을 맞추지 않았는데 나에게 끔찍한 말을 해왔다.

"야 ××야, 너는 내가 나가면 죽여버리겠어."

하지만 나는 반응을 보이지 않으며 무관심하게 대응했다. 잠시 후 담당 변호사가 우리 곁으로 다가오자 그의 태도는 돌변했다.

"함 선생님, 어려운 사람들 좀 도와주십시오. 행정에서 이런 일을 힘들게 하면 어떻게 사회복지 사업을 하겠습니까? 기회를 주시면 열심히 하

사회복지 공무원이라서 행복합니다

겠습니다."

누가 봐도 선량하고 좋은 사람의 표정으로 그는 이렇게 주변 사람들을 기만했다.

2차 조정에서도 판사는 이것저것 물었고 나는 법과 지침을 근거로 열심히 답변을 했다. 나의 주장에 대해 상대편 변호사는 크게 반론을 제기하지 않고 끝이 났다. 변론이 끝나고 법정에서 나와 복도에 앉아 서류를 정리하고 있는데, 원고측 변호사가 나오는 모습을 보고 나는 정중히 인사를 하고 명함을 건네며 말을 했다.

"변호사님, 저는 이번 소송을 진행하고 있는 업무 담당자 전남도청 함창환입니다. 어려운 공부를 하셔서 왜 저런 사람을 도우려 하십니까? 저 사람은 사기전과가 20범이 넘는 사람이고, 저 사람으로 인해 많은 어르신들이 피해를 보고 계십니다. 더 이상 피해자가 나오지 않게 도와주십시오."

아무런 대꾸는 하지 않았지만 그 변호사는 흠칫 놀라는 빛이 역력했다. 사무실에 오니 교도소에서 보내온 내용증명이 있었다. 그것은 교도소에 수감 중인 대표이사가 보낸 것이었고, 내용은 본인의 허락이나 동의 없이 법인 관련 서류를 법정에 제출했으므로 나를 고발하겠다는 내용이었다. 마지막 몸부림을 치고 있다는 생각이 들며 한편으로 가여운 마음마저 들었다. 행정소송은 소송수행인이 수행을 마칠 때마다 광주고등검찰청 검사장에게 수행 결과 보고를 해야 하고 지휘를 받아야 한다. 설사 원고가 소를 취하해서 판사가 수용할 것인지 묻더라도 고등검찰청 검사장님의 지휘를 받아 처리하겠다고 대답을 해야 한다.

3차 조정에 들어가니 전라남도의 모든 주장을 인정할 수 없으며 관련 자료를 제출하겠다던 원고 측의 변호사가 보이지 않았다. 아마도 나랑 잠깐 나누었던 대화가 영향을 미치지 않았을까 생각하며 고마운 마음이 들었다. 변호사가 없으니 3차와 4차는 피고 측인 전라남도의 입장만 일방적으로 전달했다. 5차 조정에는 원고 측에서 아무도 나오지 않아 바로 종결되었으며 얼마 지나지 않아 전라남도의 승소 판결 통지서를 받았다.

이렇게 행정소송에서 승소를 하고 나니 법무담당관실에서 승소 수당이 나왔는데 1인당 10만 원씩 총 30만 원이었다. 업무를 하다가 수당을 받아보기는 또 처음이었다. 수당을 받게 되자 나의 계장님은 공무원 일생에 의미 있는 일을 했다며 두고두고 기억하라고 금반지 한 돈을 기념으로 구입해 주었다. 나머지 돈으로는 과 직원들 회식을 하며 격려와 축하를 받았다.

행정소송을 마무리하고 각 시도에 사회복지법인 설립 허가가 취소되었음을 통보하니 곳곳에서 문의 전화가 오기 시작했다. 일부 시도에서는 직접 우리 도를 방문해서 관련 서류를 복사해 가기도 했다. 시간적 여유가 생기자 법의 제정 목적과 각종 규정들의 근본적인 취지나 방향을 공부하며 이해하기 시작했다

그동안 법인을 관리하며 궁금했지만 상의할 곳이 없었던 많은 광역과 기초자치단체에서 전화가 쇄도했다. 그러나 한 번도 귀찮아하지 않고 열심히 설명을 했으며, 내가 잘 알지 못하는 내용을 질문하면 나의 공부라 생각하고 찾아가며 설명해주었다. 그러다 보니 전라남도지방공무원교육원에서 강의 요청이 들어오기 시작했고, 나는 법인을 최대한 알기 쉽게 설명하려 노력했으며, 그러다보니 여러 과정과 다양한 분야에서 출강 요청이 이어졌다.

한번은 서울 보건복지인력개발원에 일주일간 노인 관련 교육을 받으러 간 적이 있었다. 교육 과정에서 학생대표를 맡고 있는데 담당 교수님

이 나를 불러 본인이 강의를 세 시간 해야 하는데 갑자기 정부 부처에 들어갈 일이 생겼다며 수업을 대신할 방법이 없다고 했다. 어떻게 하면 좋겠냐고 상의를 해왔다.

교수님이 계시지 않는다고 강의를 쉴 수는 없으니 교수님이 계시지 않는 동안 내가 교육생들을 대상으로 노인복지 사업을 수행하는 법인에 대해 설명을 하겠다고 했다. 교수님은 나의 수준이나 강의 내용을 잘 알지 못했지만 뾰족한 방법이 없으니 그렇게라도 하자고 하셨다. 나는 교육생들에게 사정 설명을 하고 내가 휴대하고 있던 메모리에 그동안 강의했던 자료가 있어 강의를 시작했다. 교육이 노인복지 과정이었고 교육 내용은 노인복지 사업을 하는 법인 교육이었기 때문에 교육 과정으로 보아도 적절한 내용이었다.

두 번째 시간 강의가 끝나갈 무렵 중앙 부처에 가시겠다던 교수님이 뒷문으로 들어오셨다. 교수님이 돌아오신 것을 확인하고 강의를 마무리하겠다고 교육생들에게 말하자 교수님은 계속해서 하라고 하시며 뒷자리에 앉아 강의를 같이 듣고 있었다. 쉬는 시간이 되자 다음 시간은 교수님께서 하시라고 말씀드렸다. 교수님께서는 오늘 강의는 현장에서 경험한 사람만이 할 수 있는 강의로, 내용도 교육에 필요한 사항이고 훌륭하니 마지막 시간까지 강의를 하라고 했다.

나는 세 시간 강의를 모두 마무리 하고 교수님과 마주했다. 교수님께서는 나에게 강사 이력서를 내놓으시며 강의를 했으니 강사 수당을 받아야 한다고 적으라고 하셨다. 정식으로 한 것도 아니고, 강의 시간이 비어 학생대표로서 잠깐 시간을 채웠을 뿐인데 어떻게 강사료를 받겠느냐고 손사래를 쳤지만 교수님은 단호하게 작성하도록 하셨다. 그리고 앞으로도 교육과정에 강사로 출강해줄 것을 요청했다. 그래서 나는 교육생으로 교육에 참여했다가 강사가 되어 돌아왔고, 그 이후로도 여러 차례 강의를 했다.

법인에서 발생한 굵직한 문제들을 어느 정도 해결하고 나니 '노인장기요양보험제도'가 예고되며 법인 설립 허가 신청이 늘어나기 시작했다. 법적 처리 기한은 17일인데 일주일에 몇 개씩 접수가 되면서 서류를 검토하는 것만으로도 시간이 모자랐다. 또 다시 공휴일을 반납하고 일하지 않으면 안 되었다. 밤에 잠을 자다가도 일 생각에 벌떡 일어나 앉아 있을 때도 있었다. 언제 어디서나 해야 할 일이 생각나면 잊지 않으려고 수첩에 메모를 했다. 지금 생각해 보면 26년째 공무원을 하고 있는 이 순간까지 가장 힘든 시절이 아니었나 싶다.

주로 사단법인 설립 허가 신청이 많았고 대부분 종교 시설에서 법인을 설립해 노인복지 사업을 하려고 했다. 그들은 종교 시설 간 경쟁이라도 하듯 반드시 법인 설립을 허가해주어야 한다며 강조를 했다. 허가 요건과 기준을 상세하게 설명해주어도 자신들 준비가 부족하면 좋은 일 하겠다는데 행정에서 방해를 한다며 화를 내기 일쑤였다. 심지어 대가를 바라는 직원 같다며 감사실과 비서실 등에 민원도 많이 제기했다.

당시 과장님은 나를 굳게 신뢰하셨기에 흔들림 없이 업무를 추진할 수 있었다. 그러나 한편으로 생각해보면 법인 설립 허가는 재량 행정으로 명확한 기준이 있는 것이 아니기 때문에 민원인들의 오해를 사기가 쉽다는 생각이 들었다. 그래서 구체적인 근거와 기준으로 전라남도 허가 기준을 만들어야겠다고 마음먹고 '전라남도 법인 설립허가 기준'을 내부 결재를 통해 마련했는데 그 기준은 10년이 지난 지금도 사용되고 있다.

법인 업무와 관련된 법을 읽다보면 반드시 해야 하는 일과 절차 등이 명시되어 있다. 그런 일들을 놓치지 않도록 법인 설립 허가 신청서가 접수되

사회복지 공무원이라서 행복합니다

면 검토해야 할 매뉴얼도 만들었다. 만든 자료와 서식을 후임자들에게 전해 주었더니 그 뒤로 직원들이 여러 번 바뀌었지만, 팀장이 되어 있는 나에게 올라오는 결재 서류를 보면 지금도 폼이 그대로다.

법인 업무라는 것이 딱딱한 업무라서 일화 자체가 재미가 없지만 그래도 겪었던 일을 한 가지 더 소개하겠다.

전라남도에 등록된 사회복지 법인 중 오랫동안 문제가 발생해서 해결되지 못하고 민원이 잇따르는 곳이 있었는데, 시설은 폐쇄되고 직원들은 민노총에 가입해 도청 사무실에 하루가 멀다 하고 찾아왔다. 그 업무를 맡은 직원들은 하나같이 힘들어 했고 기회만 되면 그 자리를 벗어나려 했다. 나는 같은 과에 근무하고 있었지만 우리 계 소관 업무가 아니라 지켜보고만 있었다.

하루는 국장님이 나를 불렀다. 특명을 주겠다며 나에게 그 법인 문제를 해결하라고 말씀하셨다. 우리 계 소관도 아니고 현재 업무를 추진하고 있는 담당자도 있는데 그래도 되겠냐고 물었다. "자네 입장에서 보면 다른 사람의 업무이지만, 내 입장에서 보면 우리 국의 현안 문제이고 누가 맡아서 하던지 우리 국 직원이 하면 되는 것이네"라고 말했다. 사무실에 들어와 나의 계장님과 상의를 하니 "국장님 뜻이 그러하시다면 자네가 도와야겠지만 이미 3년이 넘게 문제 해결이 되지 않고 모든 사람들이 다 포기했는데 자네가 어떻게 한다는 말인가? 잘 되면 다행이지만 그렇지 않게 될까 걱정이네"라며 염려를 해주었다.

나는 곰곰이 생각을 해보았다. 국장님께서 개인적인 부탁에 가까운 업무 지시를 했는데 못하겠다고 할 수는 없는 일이지만, 내가 뛰어 든다고 해서 쉽게 해결될 일도 아니라는 생각이 들었다. 그동안 직원들도 수많은 노력을 했지만 결과적으로 문제를 해결하지 못했고, 그 직원들의 능력 또한 모두가 나보다 월등한 사람들이었기에 더욱 걱정과 고민이 되었다. 하지만 결정은 필요했고 국장님을 찾아가 내가 열심히 뛰어보겠으나 해결되지 않는다고 해서 저를 나무라지는 말아달라는 부탁과 함께 법인 문제 해결을 위해 뛰어들었다.

법인이 도청에서 승용차로 한 시간 반 이상 거리에 있는지라 사람을 만나는 것도 쉽지 않았다. 우선 법인의 입장과 노조의 입장을 알아야겠다는 생각이 들어 개별 면담을 해보니 생각보다 상호 간 감정의 골이 깊었다. 쌍방은 서로 노동위원회와 법원에 고소·고발을 해놓은 상태였으며, 법인은 대표이사가 교체되었고, 시설 직원들은 모두 해고되어 실직 상태에 있었다. 노조에서는 본인들이 부당 해고를 당했으므로 그동안의 인건비를 모두 받아야겠다는 입장이고, 법인에서는 법인이 취소되더라도 그들에게 인건비를 지급할 돈도 없거니와 지불하지도 않겠다며 상호 강경하게 대립하고 있었다.

개별적 고충을 모두 듣고 보니 서로 마주하는 것은 문제 해결에 도움이 될 것 같지 않아 시간이 좀 소요되더라도 따로 만나 상담을 하기로 마음먹었다. 답이 없는 문제를 상대에게 요구하는 것은 일을 해결하지 말자는 것과 다를 바 없으니, 역지사지 입장에서 서로를 이해하자고 했다. 그리고 조금은 부족하고 아쉽더라도 상대가 해줄 수 있는 범위 내에서 나에게 말하도록 하고 나는 그것을 중재하려 노력했다.

법인은 대표이사와 사무국장만 만나면 되었지만, 시설에서 해고된 직원들은 모두 함께 만나야 해서 대화를 나누다 보면 밤 열 시가 지나 사무실에는 자정이 넘은 시각에 도착한 적도 많았다. 문제 해결을 위해 내가 나

사회복지 공무원이라서 행복합니다

섰다고 하니 시설을 관리하는 지자체 공무원들이 그동안 수많은 공무원과 지역 유지들이 중재를 위해 많은 노력을 했으나 해결하지 못한 일인데 할 수 있겠냐며 염려를 했다. 그러나 나는 사람이 하는 일인데 못할 게 뭐 있겠냐며 진심은 통하게 될 것이라 믿고 열심히 뛰어다녔다.

우선 고발은 나중에 다시 할 수 있으니 대화를 하려면 그동안 고발했던 모든 내용들을 상호 취하하도록 했다. 그것을 설득하는 것도 쉽지 않았고 당사자들도 신뢰가 없어 곤란해했지만 문제가 해결되기를 바라는 마음이 있었기에 모두 응해주었다.

가장 큰 문제는 체불된 인건비였다. 법인에서 도 부담이 되었고 해 고된 직원들도 생계 와 관련된 것이기에 쉽게 양보하려 하지 않 았다. 그러나 인건비를 꼼꼼 히 살펴보면 직장이 폐쇄된 이후 실업 급

여를 받기도 했고 일부는 재취업해서 일을 하고 있었으므로 노조에서 요구하는 금액은 실금액보다 많다는 생각이 들었다.

나는 대화를 통해 그런 부분을 감해야 한다고 설명을 했으며, 서로가 양보하지 않으면 노조원들의 고통스러운 삶이 계속 될 수밖에 없으니 양보할 것을 요구했다. 그리고 노조원 중에서 비교적 나에게 호의적인 사람들과 개인적인 통화를 하며, 나를 지지하고 협조해주도록 부탁을 했다.

시설의 재개도 문제였다. 법인에서 폐쇄된 시설을 재개 할 경우, 해고된

직원들을 다시 고용해야 한다. 그렇게 되면 이전의 갈등과 문제는 다시 반복될 것이라며 시설을 버리는 한이 있어도 직원들과 다시 만나고 싶지 않다는 확고한 입장을 전해왔다. 그래서 대표이사에게 폐쇄된 시설을 다른 법인에게라도 넘길 수 있겠는지 상의해보니 그렇게 하겠다고 했다. 나는 같은 지역에 있는 견실한 다른 법인에게 시설을 인수받는 대신 해고된 직원들의 인건비를 지급할 수 있는 현금을 출연하도록 부탁했다.

수많은 어려움이 있었지만 법인과 노조를 대상으로 하는 약 4개월간의 줄다리기가 끝났다. 그리고 2010년 1월 지역 방송사가 녹화를 하는 가운데 현재의 법인과 노조 그리고 새로 시설을 운영하기로 한 법인과 행정기관이 함께 합의서를 작성했다. 시설 정상화를 위해 상호 노력하기로 합의하였으며 시설은 계획대로 운영이 재개되었다.

문제 해결을 못할 것이라며 걱정의 눈으로 바라보던 모든 사람들이 축하와 격려를 해주었다. 현재 법인을 담당하는 부서에서도 어려운 과제를 해결했다며 기뻐했고, 시설을 관리하는 지자체에서도 믿을 수 없는 일이라며 안도의 숨을 내쉬었다. 나 자신도 그동안의 노력이 좋은 결과로 이어져 기분이 좋았다. 무슨 일이든 진정성을 가지고 노력하면 안 될 일이 없다는 사실을 다시 한번 확인할 수 있어서 좋았고 사회복지직 공무원이 역시 전문가라는 생각을 할 수 있도록 해서 더욱 좋았다.

그 뒤로 국장님은 우리 국에서 법인 관련 업무를 결재 올리려면 나의 협조를 받은 후에 결재를 올리도록 지시를 해서 많은 직원들이 수시로 업무 상의를 해왔다. 나와 같이 근무를 했던 계장님이나 과장님이 다른 부서로 발령 받은 이후 법인 관련 민원이 생기면 모두 나에게 직원들을 보내 자문을 얻기도 했다.

공무원으로 근무를 하며 남들도 하는 일을 나도 하면 그냥 일을 하는 것일 뿐이고, 거기에 일이 빠르고 신속하면 일을 잘하는 사람이 된다. 그러나 전문가라고는 말하지 않는다. 바꾸어 말하면 남들이 하는 일을 해서는 전문가로 인정받기 어려우며 남들이 하지 않으려고 하는 일, 남들이 어렵다고 하는 일을 능숙하게 처리해 낼 때 우리는 전문가라는 인정을 받을 수 있다.

맨 처음 법인 업무를 맡게 되었을 때의 부담과 당시의 어려움은 실로 다 말할 수도 없다. 일에 대한 걱정으로 잠을 이루지 못해 뒤척이다 새벽 두 시나 세 시에 출근해 일을 하기도 했다. 만약 그런 시기가 없었다면 내가 남들에게 전문가라는 말을 들을 수 있었을까 하는 생각이 든다. 그때 남들이 회피하던 법인 업무를 맡게 된 것이 오히려 도움이 되었다.

지금 공무원으로 근무하거나 직장 생활을 하며 '나는 왜 이렇게 힘든 일만 맡게 될까, 나는 왜 이렇게 많은 일을 해야 할까'라고 생각하는 사람이 있다면, 나는 이렇게 말해주고 싶다. 어쩌면 그것이 당신에게 주어진 절호의 기회다.

몸과 마음에 찾아온 시련

직장을 다니다 보면 누구에게나 힘든 시기가 있다. 과중한 업무나 고질적인 민원 때문에 힘들 수 있고, 상사나 동료 직원과의 갈등, 남들에게 말하지 못할 가정의 문제, 경제적 어려움, 또는 건강의 문제로 힘들 수도 있을 것이다. 나도 다른 사람들과 다르지 않은 비슷한 어려움을 겪으며 살아왔다. 그러나 기억되는 나의 힘든 시기를 말하라고 한다면 건강과 사람 두 가지 어려움 때문에 고통받았던 것을 말할 수 있다.

2005년 노인복지과로 발령을 받아 근무할 때의 일이다. 당시 한 번도 경험해보지 못한 법률 사무를 맡게 되어 심적인 부담이 컸고, 고질 민원인과 행정소송을 대비해야 했으며, 매일매일 수많은 민원인이 나를 찾아왔다.

당시 내 아이들은 초등학교와 유치원에 다니고 있었는데, 부부가 맞벌이를 하며 집에 늦게 퇴근해야 했다. 초등학교 5학년인 아들이 학교 끝나면 유치원에 들러 동생을 데려왔고, 둘이서 밥을 차려 먹었다. 아이들은 식탁 의자를 싱크대 앞에 놓고 그 위에 올라가 설거지를 해놓아서 나를 울리기도 했다.

집안은 말이 아니었다. 아내와 나는 가사를 분담해서 했는데 아내는 설거지와 음식 준비를 맡았고 나는 세탁과 집안 청소를 맡아서 했다. 밤에 늦게 퇴근해도 나는 세탁기를 돌리고 빨래를 건조대에 널고 또 마른 빨래는 개서 옷장에 넣었으며, 틈나는 대로 청소기를 돌렸다.

남들처럼 비슷한 30대 후반을 보내고 있던 어느 날 아침 출근하려고 일어나니 양쪽 어깨가 몹시 아팠다. 혈액순환이 되지 않는 것처럼 저리고 팔을 움직일 때마다 통증이 왔다. 낮에 병원에 가서 물리치료라도 받아보고 싶었지만 시간이 나지 않았고 참다 보면 좋아지려니 했는데 갈수록 더 아파왔다. 저녁을 먹고 회사 앞 목욕탕에 잠깐 들러 뜨거운 물로 찜질을 해봤으나 차도가 없었다.

그렇게 통증이 있어도 병원에 가지 못하고 며칠이 지나던 어느 날 볼펜을 들고 글씨를 쓰려는데 볼펜이 집히지 않았다. 엄지손가락과 집게손가락에 힘이 없어 볼펜을 잡을 수도 글씨를 쓸 수도 없었다. 점심을 먹으려는데 젓가락은 물론이고 숟가락을 들고 밥을 먹기도 힘이 들었다. 같이 식사를 하던 직원들이 염려를 하며 한방 병원에 가볼 것을 권유했다.

업무가 밀리지 않도록 토요일과 일요일 밤늦게까지 일을 하고, 월요일 아침에 광주에 있는 한방 병원에 가서 진료를 받으니 입원 치료를 권했다. 광주에 있는 비교적 큰 병원이며 양방과 한방을 동시에 하고 있어서 회복될 것으로 기대했다.

그러나 매일 물리치료와 침을 맞아도 호전은 되지 않았고 갈수록 마비 증세가 심해졌다. 나중에는 가운뎃손가락도 마비가 오고 팔도 마음대로 움직여지지 않았다. 의사 선생님도 정확한 이유를 모르겠다며 말초신경에 문제가 있는 것 같다고만 했다.

일주일이 되니 더 이상 병원에 입원해 있을 수 없어 퇴원하고 출근했다. 민원인에게 공문을 보내려면 편지 봉투에 주소를 써야 하는데 글을 쓸 수가 없어 컴퓨터로 출력해서 잘라 붙였다. 그런 모습을 보던 계장님이 걱정을 많이 해주셨다. 간단한 민원은 본인이 처리하겠다며 병원에 가보도록 해서, 도청(당시에는 광주광역시에 소재했었다) 부근에 있는 대학 병원에 가서 또 각종 검사를 받았다. 신경 반응 검사 결과 어깨에서부터 손가락으로 이어지는 신경이 마비되고 있으나 역시 그 이유를 알지 못했다. 머리에 이상이 있을지 모른다며 머리와 목을 차례로 MRI를 촬영했으나 원인을 찾아내지 못했다.

오른쪽 팔과 손이 전체적으로 마비되니 일상생활에도 많은 불편이 따랐다. 우선 아침에 일어나 씻으려면 한쪽 손으로만 씻어야 하니 개운하지가 않았고, 이를 닦을 때에도 칫솔대로 잇몸을 찔리는 경우가 잦아 불편했다. 출근을 하려면 넥타이도 스스로 맬 수가 없고, 셔츠 단추도 아내가 잠가 줘야 했다. 아침에 출근 준비 하느라 바쁜 아내에게 부탁하기 미안하면 아이들에게도 부탁을 했지만 이만저만 불편한 게 아니었다.

직원들과 식당에 가도 젓가락을 사용하지 못하니 수저로만 겨우 밥을 먹었다. 직원들이 가끔 반찬을 집어 밥 위에 얹어 주면 수저로 떠먹기도 했지만 거의 국물에 밥을 먹었다. 주머니에 포크를 넣고 다니기도 했지만 이용이 편리하지 않았고 같이 식사하는 사람들에게 불편을 주는 것 같아 포기했다. 민원인들이 찾아오면 같이 밥을 먹어야 할 때도 차를 마셔야 할 때도 있었지만 나는 늘 거절했고, 그러다 보니 사람들과의 만남이 현저하게 줄어들었다. 말수도 점점 줄어들고 우울해지기 시작했다.

일을 하다가도 울컥하고 눈물이 나왔고 집에서 밥을 먹다가 음식이나 반찬을 떨어뜨릴 때면 몇 번이나 밥 먹는 것을 포기하고 숟가락을 놓아버리기도 했다. 우울증이 온 것 같았다. 사람을 만나는 것도 싫고 밖에 나가는 것도 싫었으며, 누구든 나를 걱정해주는 것도 싫었다. 그래도 매일매일 들어오는 민원 서류는 밤늦도록 처리해야만 했고 하루도 일찍 퇴근할 수

사회복지 공무원이라서 행복합니다

가 없었다. 힘들고 눈물이 날 때마다 그만 살고 싶다는 생각이 들기도 했지만, 아이들을 생각하며 마음을 추스르곤 했다.

그러는 와중에도 결재를 가면 유독 나를 염려해주는 사람이 있었는데 국장님이었다. 사업소로 간 지 얼마 되지 않아 부른 것도 미안해하셨고, 민원 많은 곳에서 고생하는 것도 안쓰러워 하셨으며, 마비되어가는 손을 보며 늘 안타까워하셨다.

그러던 어느 날 국장님께서 본인의 형부가 서울에 있는 대학병원 신경과 의사인데 일정을 잡아줄 테니 가보라고 했다. 국장님께서 형부를 만나 나의 상태를 이야기하며 안타까워하니 한번 서울로 올라와보라고 했다는 것이다.

서울에 가면 원인을 찾아 간단하게 치료할 수 있을지도 모른다는 희망을 가지고 서울로 향했다. 광주 대학병원에서 촬영한 MRI 사본을 보더니 머리와 목에는 이상이 없고 팔꿈치 아래 신경이 꼬여있을 수 있다며 수술을 하자고 했다.

믿음이 가지는 않지만 지푸라기라도 잡는 심정으로 수술에 응했다. 오른쪽 팔꿈치 부근부터 팔목 부근까지 약 15센티미터를 절개해서 꼬인 신경을 찾는 수술이었다. 수술이 끝나고 의사 선생님은 수술 결과 신경에는 아무런 이상이 없다고 말했다. 결국 불필요한 수술을 했고 상태는 호전되지 않았다.

아내가 서울로 와서 간병을 하는 동안 초등학교 5학년 아들과 유치원에 다니는 딸아이 둘만 광주 집에 남아있었다. 아내가 반찬이랑 밥을 미리 준비해두고 충분히 교육도 시켰지만, 마음이 불안하고 걱정도 많이 되었다. 초등학교 5학년인 아들이 동생을 깨워 옷을 입히고 밥을 먹여 유치원에 데려다주고 학교에 갔다. 학교가 끝나면 또 유치원에 들러 동생을 데리고 집에 와 같이 밥을 먹고 설거지까지 해야 했다. 상상만으로도 눈물 나는 아이들의 생활이었다.

수술 후 혼자서 밥을 먹을 수 있게 되자 아내는 아이들이 있는 광주로 내려가고 병원에는 혼자 있었다. 수술하기 전에 한 손으로 생활하는 것이 많이 익숙해져 있어서 크게 불편한 것은 없었다.

지금은 직장에서 단체보험에 가입해 실비라도 지원이 되지만, 그때는 병원비가 상당한 부담이었다. 병원비도 문제였지만 밀린 일을 생각하면 병원에 계속 누워 있을 수도 없었다. 의사 선생님을 설득해서 겨우 퇴원 승낙을 받고 사무실에 출근했다. 다행히 선임자가 같은 계에 근무하고 있어서 간단한 업무는 처리를 해주었지만 또 밀려 있는 업무도 예상처럼 많았다. 민원서류 처리 기한 때문에 접수하지 못하고 모아 놓은 서류만도 수두룩했다. 일을 열심히 하려고 해도 자판기를 두드리는 것이 잘 되지 않아 일의 속도는 매우 느렸고, 마음은 갈수록 약해지는지 혼자 남아 일을 할 때면 자꾸 눈물이 났다.

그러던 어느 날 문득 내가 이렇게 살아서는 안 되겠다는 생각이 들었다. 그동안 사회복지 공무원으로 일해오며 더 많은 중증 장애인도 봐왔는데 오른쪽 팔이 마비되었다고 우울해하는 것이 복에 겨운 일일 수 있다는 생각을 하며 스스로를 다독였다. 절단되어 팔이 없는 것에 비하면 나는 비록 마비되었으나 붙어는 있으니 그나마 다행이라고 생각하며 위안을 삼았다. 그리고 무엇보다 나를 걱정하는 부모님과 내 가족들을 위해서라도 힘을 내야겠다는 생각이 들었다. 그래서 좀 더 적극적으로 살기로 마음먹고 생활을 시작했다.

민원인을 피하지 않았다. 만나면 '제가 손이 마비되어 좀 불편한 상태'라고 먼저 말을 하고 불편한 것을 감추려 하지 않았다. 직원들에게도 좀 더 밝은 모습으로 인사하고 목소리에 힘을 주었다. 장애를 받아들이기 위해 왼손으로 젓가락질을 연습하기 시작했고 글씨 쓰는 연습도 수시로 했다. 쉬운 것은 없었고 힘들 때가 많았다. 하지만 현실을 직시하고 장애를 받아들이려 노력하다 보니 우울증도 조금씩 사라지는 듯했다.

마비된 오른쪽 손은 점점 더 야위어 팔목은 눈물 날 만큼 가늘어졌다. 신경이 마비된 탓인지 걸어 다니면 팔이 내 마음대로 움직이지 않고 덜렁거리는 느낌이었다. 손을 주머니에 넣고 걸어 다녀야 했다.

그렇게 불편한 시간을 보내다 1차 수술을 했던 병원의 2차 예약 진료일이 되어 서울로 향했다. 또 다시 새로운 검사들을 진행하며 내가 맨 처음 통증을 느꼈던 곳은 머리도 목도 아닌 양쪽 팔이었다고 다시 한번 말했다. 의사 선생님은 그곳에 이상이 있을 것은 없지만 그래도 최초로 통증이 왔던 부분이니 MRI를 찍어보자고 했다. 오른쪽 어깨와 팔꿈치 사이를 MRI로 찍고 의사 선생님은 나를 찾아와 청천벽력 같은 말을 했다. 팔에 작은 혹들이 많이 생겼는데 다발성 종양 같다며 일단 수술을 해보면 악성종양인지 아닌지 알 수 있으니, 열어보고 악성종양 같으면 조직 검사를 하겠다고 했다.

아내에게 '설마 암이겠느냐'고 말을 하면서도 마음 한구석에는 많은 생각이 들었다. 의사 선생님은 수술을 앞두고 나의 상태가 특이한 경우라서 동의를 해준다면 동영상 촬영을 하겠다고 했다. 내가 실험 대상이 되는 것 같아 기분이 좋지는 않았지만 수술에 방해가 되지 않는다면 그렇게 하라고 했다.

신경은 머리카락보다 가늘어서 그곳에 있는 작은 종양들을 제거하려면 현미경으로 들여다보며 해야 하기 때문에 시간도 많이 걸리고 위험하다고 했지만 무엇보다 악성종양이 아니기만 바라며 수술실로 향했다. 수술실을 위해 대기실에 들어가니 수술복을 입은 사람들이 10여 명 있었는데 그 사람들은 나의 상태와 수술 치료 방법을 학습하러 온 사람들인 것 같았고, 그들 중에는 비디오 녹화기를 들고 있는 사람도 있었다.

긴 시간의 수술이 끝나고 입원실로 옮겨진 후 정신이 들자 의사 선생님을 기다렸다. 아내와 말을 나누지는 않았지만 조직 검사했다는 말만 하지 않기를 간절히 바랐다. 의사 선생님은 수술을 하고도 자신감이 없어보였다. 신경이 꼬여 있는 것 같아 막을 터보기는 했으나 어떻게 될지 모르겠다며 의학계 논문을 살펴 치료 방법을 찾아보겠다고 했다. 나는 그런 말이 귀에 들어오지도 않았다. 그저 조직 검사했다는 말만 하지 않기를 바랐다. 수술 결과에 대한 의사 선생님의 긴 설명이 끝나고 의사 선생님과 눈이 마주쳤다. 환자가 무슨 대답을 기다리고 있는지 알고 있지만 쉽게 말하지 못하는 것 같았다.

의사 선생님은 설명을 마치자 다른 진료를 위해 나갔고, 남아 있던 간호사가 조직 검사는 수술 중에 했으며 결과는 일주일쯤 뒤에 나온다는 말을 했다. 눈앞이 캄캄해지며 머릿속이 하얗게 변하는 느낌이 들었다. 그렇게 듣고 싶지 않았던 말을 간호사를 통해 들은 것이다. 아내도 나도 실어증에 걸린 사람처럼 긴 시간이 흐르도록 아무 말도 하지 못했다. 침대에 누워있는 동안 아무런 생각도 할 수 없었고, 그저 침대 속으로 내 몸이 빨려 들어가는 것 같은 느낌만 들었다.

그렇게 시간이 지나 고개를 들어보니 창밖에는 겨울바람에 눈이 흩날

사회복지 공무원이라서 행복합니다

리고 있었다. 어쩌면 저 눈이 내가 보는 마지막 눈이 될 수 있겠다는 생각
도 들었다. 광주에서 아무것도 모르고 둘이서 지내고 있을 자식들의 모습
도 생각이 났다. 가슴이 자꾸만 먹먹해져 왔다. 슬픔이 지나치면 숨을 막히
게 한다는 것도 그때 알았다.

아내는 나에게 들키지 않으려 애썼지만 눈이 충혈되어 있을 때가 많았
다. 나는 생에 대한 애착이 생기지 않았다. 예전에 드라마에서 보면 의사
선생님으로부터 암 판정을 받은 사람들은 모두 충격을 받던데 나는 그냥
담담하기만 했다.

침대에 누워 남은 시간 동
안 무엇을 해야 할 것인
가 생각을 해보았다.
우선 정신이 맑을 때
아이들에게 편지라
도 쓰고 싶어 아내가
자리를 비울 때마다 조금
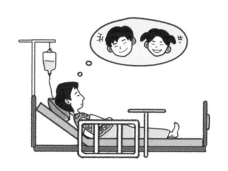
씩 썼다. 편지를 쓰며 생각을 해보
니 초등학교 5학년인 아들은 아빠의 얼굴이라도 기억하겠지만, 유치원 다
니는 딸아이는 나를 기억하지 못할 것이라는 생각이 들었다. 그리고 초등
학교 다니는 아들과는 그동안 많은 시간을 보냈고 나름대로 아들이 원하
는 것을 함께하려 노력했지만 딸에게는 그렇게 못해준 것 같아 마음이 아
팠다.

그렇게 마음의 준비를 하고 있을 때 회진을 하던 의사 선생님께서 조직
검사 결과를 말씀해 주셨다.

"조직 검사를 하면서 걱정을 많이 했는데 다행히 악성종양은 아닙니다."

의사선생님의 말이 끝나기도 전에 아내는 소리를 내며 엉엉 울었다. 그 동안 참고 참았던 눈물을 한꺼번에 쏟아내듯 나의 손을 잡고 한참을 울었다.

사무실에 있는 직원들도 나의 상태를 걱정하느라 매일 전화를 했다. 조직 검사를 했다는 말을 해주었더니 회사에서는 이미 암으로 소문이 나버렸다. 수술 부위가 아물자 퇴원을 해서 집으로 왔다. 세상의 모든 사물이 새롭게 보이고 내 아이들을 많이 사랑해야겠다는 생각이 들었다.

수술이 끝나고 긴 시간이 지났지만 마비된 손에 변화는 없었다. 사무실에 출근하며 일을 하는데 아버지께서 그래도 서울 ○○병원 한 번만 가보자고 말씀을 하셨다. 부모님이 바라시는 것을 하지 않는 것도 불효인지라, 검사만 받아보기로 하고 그동안 찍었던 MRI를 들고 예약된 날에 병원으로 갔다.

그동안의 경과와 MRI 영상을 보시더니 나와 같은 환자가 1년에 한두 명씩 나온다며 말초신경이 회복되는 시기를 보통 6개월로 보나 1년까지는 기다려 본다고 했다. 이미 1년이 지났으니 다시 회복되기는 어려울 것 같다고 했다. 방법이라면 신경이 살아있는 약지와 새끼손가락을 움직이는 근육에 마비되어 있는 손가락을 연결하면 손가락이 조금은 오므려질 것이라고 했지만 크게 도움이 될 것 같지 않았고 더 이상 수술을 하고 싶지 않아 포기하고 내려왔다.

시간이 지나면서 몸이 장애에 적응을 하는지 불편함이 조금씩 사라지고 있었다. 왼손으로 밥을 먹는 것도 더디기는 하지만 가능했고, 씻는 것도 혼자서 가능해졌다. 와이셔츠 단추도 혼자 잠글 수 있는데 왼쪽 손목은 잠글 수가 없어 풀어진 채로 양복저고리를 입고 그대로 다니기도 했다. 가장 어려웠던 것은 글씨를 쓰는 것이었는데 시간이 날 때마다 왼손으로 연습을 해도 글자는 늘지 않았다.

2007년 7월부터 시행되는 '노인장기요양보험제도'를 앞두고 몸이 불편한 것도 잊은 채 정신없이 일했다. 타자가 잘 되지 않아 밤늦도록 일해야 하는 시간도 많았지만 살아 있다는 것에 감사하니 불평 없이 일할 수 있었다.

그렇게 일하고 있을 때 2007년 12월, 6급 공무원을 대상으로 실시하는 1년 과정의 장기 교육 대상자를 선발한다는 공문이 왔다. 바쁜 시기도 끝났으니 재충전을 하고 싶어 국장님을 찾아가 교육 대상자 선발을 부탁드렸더니 흔쾌히 승낙해주었다.

그 결과 2008년 1월 중견 간부 양성 과정이라는 장기 교육 대상자로 선발되어 교육에 참여했다. 첫 시간 자기소개를 할 때도 나는 한쪽 손을 사용할 수 없다고 말했고 직원들과 합숙과 비합숙을 하며 교육을 받았다. 교육 인원은 총 60명이었는데 도청 직원이 11명, 시군 직원이 49명으로 모두 널찍한 책상을 사용하며 한 교실에서 교육을 받았다.

공직 사회에 이렇게 좋은 기회도 있을까 생각이 들 정도로 마음이 평온했고 평화로웠다. 전문 과정의 교육 과목도 있었지만 교양과 취미 생활을 돕는 교육 과정도 많아 더욱 여유로웠다. 스트레스를 모두 잊고 여유로운 생활을 즐기며 교육을 받은 지 3개월쯤 지났을 때였다. 몸에 조그만 변화가 왔다. 아무런 감각이 없던 손가락 끝이 조금씩 저리는 것이었다. 혹시나 하는 생각으로 매일 손가락과 팔을 주무르며 상태를 살폈다. 일주일쯤 지나니 집게손가락 끝마디가 아주 미세하게 조금 움직이는 것 같았다. 자세히 보지 않으면 움직이는지 알 수도 없을 만큼 미세했지만 나는 느낌으로 알 수 있었다.

치료를 포기하고 희망을 접었던 ○○병원에 다시 진료 예약을 하고 진료를 받았다. 그동안 손가락 끝은 1~2센티미터 정도까지 더 움직여졌다. 그런다고 해봐야 약간 떨리는 정도였다. 의사 선생님은 손을 보더니 의학적으로 설명하기 어려운 상황이라며, 말초신경은 회복되면 급속하게 호전될 수 있으니 계속 주무르고 운동을 하며 기다려 보라고 했다.

기차를 타고 집으로 내려오는데 구름을 타고 내려오는 것처럼 마음이 들떴다. 한시라도 빨리 부모님과 가족들에게 연락을 해 기쁜 소식을 알리고 싶었지만 혹시나 하는 생각에 조금 더 경과를 지켜보기로 했다.

그렇게 조금씩 움직이던 손가락은 두세 달 쯤 지나니 젓가락질을 할 수 있을 만큼 좋아졌다. 그동안 나를 위해 마음 써준 많은 사람들이 생각났다. 상황버섯을 구해 매일 복용시키던 아내, 웅담이 신경에 좋다며 베트남까지 가서 구해온 선배, 매일 새벽마다 나의 손을 고쳐달라고 기도해주시던 목사님 가족, 아빠 손이 빨리 회복되길 바라며 시간만 나면 주물러 주던 내 자식들, 바꿀 수만 있다면 팔을 바꿔주고 싶다고 눈시울을 적시시던 아버지…….

처음 팔의 통증과 함께 마비되었던 손은 시간이 지나며 어느 정도 회복되었다. 지금도 회복된 손가락에 힘이 없어 물건을 자주 떨어뜨리고, 글씨를 반듯하게 쓸 수 없고, 손가락은 수시로 경련이 일어 섬세한 일은 할 수 없지만 부족한 부분은 몸이 적응해내고 있는 것 같다.

1년 과정의 교육을 마친 나는 공무원이 가장 기피한다는 장애인 업무를 지원했다. 사무관으로 승진할 때까지 5년의 긴 시간을 장애인 업무를 맡아 근무했다. 내가 겪었던 그동안의 장애를 생각하며 장애인들을 이해하

사회복지 공무원이라서 행복합니다

려 노력했고 그들의 입장에서 모든 것을 생각하려 했다. 시간이 지나고 보니, 아픔으로 인한 나의 불편이 또 다른 나를 발견하게 하고, 업무에 진정성을 더할 수 있게 했다는 생각이 든다.

'살아난다는 보장만 있다면 젊어서 죽을병에 한번 걸려보는 것도 나쁘지 않은 일이다'라는 말이 있다. 건강으로 인해 고난의 시간을 겪기는 했지만, 내가 가족을 더 사랑하게 되고 직장 동료를 위하게 되는 좋은 계기가 되었다. 당시는 힘들었지만 시간이 지나고 나니 그것도 고마움으로 남는다.

이번에는 사람으로 인해 고난의 시기를 겪었던 일을 소개해보고자 한다. 상대가 있는 것이라 조심스럽기는 하지만 지금도 기억되는 아픔이기에 글을 쓴다. 사람의 인연이 생각지도 못한 작은 일에서부터 비롯될 수 있듯이 사람과의 관계도 아주 작은 일에서 엇나가기도 한다.

어느 날 사무실에서 일을 하고 있는데, 다른 계장님이 개인적인 오해로 나에게 큰 소리로 무척 화를 낸 적이 있다. 그분은 화가 많이 났는지 말을 하면서 '자네가 원흉'이라며 극단적인 말도 서슴지 않았다. 시간이 지나면서 본인의 오해였음이 밝혀졌다. 나도 사람인지라 당시의 일이 서운했다. 기회가 될 때 나를 불러 사과해주기를 기다렸으나 부르지 않았다. 며칠 후 직원들이 없는 저녁 시간을 이용해 계장님을 찾아갔다.

"계장님, 오해가 풀리셨으면 저에게 사과를 해주십시오."

그러나 몸을 돌리고 앉아 돌아보지도 않았다. 그래서 나는 다시 말씀을 드렸다.

"계장님, 원흉이라는 단어를 국어사전에서 찾아보니 못된 짓을 한 무리의 우두머리라고 나옵니다. 계장님의 오해로 저에게 화를 내신 것이니 사과해주십시오."

그러자 계장님은 귀찮다는 듯이 말했다.

"미안하네, 미안해."

어지간하면 그 정도 사과를 받고 돌아서겠지만 미안해하는 기색은 조금도 없었고 빨리 가라는 표정이었다. 그래서 다시 말씀을 드렸다.

"계장님, 제가 아랫사람이기는 하지만 계장님께서 오해를 하신 것이고 직원들 앞에서 창피를 주셨으니 사과만큼은 진심으로 해주시면 고맙겠습니다."

한참을 앉아계시던 계장님이 말씀하셨다.

"미안하네."

두 번째 사과 또한 눈도 마주치지 않고 하는 사과라서 마음에서 비롯된 것이 아닌 것 같았지만 더 요구하는 것도 예의가 아닌지라 인사를 하고 돌아왔다.

"감사합니다."

그 전에도 그 이후에도 다른 일은 없었으니 악연의 시작이라면 그것이 전부다.

몇 달이 지나 인사가 있었고 나는 공교롭게도 몇 달 전에 사과를 받았던 계장님의 계로 발령을 받았다. 사과를 받았던 일은 오래전에 지나간 일이라서 나는 아무런 의식을 하지 않았고 나름대로 열심히 일을 했다. 나에게 농담이나 친절한 말 한마디 없었지만 본래 그런 분이려니 하며 부하 직원의 도리를 다하려 노력했다.

그렇게 함께 일하다 직원 한 명이 줄어들어 업무량을 조정해야 했는데 계장님이 다른 직원이 충원될 때까지 업무를 모두 나에게 분장해주어 무척 힘이 들었다. 두 사람 일을 하면 일이 두 배로 늘어나는 것이 아니라 과

사회복지 공무원이라서 행복합니다

부하가 걸린다는 것도 그때 알았다.

매일 밤늦도록 남아서 일을 해도 일이 줄어들지 않았고, 시간이 지날수록 일이 쌓여 더 큰 문제가 생기기 전에 계장님과 상의를 해야겠다고 생각을 했다. 저녁 식사를 마치고 사무실에 들어오니 마침 계장님 혼자만 있어서 곁으로 다가가 말씀을 드렸다.

"계장님, 상의드릴 말씀이 있습니다. 제가 결원된 직원의 업무를 혼자 맡아서 하고 있는데 일이 밀려서 실수라도 하게 될까 걱정이 됩니다. 다른 직원들도 힘들겠지만 저의 업무 중 한 분야만 다른 직원에게 조정 좀 해주시면 안 되겠습니까?"

공직 생활을 하는 사람으로서 이런 말을 상사하게 하는 것은 쉬운 일이 아니다. 나도 지금까지 26년을 근무하며 업무 조정을 말한 것은 그때가 처음이자 마지막이었다. 여러 번의 망설임 끝에 어렵게 꺼낸 말이었지만 계장님의 대답은 짧고 간단했다.

"못 하겠으면 직장 그만 둬."

예상치 못한 답변에 놀라고 당황스러웠지만 마음을 가다듬고 다시 말씀을 드렸다.

"계장님, 제가 어려운 일이 있으면 누구랑 상의할 수 있겠습니까? 계장님께서 더 열심히 하라고 하시면 일은 하겠습니다만 직장을 그만두라는 말씀은 너무 심하신 것 같습니다."

이렇게 대화를 마치고 내 자리로 돌아와 일을 시작했다. 간단한 일부터 마무리를 하고 시급한 일을 정해가며 화장실 가는 것도 잊을 만큼 열심히 일을 했다. 그래도 날이 갈수록 일은 쌓여만 갔다. 나의 부족한 부분을 시간을 투자해 메워보려 했지만 쉽지 않았다. 계장님도 늘 밤 아홉 시가 되도록 자리에 앉아 있었는데 어느 날부터 퇴근길에 쪽지를 주기 시작했다.

"이것 조사해서 내일 아침까지 내 책상에 놔둬."

당장 필요한 것은 아니지만 업무와 관련된 것이고 계장님이 지시한 것이니 밤늦도록 자료를 찾고 만들어 매일 책상 위에 놓고 퇴근을 했다. 어떤 것들은 수 년 동안의 자료를 찾아야 해서 새벽 다섯 시가 되도록 퇴근을 못하고 일을 하기도 했지만 쪽지는 멈추지 않았다. 근무시간에 주면 다른 일을 미루고 우선 처리할 수도 있었지만, 늘 퇴근길에 책상에 쪽지를 던졌다. 어떤 직원은 퇴근하기가 미안했는지 밤늦도록 함께 남아 서류를 찾으며 도와주기도 했다. 군대에서 신참일 때 기합이나 얼차려를 받지 않으면 불안해서 잠을 못자는 것처럼 나도 밤마다 노란색 포스트잇을 받아야 퇴근하는 형편이 되었다.

그렇게 몇 달 동안 일을 하는데 근무 중에 갑자기 가슴 통증이 왔다. 가슴이 답답하고 호흡이 멈출 것 같아 옆 동료에게 얼른 병원에 다녀오겠다고 말하고 회사 앞 내과에 갔다. 심전도 검사를 마치고 큰 병원으로 가보라고 했다. 택시를 타고 종합병원에 가서 심장 CT 촬영 결과 동맥이 부어있어 혈액순환이 잘 되지 않는 것이라며 입원 치료를 하라고 했다. 발병 원인은 과로와 스트레스라고도 했다.

입원해 있는 동안 과장님이 병문안을 오셨다. 현재의 내 건강 상태를 말씀드리고 다른 곳으로 배치해주실 것을 부탁드렸다. 의사 선생님을 따로 만난 과장님께서는 절대 안정이 필요하다는 말씀을 듣고 다음 날 다른 직원을 배치했다. 결국 나를 대신해 일하던 직원도 업무조정이 이루어지지 않아 2개월 만에 부모님 간병을 이유로 휴직을 해버렸다.

　그때까지만 해도 개인적인 감정이 있는 것 같은 상사의 태도가 나의 오해에서 비롯된 것일 수도 있다고 생각했다. 그런데 몇 년이 지나 그분과 다시 만나 같이 일하게 되면서 그 생각은 확신으로 변했다. 상사와 불편하게 지내서 아랫사람인 내가 좋을 것이 없기 때문에 나도 나름대로 성심껏 대하며 업무로도 심려를 드리지 않으려 했다. 또한 나의 천성으로 인해 직원들과도 모두 친하게 지냈으며, 사무실 일에는 항상 앞장섰다. 그러나 그분은 다른 직원들 앞에서 일부러 소리치듯 나무라는 시간이 많았고 모욕적인 말을 서슴지 않았다.

　"자네 공무원 몇 년 해먹었어?"

　"자네는 9급 공무원만도 못해."

　"자네는 월급이 아까워."

　"내가 자네 승진은 못 시켜도 고춧가루는 뿌릴 수 있어."

　"자네가 하는 일은 마음에 드는 것이 하나도 없어."

　"우리 과 회식에 자네는 안 와도 돼."

　전체 직원이 느낄 만큼 노골적으로 나를 힘들게 해서 사무실의 다른 직원들도 눈치를 보며 염려해주었다. 어느 선배님은 어떠한 일이 있어도 아랫사람이 참

아야 한다고 걱정을 해주었고, 어떤 선배님은 자네가 참지 못하고 폭발할까 봐 하루하루가 불안하다며 조금만 더 참으라고 내 손을 잡아주기도 했다. 내가 부탁을 한 적은 없으나 내 상사와 친구 사이로 지내는 계장님 한 분은, 그 사람을 만나 자네에게 그렇게 대하지 말라고 알아듣게 말했으니 이제 그런 일은 없을 것이라며 조금만 참으라고 말하기도 했다.

하지만 나는 기대하지 않았고 그 이후로도 변화는 없었다. 이렇게 힘들고 참담했던 시간은 그분의 발령으로 인해 끝이 났다.

물론 내가 커다란 잘못이나 실수를 하고도 지금까지 모르고 있을 수도 있다. 하지만 잘못을 했더라도 상사라면 불러서 잘못을 지적하고 개선하도록 해야 하며, 개인적인 감정으로 대해서는 안 된다고 생각한다.

상당히 긴 시간동안 받은 상처라 마음의 고통이 더 오래 갈 수도 있었지만 마침 혜민 스님의 《멈추면 비로소 보이는 것들》이라는 책을 읽게 되면서 마음의 안정과 평화를 찾을 수 있었다. 책에는 내가 세상 사람 모두를 좋아할 수 없듯 세상 사람 모두도 나를 좋아할 수 없는 것이라며, 싫어하는 것은 당사자의 사정이니 무시하고 살라는 내용의 글이었다. 그 글을 읽지 않았다면 마음의 안정을 찾는 시간도 조금 더 필요했지 싶다.

'삼인행 필유아사(三人行 必有我師)'라는 말이 있다. 세 사람이 같이 가면 반드시 나의 스승이 있다는 말이다. 옳지 않은 일을 보며 나는 저렇게 하지 않아야겠다고 생각하면 그도 곧 나의 반면교사의 스승이 된다. 나의 고통스러웠던 시간으로 인해 나는 그와 같은 일을 범하지 않으려 매일 출근하면 아침에 기도를 한다.

"오늘도 화내지 않게 하시고, 남을 미워하기 않게 하시고, 나의 말로 인해 상처받는 사람이 없는 하루가 되게 하여 주옵소서!"

나에게는 부하 직원이나 동료 직원에 불과할 수 있으나, 그 부모에게는 목숨과도 바꿀 수 없는 소중한 사람이고, 한 가정의 가장이자 아내이며, 자식들에게는 하늘같은 부모이기 때문이다.

　내가 겪은 고난의 시기가 남들에게 자랑할 것도, 말할 것도 못되지만, 나의 글을 읽는 사람에게 힘들고 지친 일이 생긴다면 조그만 위로가 되기를 바라는 마음에서 주저하는 마음을 뒤로 하고 여기에 적어보았다.

자네가
건의드렸는가?

사회복지 전문요원으로 공무원을 시작한 사람들에게 가장 큰 변환의 시기를 꼽으라고 한다면, 국민기초생활보장법 시행을 위해 날밤 새가며 준비하던 시기와, 별정직의 신분에서 일반직으로 전직되던 시기를 들 수 있다.

국민기초생활보장법이 2000년 10월 1일 시행 예정임에 따라 사회복지 전문요원들은 매일 밤까지 늦도록 전산 입력 작업을 해야 했다. 정부에서는 이에 보상이라도 하듯 별정직 신분이던 사회복지 전문요원들을 일반직인 사회복지직으로 전환해주었다. 이때 일부 동료들이 강등을 당하는 아픔을 겪었지만 전국에서 상위 직급 신설과 복수직 설치를 위해 많은 노력을 했었다.

일반직으로의 전환 계획 공문이 발송되던 1999년도에 나는 임자면사무소에 근무하고 있었다. 사회복지 전문요원의 신상이 달려 있는 문제였지만 군청에는 사회복지 전문요원이 근무하지 않아 우리들의 목소리를 대변할 수 없었다. 인사 업무를 담당하는 공무원은 물론 타 직렬에서도 일반직으로 전직하는 사회복지 전문요원에 대해 관심을 보이지 않았다. 오히려 일반직으로 전직하는 사회복지 전문요원들을 향해 7급 그대로 인정하면 다른 직원에 비해 직급이 너무 빠르다는 불만을 쏟아내는 사람들마저 있었다.

사회복지 공무원이라서 행복합니다

군청 인사 담당자를 만나 일반직으로 전직할 때 상위 직급 설치를 건의했으나 이번에 사회복지직이 신설되어 일반직으로 전환하는 것도 큰 혜택이니, 나중에 승진할 때 되면 그때 자리를 만들자고 했다.

나는 몇 차례 인사 담당자와 상담을 해본 결과 정상적인 방법으로는 우리들의 건의 사항이 반영되기 어렵다고 판단했다. 군의회 의원들도 사회복지직에 대한 관심과 이해가 떨어졌기 때문에 그들을 동원할 수도 없었다. 더군다나 상위직 복수직렬 설치는 의회 승인 사항이 아닌 규칙으로 행정기관 내부에서 결정하는 것이기 때문에 명분도 없었다. 이러한 주변 상황들을 보며 우리들이 원하는 결과를 얻어내는 것은 하늘의 별 따기만큼이나 어려운 상황이라고 생각을 했다.

나는 어떻게 할 것인가 고민했다. 나의 문제를 남이 해결해 주기만 기다리는 것은 내가 견디기 어려웠고, 내가 나서서라도 첫 단추를 잘 꿰어야 한다는 생각뿐이었다. 그렇다고 군수님 면담을 요청할 수도 없었다. 당시 면사무소 직원이 인사 문제로 군수님 면담을 신청해봐야 주선해줄 리도 없었고, 오히려 설치는 직원이라고 찍히지 않으면 다행이었을 것이다.

그래도 포기할 수는 없었다. 어떻게든 군수님을 만나 뵙고 사회복지직 신설과 함께 상위직급 설치를 건의해야겠다고 마음먹고 보고서를 만들었다. 어쩌면 일반직으로의 전직이 마무리될 때까지 군수님을 뵐 수 없을지도 모르는 기약 없는 준비였다.

보고서를 만들고 군수님을 뵐 기회가 된다면 짧은 시간에 브리핑을 마쳐야 하니 혼자서 몇 번이고 연습을 했다. 얼마나 많은 연습을 했는지 토씨 하나 틀리지 않게 말할 수 있을 만큼 준비가 되었지만 정작 군수님을 만날 기회는 기미조차 보이지 않았다.

어떻게 만나야 할 것인가 고민을 해봐도 마땅한 방법이 떠오르지 않아 일단 군수님 댁을 찾아가는 것으로 마음을 정했다. 평일은 비서와 관계 공무원들이 다닐 수 있으니 주말 저녁으로 날을 정하고 군수님 일정을 챙겨 보았다. 당시 비서실에는 예전에 생활보호 업무를 함께 보던 직원이 근무하고 있어 그 정도는 알아볼 수 있었다.

일정이 없는 주말이 있어서 개인적으로 그날을 군수님 뵙는 날로 정했다. 군수님을 찾아뵙고 면박을 당하는 일이 있더라도, 상위 직급을 만들지 못해 두고두고 후회할 일을 만들지 않겠다는 생각뿐이었다.

마음으로 정한 주말이 되자 오후에 꽃집에 가서 군수 사모님께 드릴 꽃바구니를 준비했다. 그리고 식당에 가서 든든하게 밥을 먹었다. 나는 중요한 회의나 일을 할 때는 든든하게 밥을 먹는 버릇이 있다. 그러면 마음도 여유로워지고 배짱이 생기는 것 같아서 늘 그렇게 한다.

군수님 아파트에 도착해서는 바로 들어가지 못했다. 혹시라도 군청 직원들이 있어 마주치게 되면 소문이 나서 곤란한 일이 생길 수 있고, 민간인도 방문해 있을 수 있어 조심스러웠다. 승강기가 군수님 사택 층에 서 있는지도 확인을 했다. 그리고 사람이 올라갈 때마다 군수님의 사택 층을 가는지 살폈다. 그렇게 한 시간쯤 지나 군수님 댁을 드나드는 사람이 없음을 확인하고 군수님 댁으로 가는 승강기를 탔다.

심호흡을 하고 초인종을 누르니 사모님께서 문을 열어주며 누구냐고 물었다. 나는 면사무소에 근무하는 직원인데 군수님께 보고할 사항이 있어서 왔다고 말씀드렸다. 현관을 지나 안으로 들어서니 군수님께서는 편안한 차림으로 소파에 앉아 있었다. 우선 사모님께 꽃바구니를 드리고 군수님께 정중히 인사를 드렸다.

"군수님, 안녕하십니까? 저는 임자면사무소에 근무하는 함창환입니다."

군수님은 낮이 익어서인지 별다른 말씀 없이 나에게 물었다.

"이 시간에 자네가 어쩐 일인가? 무슨 할 말이 있는가?"

나는 얼른 보고서를 군수님께 드리며 말씀드렸다.

"군수님, 간단하게 5분만 보고드리고 가겠습니다."

그렇게 말씀드리고 그동안 연습한 대로 보고를 드렸다. 주된 내용은 사회복지 전문요원의 현황과 주요 업무 그리고 금번 일반직으로의 전직과 상위 직급 설치 필요성 등을 설명드렸다. 군수님께서는 긍정적으로 검토하시겠다고 했고, 나는 감사하다는 인사와 함께 사택을 나왔다.

며칠이 지나고 인사부서에 상위직급에 대한 문의를 하였으나 계획이 없다고 하는 것으로 보아 군수님께서 아직 지시를 하지 않은 것으로 보였다. 그렇다고 기왕에 시작한 일인데 그냥 기다릴 수 없어 다시 군수님 댁을 찾아갔다. 그날도 물론 밥을 배부르게 먹고 토요일 저녁에 찾아뵈었다. 집안으로 들어오는 나를 본 군수님께서 말씀하셨다.

"자네가 또 어쩐 일인가?"

나는 다시 말씀 드렸다.

"이전 군수님을 뵈었을 때 사회복지직 상위 직급 설치를 건의드렸습니다. 그동안 바쁘신 일로 아직 지시를 하지 못 하신 것 같아 다시 부탁드리러 왔습니다. 우리가 드리는 건의는 우리들에게 특혜를 바라는 것이 아닙니다. 사기가 꺾이지 않고 열심히 일할 수 있는 평등한 환경을 만들어주시라는 것입니다."

군수님은 나를 물끄러미 보시더니 물으셨다.

"자리는 몇 개를 원하는가?"

그래서 나는 다시 말씀 드렸다.

"군수님께 드린 보고서에 나와 있습니다. 우리 군 사회복지직 7급이 현재 5명입니다. 그러면 최소한 사회복지 7급이 근무하는 5개 읍면과 군청에는 추가해주십시오. 저의 욕심 같아서는 군청 사회복지과에 사회복지 5급도 복수직으로 설치해주셨으면 좋겠습니다."

나의 말씀을 들은 군수님께서 웃으시며 말씀하셨다.

"이 사람, 욕심도 많구먼. 일단 자네가 말한 대로 사회복지직 6급 여섯 자리를 만들라고 말하겠네. 그럼 되겠는가?"

나는 고개를 숙여 감사 인사를 드리고 집을 나왔다.

그로부터 얼마 되지 않아 인사 담당자가 나에게 전화를 했다.

"군수님께서 자네들 6급 자리 만들라고 하시는데, 자네가 건의드렸는가? 어찌 되었거나 축하하네, 이번 주 중으로 6급 복수직 설치 결재를 마치겠네."

이렇게 해서 신안군은 지방 별정 7급이던 사회복지 전문요원이 사회복지직으로 바뀌던 2000년 1월에 상위 직급 6자리를 마련했다. 그런 이유로 다른 지역보다 빨리 1기 출신 모두가 6급으로 승진했고, 지금은 2기 후배 두 명도 6급으로 승진했다.

그 이후 도청으로 발령을 받아 사회복지과에 근무를 하며 국민기초생활보장 업무 추진을 위해 시군으로 출장 갈 기회가 많았다. 점검을 할 때는 며칠씩 머물기도 했는데 하루는 완도군으로 출장을 가서 군수님을 찾아뵈었다. 군수님은 내가 신안군청에 근무할 때 부군수님을 지내셨던 분이었기 때문에 인사를 드리고 싶었다. 그리고 완도군에 6급이 설치되지 않았다는 말을 들어 그것도 건의하고 싶었다. 군수님은 반갑게 맞아주었고 잠시 차를 마시며 얘기를 나누고 있었다.

"군수님, 완도군은 신안군에 비해 무엇이든 앞서 있는 것 같습니다. 군민들의 소득수준이나 생활수준이 신안군보다 앞서 있는 것 같고, 행정수준도 높은 것 같아 부럽습니다.”

나의 인사에 군수님께서는 흐뭇한 미소를 지으셨고 몇 가지 소개와 자랑을 하셨다. 군수님의 말씀이 끝나자 내가 다시 군수님께 말씀을 드렸다.

“군수님, 완도군이 신안군보다 모두 앞서는데 한 가지 뒤떨어진 것이 있습니다.”

뜻밖의 말에 군수님은 궁금하다는 표정으로 나에게 물었다.

“그것이 무엇인데?”

나는 기다렸다는 듯이 말씀을 드렸다.

“군수님, 신안군에서는 사회복지 전문요원이 일반직인 사회복지직으로 전직할 때 별정 7급이 있는 모든 읍면과 군청에 사회복지 6급 자리를 복수직으로 설치했습니다. 그런데 완도군은 아직도 그것이 되어 있지 않다고 합니다. 군수님께서 상위 직급을 만들어주시면 안 되겠습니까?”

내 말을 들은 군수님께서 대답했다.

“그렇게 하겠네.”

군수님의 대답을 들었으나 증인이 없어 순간적으로 다시 말씀을 드렸다.

“군수님, 감사합니다. 오늘 저녁 사회복지직 공무원 전체가 모이는 자리가 있는데 제가 그 자리에서 군수님께서 상위 직급 설치를 약속하셨다고 자랑해도 되겠습니까?”

군수님은 웃으시며 대답했다.

“그렇게 하소.”

나는 사무실로 내려와 완도군 사회복지직 회장에게 그동안 군수님과 나눈 대화를 소개하고, 오늘 저녁 사회복지직 모임장소에 군수님을 초대하면 좋겠다고 말했고 군수님은 이에 응해주셨다. 저녁에 진행된 사회복지직 모임에서 내가 인사말을 하고 있을 때 마침 군수님께서 입장하셨다. 그래서 나는 즉석에서 군수님을 소개했다.

"여러분, 우리들의 수고를 이해하시고 사회복지직 공무원의 사기 진작을 위해 사회복지 6급 설치를 약속하신 군수님을 큰 박수로 맞아 주십시오."

군수님은 연신 밝은 표정으로 인사말씀을 하셨고, 대표자들에게 술도 한 잔씩 권하신 다음 다른 일정을 이유로 먼저 가셨다. 남은 우리들은 기쁜 마음으로 술잔을 나누며 미래를 설계해보는 밤을 보낼 수 있었다.

이런 노력과 기회를 이용하는 재치로 신안군과 완도군에 사회복지 상위직급을 만들었다. 그러다 보니 시보다 군에서 승진을 먼저 하는 현상이 발생했다. 우는 아이가 젖을 얻어먹는다고 했다. 우리는 가끔 해보지 않고 앉아서 후회하는 우를 범하곤 한다.

나는 운명이라는 것은 하늘에서 정한 것이 아니고 오로지 자신이 개척해나가는 것이라 생각한다. 나의 운명을 남의 손에 맡기지 말자. 개인을 위한 청탁이 아니고 정당한 건의라면 기가 죽을 것도 부끄러워 할 것도 없다. 당당하게 자신의 길을 개척해나가는 인생의 주인공이 되자.

이유 있는 포상

공무원들은 행정포탈 시스템이라는 프로그램으로 업무를 추진한다. 문서 결재와 메신저는 물론 각종 안내와 의견 수렴 그리고 개인의 정보 등이 기록되어 있다. 공무원을 시작하던 1990년대는 개인 정보를 알기 위해서 수기로 작성된 인사 기록 카드를 봐야 했다. 가끔 기록이 누락되거나 잘못 기재되어 있을 경우 증빙 서류를 첨부해서 정정 신청을 해야 수정이 가능했는데 그때와 비교해보면 격세감을 느낀다.

행정포탈은 개인의 아이디와 비번 그리고 공증서를 통해 접속하기 때문에 다른 직원의 컴퓨터는 접속할 수가 없고 나의 접속 시간과 내용은 고스란히 남는다. 나의 행정포탈 인사에 들어가 포상을 확인해보니 재직 기간 26년 동안 11번의 포상을 받았다. 남들의 기록을 모르니 내가 상을 많이 받은 것인지 아니면 적게 받은 것인지는 알 수 없다. 다만 다행스러운 것은 남에게 부탁해서 상을 받아보지 않았고, 또 상을 오랫동안 받지 못했다고 동정 어린 상을 받아본 적도 없다. 상의 내용을 모두 정확하게 기억하는 것은 아니지만 상의 제목과 함께 그동안 받았던 상의 배경을 소개해 보고자 한다.

생에 처음으로 받은 상 (신안군수 표창 1993. 12. 1.)

내가 공무원으로 발령을 받은 날이 1991년 12월 2일자이니 만 2년 만에 상을 받았다. 군수 표창 자격은 공무원으로 재직 기간이 2년 이상이어야 한다고 규정되어 있는데 정확하게 2년 만에 받은 셈이다. 재직 기간 2년이 되었다고 상을 준 것은 아니었고 신안군의 연말 표창 계획에 따라 면사무소에서 나를 추천했다.

이 상을 받을 때 내가 특별한 공적을 세운 것은 없었으나 주민들을 친절히 맞이하고, 정부 양곡을 배달하며 수고한 공로를 인정해 담당 계장님의 추천으로 상을 받았다. 중학교 이후 개근상도 받아보지 못한 나에게는 큰 기쁨이었고 자랑스러운 상이었다. 일찍 출근하고 늦게 퇴근하는 남편을 바라보던 아내 앞에서도 어깨에 힘을 줄 수 있었다.

이 상은 같은 날 임용을 받아 출발한 동기들 중 가장 먼저 받았다는 의미와 함께 저소득층을 대상으로 업무를 추진하면서, 같이 일하는 동료와 주민들에게 복지 업무 전문가로 인정받았다는 의미가 있었다. 나보다 면사무소에 오래 근무했지만 군수 표창을 받지 못한 직원들이 있는데 내가 상을 받았으니 순서대로 받은 상은 아니었다. 업무를 추진하며 자긍심을 느낀 첫 번째 상이었다.

최소 금액으로 가입하세요 (보건복지부장관 표창 1995. 10. 6.)

농어민의 노령으로 인한 소득 감소와 노후 생활의 불안감 해소 등을 위해 1995년 7월 1일부터 농어민연금제가 실시되었다. 정책을 추진하는 복지부에서도 과연 이 제도가 안정적으로 정착할 수 있을 것인지 염려가 많

　　　　　　　　　　　　　　　　사회복지 공무원이라서 행복합니다

았고 상당한 기간을 필요로 할 것이라는 점에는 이견이 없었다. 복지부에서 정책을 추진하다 보니 농어민연금 가입을 위한 설명과 가입 신청서 접수는 사회복지 전문요원인 우리들에게 주어졌다. 교육을 받으면서 왜 사회복지 전문요원이 농어민연금 가입 업무까지 추진해야 하는지 불평이 많았고, 업무를 추진하는 우리 자신도 납득하지 못했다.

그러나 처음으로 시행하는 제도이다 보니 가입을 독려하기 위한 특혜도 많았다. 대표적으로 개인이 납부해야 할 연금액 중 2,200원을 정부에서 지원해주었기 때문에 최소 금액인 6,600원 월납을 선택할 경우 실제 본인은 4,400원만 납부하면 되었다. 그리고 연금 개시일인 60세가 초과되었더라도 65세 미만인 사람이 향후 5년간 연금을 납부할 경우 특례 노령연금을 받을 수 있도록 했다.

사무실에 도착해 지침서를 꼼꼼히 읽어보니 정부에서 제도의 조기 정착을 위해 농어민들에게 실로 엄청난 특혜를 제공하고 있다는 생각이 들었다. 어떤 저축도 이보다 더 높은 이자를 줄 수 없었고 국가에서 정책으로 추진하는 사업이다 보니 가입자가 사망할 때까지 지정된 날에 차질 없이 연금이 지원될 수 있다는 안정성에 최고의 장점이 있었다.

나는 보고서를 만들어 면장님께 보고를 드렸고, 마을 이장님들은 물론 부녀회장과 직원들까지 참석하도록 하여 적극적으로 설명회를 개최했다. 마을 담당직원들은 마을로 나가 농어민연금 가입을 권장하는 안내 방송을 하도록 했고, 이장님들은 개별적으로 세대를 방문해 주민들에게 농어민연금 가입을 권유토록 했다. 마을 이장님이 어르신들께 설명하기 힘들다고 하면 저녁 시간에 마을회관으로 주민들을 모이게 하고 내가 직접 마을에 나가 설명을 했다. 혼자 거주하며 생활이 어려운 분들은 친지 분들께 부탁을 해서 최소한의 금액이라도 가입해달라고 설득을 했다.

지금 5년만 납부를 하면 어르신들이 평생 연금을 받을 수 있으니 용돈을 드린다는 생각으로라도 가입을 해달라고 하니 많이 응해주었다. 최소 금액이 소액인지라 그런 부탁을 하는데 많은 도움이 되었다. 세대수가 적은 섬은 행정선을 타고 직접 출장을 나가 설명을 하고 가입을 시켰다. 어느 때는 낙도에 가입신청을 홍보하러 갔다가 썰물에 배가 걸려서 밀물이 들어와 배가 뜰 때까지 기다린 적도 있다.

농어민연금은 정부에서 기대했던 것보다 농어민들의 호응도가 낮았다. 담당 공무원들 또한 본연의 업무를 추진하며 추가적으로 주어진 일이었기 때문에 농어민연금 가입에 전념하기에는 한계가 있었다. 읍·면·동에서 매주 농어민연금 가입 실적을 보고했는데 복지부에서는 실적이 낮은 지역을 집중적으로 방문해 독려하며 농어민연금 제도를 정착하려 노력하고 있었다. 집중 가입 기간 중간이 지나도록 전국 평균 가입률은 가입 대상자 대비 30퍼센트대를 유지하고 있었고 복지부의 걱정은 이만저만이 아니었다.

그때 내가 담당했던 임자면은 가입률이 80퍼센트를 넘어서고 있었다. 전국 평균 70퍼센트 이상만 나와도 성공이라고 생각하며 염려하던 복지부 입장에서 보면 가장 열악한 신안군에서 80퍼센트 이상이 나왔으니 굉장히 고무적인 일이었고 성공 가능성을 확인할 수 있는 일이었을 것이다.

며칠이 지나니 군청 담당자로부터 전화가 왔다. 신안군 평균 가입률이 전국 평균을 넘지 않고 있는데, 임자면만 특이하게 가입률이 높아 복지부에서 확인 전화가 오니 염려가 되었던 것이다. 혹시 잘못 기재했거나 허수를 기재한 것이 아닌지 물었고 나는 실제 가입률임을 설명했다. 사실 여부를 확인하기 위해 복지부 담당자가 우리 면을 방문하기로 했다가 바쁜 일정으로 취소되기도 했다.

농어민연금 가입 기간에 보건복지부 주관으로 담당 공무원들을 불러 가입률 제고를 위해 교육하면서 신안군 임자면의 가입률을 참고 삼아 분발하도록 지시하기도 했다. 각 시군의 담당자들이 전화를 해서 높은 가입률의 비결을 물었고, 나는 농어민연금은 주민들의 노후에 최고의 도움을 줄 수 있는 정책이라고 생각하기 때문에, 진정성을 가지고 최소한의 금액이라도 가입할 수 있도록 열심히 독려한 결과라는 답변을 했었다.

전국에 있는 모든 사회복지전담공무원들의 노력으로 농어민연금 가입률은 목표치를 달성해 성공적으로 출발을 했고 연말에 포상 계획이 내려왔다. 군청에서 나에게 표창을 주려 하는데 재직 기간이 5년이 되지 않아 장관 표창을 받지 못하게 될 것 같다고 했지만 복지부에서 경력과 상관없이 나의 공적 조서를 올리도록 하여 나는 3년 10개월 만에 장관 표창을 받았다.

내가 장관 표창을 받고 보니 임자면 직원 중 장관 표창을 받은 사람이 고작 세 명이었다. 당시 면사무소에는 30여 명 이상이 근무를 했고 그중에는 30년 이상 재직하신 분도 있었으니 면사무소 직원이 장관 표창을 받는 것이 얼마나 어려운 일인지 짐작할 수 있을 것이다. 나의 두 번째 표창은 정부 시책에 앞장서 노력한 결과로 받게 되었다.

업무를 추진 하다보면 담당자로서 판단해야 할 것들이 있는데 먼저 해야 할 일과 나중에 해야 할 일, 중요한 일과 일상적인 일등을 구분해야 한다. 공무원이 보고서를 제출하며 기한을 넘기는 것은 자신을 얕보이게 하는 가장 큰 마이너스 요인이므로 보고일이 얼마 남지 않은 공문부터 처리해서 보고 기일을 지켜야 한다. 그리고 날짜에 여유가 있는 보고서가 쌓일 때는 간단한 공문부터 처리하면 업무가 능률적이다. 국가 시책이나 자치단체장의 의지가 반영된 사업들은 보다 더 집중하고 심혈을 기울여야 한다.

내가 농어민연금 가입을 위해 노력한 첫 번째 이유는 물론 농어민들 생활 안정에 크게 도움을 줄 것이란 확신을 가졌기 때문이다. 그리고 두 번째로 정부 시책 사업에 앞장서서 다른 직원들과 차별화된 인정을 받고 싶은 마음도 있었다.

기뻐할 수 없는 상 (군수 표창 1997. 12. 31.)

상을 받고도 기뻐할 수 없었던 상이 세 번째 받은 군수 표창이다. 이 표창은 앞에서 소개했던 도서민 이주 사업을 제안하고 앞장서 추진한 공로를 인정받아 받은 표창이다. 이주하신 분들이 모두 잘 적응하고 자립했으면 상을 받는 나도 떳떳하고 좋았겠지만 이주민 중 일부가 잘 적응하지 못한 것을 보며 자책하는 부분이 있기 때문에 마음 아픈 상이기도 하다.

기회를 놓치지 말자 (신안군수 표창 2000. 7. 1.)

이 상은 신안군민의 날 행사를 무사히 마치고 그 공적을 인정받아 상을 받았다. 행사를 진행하느라 달리고 선수로 뛰느라 달리면서 열심히 준비한 결과였다. 도서로 구성된 신안군에서 생활권이 각기 다른 주민 2,000명 이상을 대상으로 1박 2일 행사를 추진하는 것은 결코 쉬운 일이 아니다. 우선 숙박업소가 없으니 일반 가정을 이용해 민박으로 해결해야 하고, 대형 식당도 없으니 마을회관이나 개인 집에서 해결하도록 해야 한다.

행사를 준비하는 과정에서 많은 스트레스를 받았다. 그러나 내가 모든 것을 할 수 있는 것은 아니었기 때문에 동료 공직자들과 함께할 일을 나누었고 각자의 역할을 성실하게 수고해준 그들의 노고를 잊을 수 없다. 공무원이 상을 받기 위해 일하는 것은 아니지만 상을 받고 싶다면 상이 있는 업무를 선택하는 것도 자기 관리다.

군민의 날처럼 큰 행사에는 반드시 포상이 따르기 마련인데 업무가 바쁘다는 이유로 군민의 날 업무를 맡지 않았다면 나는 이 표창을 받지 못했을 것이다. 일을 열심히 하는 것도 중요하지만 기회를 놓치지 않는 것도 늘 염두에 두길 바란다.

야밤에 걸려온 전화 (행정자치부장관 표창 2000. 12. 30.)

사회복지 전담 공무원들에게 2000년은 참으로 힘들고 어려운 시기였다. 2000년 10월 1일부터 시행되는 국민기초생활보장법으로 인해 그동안 수기로 관리하던 수급자 관리 카드가 모두 전산화되면서 그 자료들을 입력해야 했다. 수급자에 대한 재산 및 소득 조사도 전산으로 했는데 전국에서 동시에 사업을 추진하면서 프로그램 속도가 느려져 부득이하게 속도가 빨라지는 밤까지 남아서 일을 해야 할 때가 많았다.

2000년 10월 국민기초생활보장법에 따라 급여를 지급한 이후에도 크고 작은 오류들이 많이 발견되어 수급자 담당자들은 밤늦도록 전산 확인 절차를 진행해야 했고 나도 여느 지역과 다름없이 퇴근하지 못하고 일을 했다. 그날도 사무실에서 밤늦도록 일하고 있는데 열한 시쯤 되어 전화벨이 울리니 이 시간에 누가 전화를 했을까 생각하며 전화를 받았다.

"예, 안녕하십니까? 임자면사무소 함창환입니다."

수화기에서는 익숙한 목소리가 들려왔다.

"오늘도 자네는 남아서 일하고 있을 줄 알았네."

내가 면사무소 경리를 볼 때 인근 면에서 경리를 같이 봤던 주사님의 목소리였다. 당시는 총무과 서무계에 근무하고 있었지만, 예전에 생활보호 대상자 업무도 함께 추진한 적이 있었고, 경리 업무를 하면서도 둘 다 밤늦도록 퇴근하지 못하고 일을 하다가 궁금한 것이 있으면 시간에 상관없이 서로 전화하며 상의했던 터라 무척 친근하게 지내는 분이다.

생활보호 업무를 같이 담당할 때 신안군에서는 연말마다 목포시에 있는 신안군청 주변 여관을 잡아 14개 읍면 공무원들이 한자리에 모여 집계와 검토를 하는 합동 집무라는 것을 짧게는 3일 길게는 일주일 정도 한다. 생활보호 업무 담당자로 일할 때에 나는 단일 업무를 오랫동안 담당해 왔던 터라 사회복지 전문요원이 배치되지 않은 다른 읍면 직원들을 많이 도와주었다.

합동 집무가 끝나면 혼자 남아 총괄 집계 등을 마무리해 군청에 제출하고 혼자서 뒤늦게 복귀를 했었다. 이런 이유로 인해 나는 다른 읍면의 담당자들과도 남다른 친분 관계가 유지되었지만, 군청 담당자들과도 친했고 전화를 했던 주사님도 그런 분들 중 유독 친하게 지내는 분이었다.

밤늦게 혼자 남아 일하고 있다가 뜻밖의 전화를 받고 반가운 마음으로 안부를 물었다.

"잘 계시죠? 그런데 이 시간에 무슨 일이세요?"

안부 인사를 나눈 이후 주사님은 나에게 말했다.

"이번 연말을 맞아 정부 포상 계획이 내려왔는데 행정자치부장관 표창을 보니 자네가 생각나서 전화했네. 우리 계장님께 자네를 추천했더니 적임자라며 좋다고 하시네. 내일 공문을 발송할 테니 빠른 시일 내에 공적조서 작성해서 올리소."

이렇게 해서 밤에 일하고 있다가 받은 상이 행정자치부장관 표창이다. 전국의 많은 사회복지직 공무원들이 장관 표창을 받았겠지만 자기 소관부처가 아니고 타 부처 장관 표창을 받은 경우는 많지 않다.

직장 생활을 하면서 자기희생과 솔선수범 없이 타인으로부터 인정받기는 어려운 일이다. 또한 상사에 대한 충성심도 중요하지만 무엇보다 동료들로부터 신임과 신뢰를 얻는 것이 중요한 일이고 우선되어야 한다. 그동안 받았던 표창 중에서 특정한 공적 없이 받은 유일한 상이지만 다른 직렬로부터 인정을 받아 내가 속하지 않은 다른 부처 장관 표창을 받아 유독 자랑스럽고 떳떳한 상이다.

본연의 업무를 잘해서 받은 상 (보건복지부장관 표창 2001. 12. 24.)

1999년도에 신안군은 감사원으로부터 생활보호 업무 감사를 받았다. 당시에는 군청에 사회복지 전문요원이 없었고 행정직 공무원들이 생활보장 업무를 담당하고 있었으며, 그 담당자 또한 업무를 맡은 지 얼마 되지 않아 감사를 받으며 어려움을 겪었다. 그것을 보다 못한 군청 담당 계장님이 나에게 전화를 해서 면장님께 부탁드릴 테니 군청에 나와 감사를 받아달라고 했다. 나는 내 업무가 바쁘기는 했지만 좋은 기회라 생각되어 다음 날 군청으로 출장을 나가 군청 직원을 대신해 감사원 감사를 받게 되었다.

사회복지 업무라는 것이 사회적 분위기를 많이 타는 편이다. 어느 곳에서 경제적 궁핍으로 사망하거나 자살하는 일이 발생하면 긴급 복지와 위기 가정 적극 발굴이라는 제목으로 실적을 받아가며 소란을 부리지만, 그 시간이 지나고 다른 사람이 감사를 오면 수급자 부적정 책정으로 징계를 내리기 일쑤다. 그런 일을 몇 번 겪으며 처음에는 위기 가정 발굴을 위해 적극적이었던 사회복지직 공무원들이 어쩔 수 없이 보수적으로 변해가는 모습을 보이기도 한다.

감사원 감사관이 질문을 하면 그런 사회적 분위기와 실정을 상세히 설명할 필요가 있으나 오랫동안 업무를 담당하지 않으면 그때까지의 과정을 잘 모르기 때문에 적절한 답변이 어렵다. 나는 감사원 감사관을 상대로 적극적으로 답변을 했고 서류만 가지고 대응할 수 없는 신안군 사회복지 현장의 실태를 이해시키려 노력했다. 그 결과 큰 지적 없이 일주일 동안의 감사를 마칠 수 있었고, 나를 군으로 불러서 감사를 받게 했던 계장님은 군청에 사회복지 전문요원이 배치될 수 있도록 군수님께 건의를 드려야겠다고 했다.

그리고 그런 것이 작은 시발점이 되어 나는 2000년 12월에 신안군청 사회복지과로 파견을 받았고 이듬해 정기 인사 때 정식 발령을 받았다. 군청으로 발령을 받아서도 항상 다른 시군보다 앞선 행정을 하려고 노력을 했다. 국기초 제도가 시행되며 생계비를 시군 본청에서 지급하도록 하였으나 시스템 활용에 대한 자신감 부족 그리고 오류 등을 염려해 선뜻 시행을 못하고 있었다. 그때 타 지역에서 행정력이 가장 떨어지고 열악한 곳으로 알려진 신안군이 전남에서 가정 먼저 수급자 생계비를 본청에서 일괄 지원했고 그것이 알려지자 다른 시군에서 문의가 오기 시작했다. 도청 담당자도 타 시군 담당자들에게 신안군에서도 이미 수급자 생계비를 군에서 지급하고 있으니 빨리 시행하라고 독려했다.

군청으로 발령을 받고 나서 자연스럽게 도청 담당자와 신뢰와 협조 관계가 형성되었다. 당시 도청에 근무하던 담당자도 행정직이었는데 국기초를 준비하던 시절부터 오랫동안 업무를 추진해서 상당한 전문성을 갖추고 있었다. 업무도 대단히 신중하고 세밀해서 시군에 발송되는 각종 조사표와 서식을 만들 때면 나에게 먼저 메일로 보내 검토를 부탁했고, 내가 마지막 검토자라는 생각으로 실수하지 않게 신중하게 검토해서 의견을 냈다. 그렇게 인간관계를 형성하며 열심히 일을 하다 보니 2001년 도청 담당자가 나에게 국민기초생활보장 업무 관련 공적 조서를 올리게 했고 나는 보건복지부장관 표창을 받게 되었다. 입사한 지 10년 만에 내 본연의 업무인 수급자 책정과 보호 업무 유공으로 표창을 받게 된 것이다.

사회복지 공무원이라서 행복합니다

민간단체 받은 상도 공무원 인사 기록에 (사회복지사협회장 표창 2002. 12 .6.)

지금은, 전국에 있는 사회복지직 공무원을 회원으로 하는 '한국사회복지행정연구회'라는 단체가 구성되어 전국을 대표하는 회장과 집행부를 두고 있고, 시도와 시군 집행부가 구성되어 있다. 단체 구성 초기에는 모두가 별정직 신분이었고 일반직 전환을 요구하는 공통된 목적이 있었으므로 동지애가 강했고 모임이 활성화되어 있었다.

그러나 2000년 별정직에서 사회복지직으로 전직되면서 동료는 어느새 경쟁자가 되어 있었고, 경쟁자 중에서 한 발 앞서는 사람과 머무르는 사람이 생기게 되면서 위화감이 조성되었다. 그러다 보니 전남에서 90년대 초반부터 운영되었던 사회복지동우회가 해체된 이후 '전남사회복지행정연구회'가 구성되지 않아 전국의 동료들이 안타까워하고 있었다.

나 역시 사회복지직 공무원 정원이 서울, 경기에 이어 세 번째로 많음에도 불구하고 모임조차 결성하지 못한 채 우리의 목소리를 내지 못하는 현실이 몹시 안타깝고 아쉬웠다. 전라남도가 그렇게 무관심한 사람들만 사는 것도 아닌데 자존심도 상했다. 누군가는 나서야 할 일이었지만 아무도 나서는 사람이 없었고 관심조차 없는 듯했다.

그래서 나는 각 시군 본청으로 전화를 해서 시군 회장 이름과 연락처를 파악해 모임을 주선했다. 핸드폰도 없던 시절이라 사무실로 전화해 일정을 잡는 것이 쉽지 않았지만 22개 시군 회장단 중 20명의 회장이 나주시에서 모여 전남사회복지행정연구회 결성을 의결했고, 초대 회장으로 내가 선출되었다.

회장으로 당선된 이후 중앙에서 개최하는 한국사회복지행정연구회 회의에도 적극적으로 참여해 의견을 개진했고, 우리의 의무인 회비를 가장 우선적으로 납부하며 전남의 위상을 살리려 노력했다. 2년 동안의 임기

동안 현재까지도 운영 중인 한국사회복지행정연구회 회칙도 함께 만들었고, 복지부 모니터요원으로도 활동하며 사회복지직 공무원의 명예를 위해 노력했다.

늘 가장 취약한 지역으로 인식되어 오던 전남에서 얼굴도 알려지지 않은 회장이 나오더니 열심히 노력하는 모습이 좋았던지 초대 전국회장을 역임했던 김진학 회장이 한국사회복지사협회장 상을 추천해주었고 표창을 받게 되었다. 김진학 회장은 대한민국 사회복지직 공무원 1기 출신으로 우리나라 사회복지의 산 증인이고, 복지 발전의 초석을 다진 사람이며, 지금도 사회복지사의 권익과 근무 환경 개선을 위해 많은 노력을 하고 있다. 나는 민간단체로부터 받은 표창이 공무원 인사 기록에 올라가는지도 모르고 있다가 전산 작업 과정에서 알게 되었다. 내가 받은 11개 표창 중 유일한 민간단체 표창이다.

부상으로 독일과 이탈리아 연수 (보건복지부장관표창 2003. 7. 29.)

신안군청 사회복지과에서 수급자 관리 업무를 담당하다가 2003년 2월 17일 도청 사회복지과로 발령을 받으며 나는 전남도청 개청 이후 사회복지직 공무원 1호가 되었다. 발령을 받은 다음 날부터 국민기초생활보장 업무를 사무 분장 받아 업무를 추진했는데 3년 동안 이 업무를 맡았던 전임자는 그 기간 동안 휴가 한 번도 못 가봤고 어느 해는 공휴일 한 번도 못 쉬어 봤다며 고생 좀 할 것이라는 엄포 아닌 엄포를 놓았다.

전임자가 사회복지직이 아니었음에도 불구하고 복지부에서 인정받는 능력자였기에 심리적 부담이 컸다. 명색이 전문직이라는 사람이 와서 그보다 못하다는 말을 들어서는 안 된다는 생각이 들어 더욱 열심히 일을 했다. 전임자와 마찬가지로 매일 밤늦도록 일하고 휴일에도 여지없이 사무실에 나와 일을 했다.

　무슨 보고서가 그리도 많은지 일일보고는 물론 주보, 수시 보고 등 실로 엄청난 공문들이 쏟아졌고 22개 시군 자료를 취합해서 보내는 것도 결코 쉽지 않았다. 시군에서 공문이 접수되면 충분히 검토를 해야 오류가 발생하지 않기 때문에 집중해서 문서를 작성했다. 무엇보다 보고 기한을 넘기지 않으려고 밤늦도록 일을 했으며, 업무가 바쁠 때는 인근 시군 직원의 도움을 받아서라도 날짜를 지키려 노력했다. 그리고 복지부에서 개최하는 회의와 교육에도 빠짐없이 참석하며 업무 개선을 위해 힘을 더했다.

　그러던 중 국민기초생활보장과 관련하여 복지부에서 장관 표창이 있었는데 부상으로 해외 연수가 포함되어 있었다. 공무원을 시작해서 한 번도 해외에 가본 적이 없었기 때문에 욕심은 났지만 전국 포상 계획에 인원이 많지 않아 공적 조서를 올려도 표창 대상자가 되기 쉽지 않아 보였다.

　그렇지만 담당 계장님께서 나에게 공적 조서를 올리라고 말씀하셨다. 나름대로 생각해보니 그동안 열심히 일해왔다는 생각도 들었고 전라남도가 타 지역에 비해 수급자가 많아 열악한 환경이었기 때문에 가능성도 있어 보여 공적을 작성해 올렸다. 공문을 발송하고도 복지부 담당자에게 표창을 문의하거나 부탁하는 전화는 하지 않았고 결정되어 내려오기만 기다렸다. 그러던 어느 날 표창대상자 확정 공문이 왔고 운이 좋게도 내가 표창 대상자로 선정되어 부상으로 독일과 이탈리아 연수가 주어져 생전 처음 외국을 다녀오게 되었다.

　선진국의 사회복지기관 중 특히 독일의 복지제도와 민족성에 대해서 감동을 받았다. 그때의 감동과 배움은 앞으로 복지 정책을 수립하고 추진하는 데 많은 도움이 될 것이다. 그리고 공무원이라는 신분은 열심히 노력하는 사람에게 충분한 기회와 보상을 제공한다는 사실도 새삼 깨달았다.

대신 일해서 받은 상 (보건복지부장관 표창 2006. 12. 29.)

2008년 7월 1일 노인장기요양보험을 시행하기 위해 정부에서 대대적인 준비에 들어갔다. 특히 노인 요양 시설이 충분히 확충되지 않을 경우 입소 대기자들의 대란이 올 수 있었으므로 사회복지법인을 중심으로 시설 확충에 심혈을 기울이고 있었다. 나는 법인 업무를 추진하다 보니 시설을 담당하는 직원 업무와 무관하지 않아 서로 협력하며 업무를 추진했는데 연말이 되어가며 문제가 생겼다.

노인 시설을 담당하는 직원은 매월 시설별로 운영비를 지원하고 시설 평가와 시설 관리를 하는 본연의 업무가 있었다. 그런데 노인장기요양보험을 준비한다며 시설 신축과 개보수 등 사업비가 매년 200억 원 이상씩 내려왔다. 사업이 1년차로 마무리되면 다행인데 건축물을 신축하는 공사가 많아서 대부분 2년, 3년씩 지연되고 있었고 담당자는 수시로 바뀌었다. 그러다 보니 현황 관리가 되지 않아 2006년 하반기에 업무를 맡은 담당자가 손발을 들어버린 것이었다.

그도 그럴 것이 도청이 광주광역시에 소재했던 당시 노인복지계가 사회복지과에 속해 있다가 2005년 7월 노인복지과로 확대 조직개편 되며 사무실을 옮기게 되었다. 본청에 사무실을 설치할 곳이 없어 도청 앞에 있는 민간 건물을 임차해 옮겼는데, 또 2005년 10월 도청이 현재의 무안군 남악에 있는 신청사로 옮기게 되었고 조직 개편이 진행되면서 일부 서류가 뒤엉켜 찾기 어렵게 된 것이었다.

담당자가 며칠 동안 현황을 만들기 위해 밤늦도록 서류를 찾아가며 일을 해도 자료를 찾지 못하게 되자, 어느 날 아침 계장님께 업무를 담당하기 어렵다고 말을 했다. 한참을 고민하던 계장님이 나를 불러서 말씀하셨다.

사회복지 공무원이라서 행복합니다

"자네가 고생이 많은 줄은 알지만 금년 연말까지만 노인 시설 기능 보강 사업을 함께 봐주면 고맙겠네."

나는 계장님의 입장을 이해 못하는 것은 아니었지만 말문이 막혔다.

"계장님, 저도 도와드리고 싶지만 현재 담당자가 못한 것을 제가 해결한다는 보장도 없고, 요즘 일주일에 두세 건씩 법인 설립 허가 신청이 들어오고 있는데 제가 할 수 있겠습니까?"

계장님도 몹시 고민을 하시더니 미안한 표정으로 나에게 말씀하셨다.

"그래도 어쩌겠는가? 담당자가 못하겠다고 하는데, 내년 1월 정기 인사 때 조정을 해줄 테니 그동안만 수고 좀 해주게."

문제없이 추진되고 있는 업무를 두세 달 보라고 하면 별 것 아니지만, 당장 현황이 나오지 않아 담당자가 포기한 업무를 맡는다는 것은 상당한 부담이 될 수밖에 없었다. 그러나 별 수 없었다. 나는 또 법인 업무와 함께 노인 시설 기능 보강 사업을 추진했다. 그동안 보건복지부에서 내려온 전자 문서를 모두 출력했고, 의회에 보고했던 각종 자료, 그리고 복지부에 보고한 서류 등을 모두 비교해가며 현황을 만들었다. 시군에도 공문으로 협조를 요청했다. 연도별로 지원받은 기능 보강 사업을 조사했고 도청에서 보관 중인 자료들과 비교를 했다. 그동안에도 설계 변경과 민원이 쉴 없이 쇄도했지만 시간을 쪼개 한 달쯤 뒤에 연도별 기능 보강 현황을 만들었고 마지막으로 시군에 공문을 발송해 현황이 맞는지 확인 절차를 거쳐 최종 자료를 완성했다.

현황을 모두 만들고 나니 계장님은 고마움과 미안한 마음을 전하며 삼겹살과 소주를 사주기도 했다. 연말이 되어가자 복지부에서 노인장기요양보험에 대비해 업무를 추진하는 직원들을 상대로 표창 계획이 내려왔다. 나는 장관 표창도 여러 번 받아 개인적으로 별다른 의미가 없기 때문에 다른 직원을 추천하자고 했지만 계장님은 상은 수고한 사람이 받는 것이라며 한사코 나를 추천하도록 해서 이 상을 받게 되었다.

이 글을 읽는 분들은 동료직원 업무를 받아 대신한다는 것이 대수롭지 않게 여길 수도 있다. 그러나 도청에 근무하는 담당자들의 개인별 업무가 결코 만만치 않다. 아침 아홉 시에 출근해 여섯 시에 퇴근하며 할 수 있는 일들이 아니다. 갑작스런 결원이나 사고로 인해 업무를 나누어 추진하는 것은 어쩔 수 없는 일이지만 담당자가 있음에도 업무를 받는다는 것은 업무의 증가를 떠나서 동료와의 관계 때문에라도 여간 조심스럽고 힘든 일이 아닐 수 없다.

나도 노인장기요양보험에 대비하기 위해 수많은 법인 서류를 검토하고 허가했으니, 관련이 없다고 말할 수는 없지만, 동료의 일을 대신해 추진하면서 상을 받게 된 것 같아 쑥스러운 상이기도 하다.

표구로 남기다 (대통령 표창 2011. 4. 20.)

2008년, 1년 동안의 중견 간부 양성 과정 교육을 마치고 사무실에 복귀할 때 인사 담당 부서에서 본인이 근무를 희망하는 실과를 조사했다. 나는 사회복지직 공무원이다 보니 갈 곳이 그리 많지 않았고 어디로 가든지 상관없었다. 하지만 최근 장애인 부서에 근무하는 직원들이 힘들어하고, 서로 떠나려한다는 말을 들은 적이 있어서 장애인복지계를 신청했다. 다른 직원들이야 왔다 가면 그만이지만 나는 퇴직할 때까지 복지 분야에 남아 근무해야 할 운명을 가지고 있었기 때문에 힘들다고 하는 곳에 가서 체계를 잡아보고 싶었다.

장애인복지계로 배치를 받아 장애인 단체 관리와 법인 그리고 기획 업무 등을 맡았다. 업무를 추진하다보니 사회복지시설 종사자 인건비에 문제가 있다는 생각이 들었다. 보건복지부에서 매년 사회복지시설 종사자 인건비 가이드라인을 설정해 최소한 가이드라인 이상의 인건비가 지원될 수 있도록 자치단체에 권고를 하고 있다.

그런데 우리 도내 장애인관련 사회복지시설 종사자 인건비를 비교해보니 가이드라인의 87퍼센트 수준만 받고 있었다. 전임자에게 물어보니 예산이 부족해서 그렇다는 간단한 이유였다. 나는 인건비가 낮으면 사회복지시설 종사자들의 이직률이 높아지게 되고, 종사자의 전문성은 낮아지게 되며, 그 결과는 시설을 이용하는 장애인들에게 질 낮은 서비스가 제공될 것이라 생각을 했다.

그래서 인건비를 복지부 가이드라인 수준으로 올려야겠다고 생각하고 타 시도의 인건비 지급 현황을 조사하며 보고서를 준비했다. 전남을 포함한 몇 개의 시도를 제외하고 인건비를 복지부 가이드라인 수준으로 지급하고 있었으나 전남이 전국에서 가장 낮은 인건비를 지원하고 있었다.

인건비를 올리기 위해 준비하고 있는 나를 보고 함께 일하는 직원들이 불평과 염려를 함께 했다. 인건비를 복지부 가이드라인대로 지급할 경우 공무원과 보수 차이가 크지 않으나 업무 처리 양은 차이가 많다는 것이었다. 심지어 이렇게 보수를 받으면 사회복지시설에서 일하지 누가 공부해서 공무원 하겠냐고 말하는 직원도 있었다. 복지 분야에 근무를 하면서도 사회복지 전문성을 무시하고 업무를 쉽게 보았기 때문이었을 것이다.

하지만 나는 아랑곳하지 않고 내 의지대로 보고서를 만들어 기획예산실 협의를 거쳐 지사님까지 결재를 받았다. 그리고 정리 추경 때 인건비를 확보해 가이드라인 100퍼센트 인건비를 지급했다. 다양한 시설 단체의 대표들이 감사 전화를 해왔고 일부 단체에서는 감사패를 전달하고 싶다고 했지만 정중하게 거절했다.

장애인 분야에 근무하면서 장애인 단체의 방문과 건의 사항도 많았지만 그들의 얘기를 마음을 열어 들어보면 억지스럽지 않았고 당연히 그럴 수 있겠다는 생각이 들었다. 그렇게 별다른 일 없이 업무를 보고 있는데 2009년 봄에 장애인 단체에서 집회를 한다고 했다. 장애인 단체와 우리 도 사이에 특별한 문제나 갈등이 없는데 무슨 일인지 확인해보니 '장애인차별철폐연대'라는 단체가 4월 20일 장애인의 날을 맞아 집회를 한 것이었다.

그들의 요구사항은 다양했으나 대부분 기본적인 생존권 보장과 이동권 확보를 요구하는 내용이었다. 집회를 개최하는 궁극적인 목적은 정책 협의를 하기 전에 집회를 개최해 협상력을 높여가려는 의도가 깔려 있었다. 나는 실무자로서 단체와 수차례에 걸친 정책 협의를 통하여, 단체에서 요구하는 것과 행정에서 가능한 것까지의 폭을 줄여 나갔다. 그리고 장애인 단체에서 요구하는 사업을 포함해 다양한 사업을 시행했다.

전국에서 최초로, 혼자서 일상생활과 사회생활을 하기 어려운 장애인에게 제공하는 활동 지원 서비스를 하루 24시간까지 확대했다. 이 사업으로 인해 타 시도로부터 재정 담당을 어떻게 할 것이냐는 항의 아닌 항의를 받기도 했다. 그도 그럴 것이 장애인 단체는 타시도 사례를 수집해 건의하기 때문에 다른 시도가 곤란해질 수밖에 없는 상황이었다.

장애인의 출산과 중도장애인 발생 시 가족들에게 도움을 줄 수 있는 장애인가족지원센터를 만들었다. 중증장애인을 대상으로 사회 적응이 가능하도록 훈련하기 위한 장애인 체험홈도 설치했고, 가족적 분위기에서 생활할 수 있는 소규모 시설 형태인 장애인 그룹홈 운영도 시작했다. 농어촌 장애인 세대에만 지원되고 있는 장애인 주택 개조 사업을 도시 지역 장애인까지 확대했고, 전국 최초로 '장애인차별금지 및 인권보장에 관한 조례', '장애물 없는 생활환경 인증 조례' 등을 제정했다.

사회복지 공무원이라서 행복합니다

이렇게 일을 하면서 장애인 단체와 행정기관은 협력자 관계로 발전하였고, 전라남도는 전국에서 유일하게 장애인단체의 집회가 없는 지역이 되었다. 지금도 장애인차별철폐연대에서 정책 건의를 계속하고 있으니 전략적 차원에서라도 언젠가는 집회가 진행될 수 있겠지만 아직까지 대화로 상호 협력하고 정책을 개발하는 차원에서 진행되고 있다.

그렇게 3년차 근무를 하고 있을 때 장애인의 날을 맞아 정부 포상 계획이 공문으로 시달되었다. 간단한 보고서를 작성해 국장님께 포상 계획을 설명하니 담당자인 나의 공적 조서도 작성해 올리라고 말씀하셨다. 나는 이미 장관 표창을 여러 번 받았으니 같은 훈격의 상을 더 받을 필요는 없었다. 그렇다고 내가 총리 표창이나 대통령 표창을 받을 만한 공적이 있다는 생각도 들지 않았다. 하지만 국장님의 지시가 있었으니 총리 표창으로 훈격을 정하고 공적 조서를 작성했다.

시군에서 접수된 추천자를 포함해 결재를 올리니, 국장님이 읽어보시고 나의 추천 훈격을 왜 총리로 했냐며 대통령으로 바꾸어 결재를 올리라고 했다. 나는 어차피 그런 상을 받기는 어려울 것이라는 생각이 들어 국장님 지시대로 대통령 표창으로 수정해 공문을 발송했다. 공문을 보내면서도 나중에 상을 못 받게 될 것이라는 생각 때문에 별로 신경 쓰지 않았다. 일반 국민들도 대통령 표창을 받을 기회가 많지 않지만, 특히 공무원이 일반적인 공로로 대통령 표창을 받는다는 것은 훨씬 더 어려운 일이었기에 복지부 담당자에게 문의 전화 한 번 하지 않고 잊어버리고 있었다.

시간이 지나 장애인의 날 포상 대상자 통보가 내려왔는데 대통령 표창 대상에 내 이름이 있었다. 대통령 표창은 공무원으로 재직하는 동안 단 한

번 받는 것도 어려운 상이기 때문에 기쁨보다는 송구함과 부끄러운 마음이 더 들었다. 그리고 내가 이 상을 받을 만큼 일을 한 것인지 많은 생각을 했다. 그래서 그때부터 이 상이 부끄럽지 않도록 더 열심히 일해야겠다는 생각을 했고 그 이후 장애인들의 대변자가 되기 위해 더 노력했다.

그로부터 사무관 승진을 해서 발령이 나던 2013년 7월까지 약 5년간 장애인 부서에서 근무하다 보니 다른 직원들은 지금도 그곳에 있냐며 측은하게 생각하기도 했지만, 나는 남들이 기피한다는 장애인 복지 업무를 추진하며 사무관 승진과 함께 대통령 표창을 받았으니 이곳에서 복을 받은 셈이다. 누구를 대하고 무슨 일을 하든지 구실보다는 방법을 찾는 공직가가 더 많아지면 좋겠다.

상금이냐 승진이냐 (국무총리 표창 2013. 12. 24.)

공무원으로 근무하다가 가장 엉뚱하게 받은 상이 국무총리 표창이다. 나는 장애인 복지 시책으로 장애인용 하이패스를 지원하는 것을 검토하고 있었다. 비장애인은 신용카드만 발급받아도 서비스로 하이패스를 받기도 하고 2만 원대 저가 하이패스를 공급하고 있었는데, 장애인은 20만 원에 가까운 돈을 지불하고 하이패스를 구입해야 하기 때문에 불공평하다는 생각이 들었다.

시책으로 개발하기 위해 어느 날 장애인 지침서를 읽다 보니 고속도로공사에서 발급하는 장애인 전용 하이패스가 장애인들에게 불필요한 요구를 하고 있다는 생각이 들었다. 장애인이 승차한 차량은 고속도로 이용료의 50퍼센트를 감면받고 있는데 장애인 승차 여부를 확인하기 위해 지문인식기가 부착된 장애인 전용 하이패스를 설치해야 한다. 그런데 장애인이 차량을 교체하면 주소지 읍·면·동사무소에 직접 나가 지문 등록을

사회복지 공무원이라서 행복합니다

다시 하도록 규정되어 있는 것이었다.

경증장애인은 그렇다 쳐도 혼자서 몸을 움직이기도 어려운 중증장애인을 직접 방문하라고 하는 것이 지나친 요구라는 생각이 들었다. 더군다나 지문이라는 것은 평생 변하지 않는 것으로 주민등록증을 발급받은 사람이라면 읍·면·동사무소에 등록이 되어 있기 때문에 굳이 나가지 않아도 될 것이라는 생각이 들었다. 고속도로공사 담당자에게 전화를 해서 개선을 건의했으나 복지부와 협의된 일이라며 개선할 의지가 없는 것으로 느껴졌다.

어떻게 할까 고민을 하다가 국민신문고에 개선을 건의해 보기로 마음먹었다. 시도 행정에서 국민신문고를 들어가 건의하려고 보니 전국 공무원 중 두 명 있는 '함창환'이라는 이름을 적는 것도 부담이 되었고, 또 내가 올린 건의사항이 보건복지부 장애인 업무 담당에게 전달 되도록 되어 있었기 때문에 그것도 부담이 되었다. 그래서 행정망을 통하지 않고 일반 인터넷으로 접속해 국민 제안으로 개선을 건의했다. 건의를 한 시기가 5월쯤 되었던 것 같고 나는 8월 1일자 발령을 받아 전남복지재단에서 파견 근무를 하며 이 일을 까맣게 잊고 있었다.

그러던 2013년 12월 어느 날 보건복지부 담당자로부터 휴대폰으로 전화가 왔다.

"여보세요. 저는 보건복지부 ○○○입니다. 함창환 선생님 맞으십니까?"

나는 장애인 업무를 떠난 지 오래되었고 전화를 받을 만한 일이 없었기 때문에 의아하게 생각하며 전화를 받았다.

"예, 함창환입니다. 무슨 일이십니까?"

복지부 담당자는 내가 제안했던 내용이 당선되었다며 연말에 행자부 식장에 참석할 수 있는지 물었다. 나는 공무원이기 때문에 시간을 내기 어려우니 상장을 보내줄 수 없냐고 묻자 복지부 공무원이 깜짝 놀라며 물었다.

"그럼 공무원이신가요?"

내가 대답했다.

"예 그렇습니다."

담당자와 통화를 하다 보니 2013년 상반기에 국민신문고를 통해 개선을 건의했던 내용이 고속도로공사와 협의해 즉시 시정되었다고 했다. 그리고 행자부에서 일반 국민과 공무원이 제도 개선을 제안한 것 중에서 우수한 사례를 선정해 연말에 표창을 하게 되는데 내가 제안했던 내용이 국무총리 표창으로 결정되었다고 했다.

그런데 국민 제안으로 당선된 내가 공무원 신분이라고 하니 문제가 되고 있었다. 공무원이 상을 받으려면 공적 조서를 작성해야 하니 제출하라고 했다. 그러면서 복지부 담당자가 내게 상당히 놀라운 말을 했다. 국민 제안으로 선정되어 국무총리 표창을 받으면 상금 100만 원을 부상으로 받게 되나, 공무원 제안으로 국무총리 표창을 받으면 특별 승급의 인사 특전이 이루어진다는 것이었다. 그러면서 행자부 담당자와 어떻게 해야 할 것인지 상의를 해볼 테니 기다려보라며 전화를 끊었다.

그런 법이 있는지조차 모르고 살고 있었던 나는 '국민제안규정'과 '공무원제안규정'을 찾아보았다. 공무원제안규정에는 틀림없이 인사상 특전 규정으로 국무총리 표창 대상 공무원은 특별 승급하여야 한다는 강제 규정이 있었다. 살다 보니 별일도 다 있다 싶었고 은근히 긴장도 되었다. 그러나 다행스럽게도 행자부에서 국민 제안과 공무원 제안의 심사 기준이 다르고 위원회를 다시 개최할 수 없기 때문에 국민 제안으로 상을 받아야 한다고 결정이 났다.

2013년 12월 24일 크리스마스이브에 상금 100만 원은 계좌로 입금되

사회복지 공무원이라서 행복합니다

었고, 상장과 훈장은 택배로 도착했다. 용돈을 듬뿍 받은 크리스마스이브였다. 행자부에서는 행사에 직접 참석해 상을 받으라고 했지만 당시 업무가 바빠서 갈 수 없다고 양해를 구했다. 공무원으로 재직하며 상금을 100만 원 받을 수 있는 것이 무엇이 있을까?

 지금까지 내가 받은 11번의 상을 모두 소개했다. 공무원으로 근무하며 상에 대한 욕심이 없다면 거짓말일 것이다. 공무원에 있어서 상은 표창의 의미와 함께 보험의 성격도 가지고 있다. 공무원이 징계를 받을 일이 생겼을 때 직급별로 정하는 상을 받았을 경우 한 단계 감면을 받기 때문이다. 다행스럽게도 나는 11번의 표창을 받으면서도 감면받은 일이 없다. 앞으로도 내가 받은 상을 징계 감면용으로 사용하지 않고 순수한 표창으로 남기고 싶다.

CHAPTER
06

가정복지도
나의 책임

· · ·

사람이 살아가면서 주변 사람들과 겪는 갈등을 자세히 들여다보면 아주 사소한 일에서 비롯되는 경우가 대부분이다. 가족이나 직장 동료 간에도 작은 것부터 솔직하게 얘기하고 양해를 구한다면 그런 갈등은 상당 부분 예방할 수 있다. 지금 서운한 마음을 가진 사람이 있다면 그 사람이 누구이건 당신의 생각을 전하길 바란다. 받아들이고 못 받아들이고는 상대가 사는 그릇의 크기 탓이다.

행복한 가정을 위한
작은 노력들

　다른 사람의 복지를 위해 일한다는 사람들의 가정을 들여다보면, 아이러니하게도 오히려 위기 가정이 많다. 내가 없으면 복지사회가 안 되는 줄 알고 죽어라 일하면서 정작 가정은 챙기지 못하는 탓이다. 어쩌면 내 가정은 내가 아니라도 잘될 것이라는 잘못된 믿음이 있지 않을까 싶다.

　나 자신도 가정을 꾸리고 살아온 시간들을 돌아보면 만족보다는 아쉬움이 많다. 그런 내가 다른 사람들에게 가정의 화목을 위해 노력해야 한다고 말한다는 것은 상당히 조심스러운 일이다. 하지만 다른 모든 사람들도 자녀 양육에서부터 가정생활까지 만족스러움보다는 아쉬움과 미안함 그리고 후회가 많고, 나 또한 가정의 화목을 위해 언제나 노력하고 있으므로, 내가 경험한 몇 가지를 소개해보려고 용기를 냈다.

　요즘 공무원 시험에 남성보다는 여성 공무원의 합격률이 훨씬 높다. 특히 사회복지직 공무원의 경우에는 약 70퍼센트 정도가 여성 공무원이다. 내가 현재 근무하고 있는 전남도청 노인장애인과 근무 인력이 21명인데, 간부 공무원을 제외하면 모두가 여성 공무원이다. 이렇다 보니 여직원들이 가정과 직장에서 고생하는 모습을 자연스럽게 보게 되고, 그런 모습이 몹시 안쓰럽고 짠하다. 이렇게 맞벌이를 하고 있는 가정의 화목을 위해 내가 경험한 몇 가지만 소개한다.

집안일을 나누자

결혼 초기에는 누가 무슨 일을 할지 정하지 않아도 별 문제가 없다. 결혼 초기에는 끊임없이 상대를 감동시킬 수 있는 이벤트를 만들어내려고 노력하기 때문에 모든 분야에서 배려하는 일이 많다. 그러나 자녀를 출산하고 또 직장에서 업무량이 많아지다 보면 하나 둘 집안일이 늘어나게 된다. 어른 둘만 살 때는 어지럽히는 사람이 없어 집이 항상 깨끗하지만, 아이를 출산하고 성장하면 집안은 그야말로 전쟁터로 변해간다.

나도 결혼 초기에는 직장 생활을 하는 아내와 역할을 나누지 않아도 아무런 문제가 없었다. 쉬는 날이면 아내와 아이를 두고 직장에 나가는 것이 미안해 일찍부터 일어나 집안 청소를 하고 아내의 기분을 맞춘 뒤 양해를 구하고 사무실로 출근했다. 첫 아이를 키우면서도 내가 잠귀가 밝은 탓에 아이가 배고파 조금만 뒤척여도 일어나 분유를 타서 먹이고 재웠다. 아이가 감기라도 걸려 칭얼거리면 아이를 업고 거실에 나가 아내가 잠을 깨지 않고 편히 잘 수 있도록 했다.

이런 생활도 몇 년이 지나면서 조금씩 변해갔다. 사무실에서 녹초가 되도록 근무하고 집에 왔을 때 집이 깨끗하고 내가 할 일이 없으면 기분이 좋은데 그렇지 않으면 피곤이 배로 느껴지기 시작했다. 그것은 아내도 마찬가지인 것 같았다. 퇴근했을 때 집이 어지럽혀 있거나 싱크대에 설거지라도 쌓여 있으면 아이들을 나무라는 일이 잦아졌다. 나도 배우자에게 의지하는 마음이 생기며 나보다 일찍 퇴근해 집안일을 깨끗하게 정리해놓기를 기대하고 있었다.

그러다 보니 서로 투덜거리며 불평하는 일이 많아졌고 부부간에 마음이 상하는 일도 가끔 생겼다. 이렇게 살아서는 안 되겠다 싶어 하루는 아내에게 제안을 했다. 우리 집 일을 크게 나누어보면 음식 만들기, 설거지 하기, 청소하기, 세탁하기 네 가지로 나눌 수 있는데 이것을 두 개씩 나누어 하자고 했다. 그러면서 아내에게 두 가지를 먼저 고르라고 했다. 아내도 문제의식을 가지고 있었기 때문에 흔쾌히 받아 주었고 음식 만들기와 설거지를 골랐다.

그날부터 우리는 각자 자기가 맡은 일을 시작했다. 일이 많아 조금 늦게 퇴근해도 눈치 보지 않고 자기가 맡은 일을 하면 되었다. 나는 밤이 늦어도 세탁기를 돌리고, 베란다에 있는 세탁물을 개고, 또 청소기를 돌렸다. 화장실은 쉬는 날을 이용해 표백제를 뿌리고 수세미질을 해서 깨끗하게 청소했다. 어쩌다 내가 일찍 퇴근해서 내 일을 모두 마치고 나면 싱크대에 있는 설거지도 하고 밥통에 밥이 없으면 밥도 지었다. 그러면 아내는 자신의 일을 도와준 나에게 몹시 고마워했고 애교도 부렸다. 그리고 내가 퇴근이 조금 늦기라도 하면 빚이라도 갚으려는 듯 세탁물을 개놓기도 하고, 집안을 깔끔하게 정리해놓기도 했다.

이렇게 지내면서 집안일로 아내와의 갈등이 없어졌고 예전의 화목이 찾아왔다. 아이들을 나무라는 일도 사라졌다. 가정 일을 나누고 15년이 지난 지금도 나는 청소와 세탁 당번이다. 그리고 내가 지은 밥이 더 맛있다고 해서 밥 짓는 것 하나가 늘었다. 나이 탓인지 조금은 게을러져서 청소를 할 때도 아내 눈치를 보며 청소기만 돌렸다가 들키면 걸레질을 한다. 화장실도 더러워졌다고 하면 그때서야 청소하는 일이 잦아졌다. 어지간한 옷은 손세탁 하지 않고 세탁소 신세를 지는 일이 갈수록 늘어난다. 그래도 아내는 불평하지 않으며 본인의 옷도 세탁소에 맡기도록 한다.

맞벌이 부부가 가사를 분담하는 것이 아주 사소한 것 같지만 정말로 중요한 일이다. 가정에서 늘어나는 집안일로 인해 나와 같은 경험을 하고 있거나, 특히 신혼부부라면 가사를 미리 분담해볼 것을 적극 권장한다.

아이를 깨워라

부부가 가정을 꾸리고 살다보면, 아이들이 자라나 남에게 맡기는 시기가 되면서부터 부쩍 더 바빠지는 것 같다. 다른 사람에게 맡길 때도, 어린이집에 보낼 때도, 유치원이나 학교에 보낼 때도, 그리고 중학교나 고등학교에 다녀도 공통적으로 힘든 것이 하나 있는데 아침에 자녀들을 깨우는 일이다.

우리 가정도 다른 집과 다르지 않게 엄마가 아이들을 깨웠다. 아내는 아침 식사 준비도 해야 하고 본인 출근 준비도 하려면 시간이 부족하기 때문에 늘 "늦었다 늦어. 벌써 일곱 시야. 빨리 일어나!" 하며 아이들을 흔들어 깨웠다. 그렇게 일어나는 아이들을 보며 깜짝 놀라 허둥지둥 일어나는 마음으로 하루를 평온하게 보낼 수 있을까 하는 생각이 들었다. 그래서 아내에게 아이들 깨우는 일을 내가 하겠다고 했다.

나는 아이들이 놀라지 않고 평화롭게 일어날 수 있는 방법이 무엇이 있을까 생각하다 한 가지 방법을 생각해냈다. 아이들이 일어나야 할 시간보다 5분쯤 먼저 방에 들어가 아이들을 주물러 주는 것이었다. 자고 있는 아이들 다리와 어깨를 주물러주면 아이들도 시원한지 길게 기지개를 켜며 천천히 잠에서 깨어난다. 아이가 눈을 뜨면 다리를 주물러주며 무슨 꿈을 꾸었는지 묻는다. 아이들은 희미한 꿈을 떠올리며 얘기해 주느라 잠이 깨고, 아이가 일어나 앉으면 마실 물을 내밀었다. 엄마의 목소리에 깜짝 놀라 일어나는 아이와 시원하게 기지개를 켜며 일어나는 아이는 하루가 다를 수밖에 없다.

사회복지 공무원이라서 행복합니다

얼마 전까지만 해도 아이들은 발가락 마사지를 해주거나 무릎을 주물러 주면 시원해하며 아침잠에서 깨었다. 지금은 아이들이 자라서 아빠의 손길을 필요로 하지 않고 스스로 일어난다. 지금도 가끔 아이들 다리를 주물러주기는 하지만 아이들이 철이 들며 미안해해서 자주 하지는 못한다. 자녀를 키우고 있는 부모들 중 내가 아이들을 깨우기 위해 시도했던 방법이 좋다고 생각되면 당장 내일부터 실천해보시라. 당신의 자녀들은 기지개를 켜며 시원하고 좋은 기분으로 하루를 시작하게 될 것이다.

아침을 차려라

우리 집은 가사를 아내와 남편이 분담해서 자신이 맡은 일을 하기 때문에 집안일로 인한 갈등은 거의 발생하지 않는 편이다. 가끔 발생하는 갈등이라면 출근하는 아내에게 음식 쓰레기를 버려달라는 말이나, 아내가 나에게 청소를 미루지 말고 하라는 잔소리 정도가 전부이니 걱정할 정도는 아니다.

아이들이 초등학교와 중학교 다닐 무렵에는 온 가족이 아침에 일어나는 시간과 집을 나서는 시간이 비슷해서 아침 식사를 함께한다. 식사를 준비하는 것은 아내의 몫이지만 나는 좀 더 일찍 일어나 가족들이 마실 과일을 믹서로 간다. 아이들은 늘 잠이 부족하기 때문에 과일즙을 마시며 잠을 깨게 되면 컨디션 관리도 잘 되고 건강에도 좋으니 그렇게 해왔다. 아이들이 과일즙을 마시고 나면 나는 출근을 위해 씻고 아내는 아침 준비를 하지만 아내는 매일 서두르며 바쁘게 출근 준비를 한다.

어느 날 아침 곰곰이 아내를 보니 아내는 나에 비해 늦을 수밖에 없겠다는 생각이 들었다. 남자들은 면도하고 머리 감고 옷만 입으면 되지만, 여자들은 머리가 길어 씻는 것도 오래 걸리고, 머리도 말려야 하고, 화장도 해야 하고, 왜 그런지 모르겠지만 남자들과 달리 출근 전에 옷도 두 번 이상 갈아입는다. 그러니 바쁠 수밖에 없겠다는 생각이 들었다. 그리고 내 딸도 나중에 시집을 가서 지금의 내 아내처럼 해야 한다고 생각하니 아내가 가엾게 느껴졌다. 그래서 고민을 좀 하다가 아침식사는 내가 준비하겠다고 했다. 아침 식사 준비라고 해봐야 국 데우고 냉장고에 있는 반찬 꺼내고 밥통의 밥 푸는 것이 전부이다. 식사를 마치면 냉장고에 반찬을 다시 넣고 빈 그릇은 싱크대에 넣고 식탁을 행주로 닦으면 그만이다.

지금은 아이들이 자라 모두 기숙사 생활을 하고 아내와 내가 출근 시간이 달라지며 우리 집 아침 문화도 조금 바뀌었다. 아침에 아내가 마실 수 있도록 과일을 갈아 놓고 출근해서 저녁에 집에 와보면 과일즙이 그대로 있을 때가 많다. 아내에게 먹지 않은 이유를 물어보니 과일을 갈아서 바로 먹지 않고 놔두면 아래에는 물이 남고 위에는 껍질 종류가 떠서 먹기가 불편하다며 이제는 갈아주지 말라고 했다.

사실 아침 식사를 내가 준비한다고 해서 아내의 아침이 여유로워진 것은 아니다. 아침 식사를 대신 준비할 사람이 있으니 일어나는 시간이 늦어지며 지금도 아내는 여전히 출근 시간에 쫓긴다. 그러나 내가 하고 싶어 한 일이니 그것을 불평하지 않고 아침 출근길이 바쁜 것은 여자들의 운명이라 생각해 버린다. 맞벌이를 하고 있다면 아내를 위해 가끔 남편들이 아침 식사 준비를 해 보면 좋겠다.

전화와 메신저를 활용하라

어느 날 아이를 안고 예뻐하며 즐거워하는 자식의 모습을 모던 아버지가 묻는다.

사회복지 공무원이라서 행복합니다

"그렇게 예쁘냐?"

자식은 아이에게 눈을 떼지 않고 싱글거리며 대답한다.

"예!"

대답하는 자식을 보며 그의 아버지가 말한다.

"나도 너 그렇게 예뻐하며 키웠다."

아버지의 말을 들은 자식이 대답한다.

"설마, 이렇게야 예뻤겠습니까?"

흔한 얘기지만 많은 것
을 생각하게 한다. 결
혼해서 가정을 이루
고 살다 보면 모든
관심이 자녀에게 쏠
리게 되며 상대적으로

부모님께는 소홀하게 된다. 나
또한 부모님께 부족함이 많은 자식이지만
복지 업무에 근무하며 남의 눈을 의식하게 되었다. 예전에 면사무소에서
근무할 때 면사무로를 찾아오시는 어르신들을 친절하게 응대해드렸더니
그분들이 가끔 "어떤 부모는 이런 자식을 낳았을까?", "이런 자식들 둔 사
람은 무슨 복을 받은 사람일까?", "남인 나에게도 이렇게 잘하는데 자기
부모에게는 얼마나 잘할까?" 이런 말들을 했다.

그런 말을 들을 때마다 떳떳하지 못했고, 사람들이 생각하는 것처럼 좋
은 자식이 아니라는 죄책감까지 들었다. 그래서 스스로 부끄럽지 않도록
부모님께 더 잘해야겠다는 생각을 하고 현실적으로 내가 할 수 있는 일이

무엇이 있을까 고민해보았다. 생각 끝에 부모님들께 물질적 도움은 나의 형편에 맞도록 하고, 그보다는 사소한 것이라도 함께 나누고 만나는 시간을 많이 갖는 것이 효도라는 결론을 내렸다.

그래서 첫 번째로 시작한 것이 부보님들의 안부를 자주 여쭙기로 했다. 나는 처가와 친가가 모두 한 지역에 살고 있어서 찾아뵙는 것이 어렵지 않고 또 양가 부모님이 모두 건강하셔서 실천하기에 어려움이 없었다. 우선 처가는 부모님 두 분만 생활하고 계시니 최소 한 달에 두 번은 방문을 한다. 주택에서 살고 계시니 비가 내리거나 바람이 불거나 날씨가 덥거나 추워도 그것을 이유로 안부 전화를 드린다. 비가 새는 곳은 없는지 에어컨은 잘 작동이 되는지를 여쭙고 무슨 일 있으면 저에게 즉시 전화주시라고 말씀드린다.

부모님들은 늘 전화를 고마워하고 든든해하신다. 어쩌다 주말에 일정이 있어 이 주 정도 못 가게 되면 별일 없느냐며 먼저 안부 전화를 하신다. 생신이나 명절은 당연하고 초복이나 동지 등의 특정일에도 음식을 함께 먹는다. 가끔은 나의 어머니와 자리를 함께 마련해 여행이나 식사를 한다.

금년에 칠순을 맞이하신 나의 아버지는 지금까지 집을 떠나 직장 생활을 하고 계신다. 내가 나이 들며 철이 들수록 아버지가 존경스럽고 자랑스럽다. 숱한 역경과 어려움을 의지로 이겨내셨고 가족을 위해 헌신하시는 분이다. 아버지께서는 건강 관리를 잘하셔서 지금까지 인천시 강화군에서 여객선 선장으로 근무하신다. 아버지는 휴가철과 명절이면 더욱 바빠지시기 때문에 가족이 함께 모일 수 없고, 비교적 비수기 철이 되어야 자식들이 아버지를 뵈러 가거나 아버지께서 휴가를 받아 내려오신다.

거의 모든 시간을 여객선에서 보내는 아버지는 스마트폰과 컴퓨터를 벗삼아 생활하시지만 홀로 계시는 시간이 많아 외롭고 적적하실 거라는 생

사회복지 공무원이라서 행복합니다

각이 들었다. 그래서 우리 아버지께는 매일 모바일 메신저로 인사를 드리기로 했다. 처음에 시작할 때는 할 말이 많지 않아 짧은 안부와 인사가 전부였는데, 시간이 지나다 보니 소소한 이야기가 많아져 이젠 아침 편지가되었다. 어쩌다 편지가 늦으면 아버지께서 걱정을 하시기 때문에 사무실에출근하면 가장 먼저 아버지께 편지를 보내고 하루를 시작한다.

무슨 내용으로 시작하던지 내가 보내는 문자의 끝은 항상 "아버지, 사랑합니다"이고 아버지의 끝은 "아들아, 사랑한다"이다. 고희를 넘기신 아버지께서 자식에게 매일 '사랑한다'라고 말하기 어렵지만 문자로는 가능해진다. 아버지께서 스마트폰을 구입하신 이후 거의 하루도 빠지 않고 인사를 드린다. 그렇게 메신저로 인사를 드리다 보니 정작 음성 통화가 줄어드는 문제가 있어서 요즘 쉬는 날은 전화로 인사를 드리기도 한다.

나는 이런 일들이 부모님께 큰 기쁨을 드릴 거라는 기대보다 자식된 도리라 생각하고 시작했는데 효과는 기대 이상이다. 처가 부모님들도 뵙는시간이 많아지니 대화의 폭이 넓어졌고 자식처럼 의지하며 든든해하시는모습과 표정이 보인다. 아버지께서도 아들이 매일 아침마다 메신저로 인사를 한다고 자랑을 하셔서 아침에 아버지를 만나면 아들에게 메신저가왔냐고 안부를 묻는 분들도 계신다고 한다.

효도는 시간과 재산이 없어도 마음만 있으면 가능한 것이다. 부모는 자식을 통해 호강을 받기보다 관심을 기다린다는 사실을 말씀드리고 싶다.

솔직하게 말하자

친구이건 직장 동료이건 내가 어렵게 느끼는 유형의 사람이 있는데 '그것을 말해야 알아?' 하는 사람이다. 글을 쓰는 이 순간에도 나는 그런 사람은 어렵다. 말해야 아느냐고 하는 말 속에는 상대가 나를 이해해야 한다는 의미도 들어있고, 알아서 행동하지 못하는 사람을 질책하는 감정도 포함되어 있다고 느껴지기 때문이다. 그래서 나는 가족 간에도 솔직한 대화가 필요하고 그것이 가정을 화목하게 하는 데 상당한 비결이라고 생각한다.

우리 집은 매주 토요일을 외식하는 날로 정해서 가족들이 함께 먹고 싶은 음식을 먹었다. 비싼 음식을 먹기보다는 간단하지만 집에서 만들어 먹기 힘든 음식들 위주로 정해서 먹었다. 식당을 가기 위해 "오늘은 무엇을 먹을까?" 하면 아내와 자녀들이 각자 먹고 싶은 것을 말하는데 그러다 보니 자신이 제안한 음식을 먹지 못하게 되면 마음 상하는 모습이 보였다.

그래서 나는 음식 고르는 순서를 정했다. 아빠부터 막내딸까지 외식을 할 때마다 순서대로 음식을 고르면 모두 그 음식을 같이 먹었다. 그러다 보니 음식 결정에 대한 서운함이 없어졌다. 혹시라도 꼭 먹고 싶은 음식이 있으면 서로 대화를 통해 고르는 순서를 바꾸거나 양보를 해서 분위기도 좋아졌다.

그런데 내가 음식을 고르는 순서가 되면 항상 탕 종류를 선택하다 보니 아이들이 싫었는지 하루는 아들이 내게 물었다.

"아빠는 왜 맨날 탕만 드세요? 이젠 다른 음식도 드셔보세요."

아이는 메뉴에 대한 불평보다 다른 음식도 맛이 있음을 말해주려 하는 것 같았다. 나는 아이들에게 말했다.

"아빠도 예전에는 너희들처럼 경양식이나 분식을 좋아 했었단다. 그런데 아빠가 나이가 들어가면서 소화가 잘 되지 않는 것 같다. 국물 없는 음식을 먹으면 오랫동안 속이 불편해서 국물 있는 음식을 먹는 것이란다."

이렇게 말한 이후 아이들은 아빠가 고르는 탕을 불평하지 않았으며 가끔 술이라도 마시고 나면 아이들은 메뉴 고르는 것을 나에게 양보하기도 했다. 작은 일이라도 가족에게 솔직하게 양해를 구하면 가족은 나의 편이 된다.

올해 스물네 살 난 아들이 있다. 아이가 어려서부터 함께 여행과 운동을 많이 해서인지 지금도 얘기를 나눌 때면 친구 같은 느낌이 든다. 아들이 초등학교 5학년쯤 되었을 때인데 그 무렵 나는 담배를 피웠다. 많이 피우지는 않았지만 업무 스트레스와 쉴 시간이 필요하다는 핑계로, 가족들이 보지 않는 곳에서 하루에 네댓 대씩 피웠던 것 같다.

하루는 여행을 가다가 자동차에 가족들을 두고 밖으로 나와 담배를 피우고 있는데 아들이 나의 곁으로 다가와 말을 건넸다.

"아버지, 제가 어른이 되어 담배를 피워도 될까요?"

나는 흠칫 놀랐지만 태연하게 말을 했다.

"담배는 백해무익한 것이다. 아빠도 곧 끊을 생각이니 너도 건강을 위해 어른이 되어도 피우지 않으면 좋겠다."

그러자 아들이 나에게 다시 말을 했다.

"부모는 자식의 거울이라는데 아버지도 담배를 피우지 않으시면 좋겠습니다."

아들의 말이 틀린 것은 아니지만 기분은 별로 좋지 않았다. 그래도 아들에게 답변은 해야 했다.

"알았다. 아빠도 담배를 피우지 않으마."

그날 이후 1~2년 동안은 담배를 피우지 않았다. 하지만 어느 때부터인가 나는 아들과의 약속도 잊은 채 다시 담배를 피우고 있었다. 아들이 중학교 2학년이 되어 학교가 끝나면 도서관에 들러 공부를 하고 밤늦게 집에 돌아왔다. 그런 아들을 위해 일찍 퇴근한 날은 가끔 운동 삼아 아이를 데리러 갔다. 그날도 도서관 끝나는 시간에 맞춰 아이에게 갔고 집으로 돌아오는 길에 나도 모르게 담배를 피우고 있는데 아이가 말을 했다.

"아버지, 저는 지금까지 아버지가 잘못된 행동을 하신다고 생각해본 적이 없습니다. 언제나 아버지처럼 살아야겠다고 생각하는데 저도 어른이 되면 아버지처럼 담배를 피우겠습니다."

아들이 아비에게 말하는 의견 치고는 강하고 기분이 언짢아지는 말이었다. 은근히 화도 나고 서운했지만 잠깐 심호흡을 하고 나서 말을 했다.

"네가 성인이 되어 담배를 피우고 안 피우고는 그때 가서 네가 결정할 문제다. 아빠가 피우는 담배를 너와 연결해서 부담을 주지 않았으면 좋겠다. 그리고 아빠는 앞으로도 담배 끊겠다는 약속은 하지 않겠다. 그렇다고 많이 피우지는 않겠지만 가끔 담배가 생각나면 남에게 피해를 주지 않은 범위 내에서 피울 테니 네가 이해해주면 좋겠다."

그리고 집에 와서 아내에게도 이야기를 했다.

"내가 담배를 많이 피우지 않고 가끔 피우고 있으니 그때마다 나에게 스트레스를 주지 않으면 좋겠어, 내가 알아서 조절할게."

그날 이후 가족들이 없을 때 가끔 담배를 피운다. 가끔이라고 해봐야 1년에 몇 번 정도다. 한 갑을 사도 다 피우지 않고 내가 피우고 싶은 만큼만 피우고 나머지는 버린다. 가지고 있으면 더 피우고 싶은 욕구가 생기니 처음부터 차단해버리기 위해서다. 명절이나 친구들을 만날 때 분위기에 휩쓸려 몇 대 피우는 것이 전부이다 보니 가족들도 이해를 해주고 있다. 하지만 건강을 위해 가끔 피우는 것도 조만간 그만두려 한다.

얼마 전 일이다. 여름방학을 이용해 아들이 유럽을 가기로 했다. 항상 가족들이랑 다녔는데 이번에는 긴 시간 동안 혼자 여행을 가기로 되어 있어서 생각 날 때마다 여러 가지를 일러 주었다. 그런데 내가 아들에게 한 말 중 중복되는 것이 있었는지 한번은 내 말 끝나자 약간 투덜거리듯 말했다.

"아버지, 그것 다 말씀하신 것입니다. 왜 자꾸 반복해서 말씀하세요."

말을 듣는 순간 몹시 서운했다. 한편으로 내가 잔소리를 많이 하는지도 생각해보았다. 그러나 아들에게 아빠의 마음을 전해야겠다는 생각이 들어 잠시 후 아들을 곁에 불러 얘기를 했다.

"너도 알고 있겠지만 아빠가 알고 있는 까치 이야기를 해주마."

어느 날 창 밖 나무 위에서 울고 있는 까치를 보고 치매를 앓고 있는 아버지가 곁에 앉아 있는 아들에게 물었단다.

"아들아, 저 새가 무슨 새냐?"

아들은 친절하게 대답했단다.

"까치입니다. 아버지."

잠시 후 아버지는 또 아들에게 물었단다.

"아들아, 저 새가 무슨 새라고 했지?"

두 번째 질문에 아들은 약간 귀찮은 듯 대답을 했단다.

"까치라고 말씀드렸잖아요, 아버지."

그런 아들에게 아버지는 "맞다, 까치라고 했지? 아들아, 고맙다"라고 말했단다.

창밖을 보고 있던 아버지는 시간이 지나자 또 아들에게 물었단다.

"아들아, 저 새가 무슨 새냐?"

그러자 아들이 화를 내며 대답했단다.

"까치요, 까치라고요. 도대체 몇 번을 말씀 드려야겠어요?"

그 모습을 곁에서 보고 있던 어머니가 한숨을 쉬고는 말 했단다.

"아범아, 네가 어렸을 때 저 새가 무슨 새냐고 100번도 더 물었다. 그때마다 아버지는 '까치란다, 까치란다' 하시며 너의 머리를 쓰다듬어주셨지. 그리고 네가 까치를 알게 되었을 때 우리 아이는 천재인가 보다 하며 기뻐하셨단다. 그래서 네가 말을 배울 수 있었던 거란다'라고 말을 했단다.

아버지와 까치 이야기를 마치고 아들에게 내 입장을 얘기했다.

"아들아, 네 눈에는 아버지가 항상 젊고 언제나 네 곁에 있을 것 같겠지만 아빠도 나이가 많이 들었고 최근 고민이 많단다. 앞으로 10년 정도 더 근무해야 하는데 벌써부터 같이 일하는 직원들의 이름이 잘 외워지지 않고, 업무도 깜빡깜빡 잊어버리는 게 많아 걱정이다. 내가 너에게 두 번 말한 것이 있다면 그것은 너를 믿지 못해서가 아니라 아빠가 말한 사실을 잊어버려서 그런 것이란다. 이렇게 변해가는 아빠를 아들이 이해해주면 좋겠구나."

내 말을 듣고 난 아들이 나에게 말했다.

"아버지, 죄송합니다. 저는 아버지께서 그런 고민이 있으실 줄은 생각지도 못 했습니다."

사람이 살아가면서 주변 사람들과 겪는 갈등을 자세히 들여다보면 아주 사소한 일에서 비롯되는 경우가 대부분이다. 가족이나 직장 동료 간에도 작은 것부터 솔직하게 얘기하고 양해를 구한다면 그런 갈등은 상당 부분 예방할 수 있다. 지금 서운한 마음을 가진 사람이 있다면 그 사람이 누구이건 당신의 생각을 전하길 바란다. 받아들이고 못 받아들이고는 상대가 사는 그릇의 크기 탓이다.

사회복지 공무원이라서 행복합니다